KB091899

홍루몽 현대 한국어 역본의 비교 연구
『紅樓夢』現代 韓國語 譯本의 比較 研究

중유방 仲維芳

山东大学(威海)东北亚学院朝鲜语专业(文学学士)
嘉泉大学大学院国语国文系国语学专业(文学硕士)
韩国学中央研究院国际韩国学部典籍翻译专业(文学博士)
现任曲阜师范大学翻译学院韩语系讲师

研究领域
韩国语言学、中韩翻译、经典的传播与翻译

项目
参与多项省部级科研项目

译著
『동방에서의 창세−중국을 말하다』
『韩国近代科学形成史−韩国的科学与文明』

论文
「조선 전기와 명나라 전통 복장에 대한 비교연구」
「韩中翻译中的变形现象研究−以《雷雨》为例」
「中·韩拟声词在实际语言应用中的对照研究」
「『홍루몽』문화요소 번역에 대한 검토」

홍루몽 현대 한국어 역본의 비교 연구
『紅樓夢』現代 韓國語 譯本의 比較 研究

초판 인쇄 2022년 6월 2일
초판 발행 2022년 6월 10일

지은이 중유방
펴낸이 박찬익

펴낸곳 ㈜**박이정**
주 소 경기도 하남시 조정대로45 미사센텀비즈 7층 F749호
전 화 031) 792-1193
팩 스 02) 928-4683
홈페이지 www.pjbook.com
이메일 pijbook@naver.com
등 록 2014년 8월 22일 제2020-000029호

ISBN 979-11-5848-640-2 93800

* 책값은 뒤표지에 있습니다.

해외한국학연구총서
K069
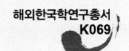

紅樓夢

홍루몽 현대 한국어 역본의 비교 연구

仲維芳 著

(주)박이정

목 차

표목차

그림목차

국문초록

『紅樓夢』現代 韓國語 譯本의 比較 研究

중 유 방

　본서는 중국 고전소설의 최고의 문학적 성취로 일컬어지는 『홍루몽』의 현대 한국어 번역본 가운데 예하, 청계, 나남, 솔 출판사가 간행한 완역본을 연구 대상으로 삼아, 『홍루몽』의 번역 과정에서 발생한 오역 및 결점 등을 밝혀내고, 그 원인을 고찰해 보고자 한다. 이를 위해 특히 『홍루몽』이라는 不必再言의 고전 작품을 선택하여 그 번역 과정을 구체적으로 꼼꼼히 살펴보았다. 번역 행위 중에 쉽게 마주치는 문제와 그 해결 방법을 모색하기 위해 본서는 네 가지 번역본에 나타난 번역의 실태를 분석하는 한편, 올바른 번역으로 수정하고 보완할 수 있는 방안을 제시하고자한다.

　다른 문화권의 문학 작품 번역도 대동소이하겠지만, 현대가 아닌 옛 중국의 문학 작품을 한국어로 옮길 때 중국의 고유한 문학적 전통과 문화적 맥락을 제대로 파악하여 번역하는 일은 가장 어려운 일 중 하나라고 할 수 있다. 이때 특히 부상하는 문제가 이국화 전략과 자국화 전략 중 하나를 선택하는 것이다. 번역자가 중국의 역사나 문화에 대해 통합적이면서도 깊이 있는 이해를 갖추고 있지 못하다면, 『홍루몽』의 정수를 제대로 독자에게 전달하지 못할 것이다. 이 문제는 일반적으로 번역항상 따라붙는 '의역이냐, 직역이냐' 하는 질문과도 연관이 있다고 본다. 독자의 이해를 돕는 가독성 높은 번역을 해야 할지 또는 원문의 내용을 최대한 있는 그대로 전달하는 번역을 해야 할지 고민하는 경우, 의역과 직역 사이에서 어느 한 쪽을 선택하는 일은 늘 쉽지 않을 것이다. 하지만 무엇보다도 원문의 의미를 충실하게 전달하는 것이 번역자가 수행할 제일 중요한 임무라는 점은 분명하다.

주지하다시피 『홍루몽』의 작가 조설근은 문학적 소양과 조예가 남달랐기에 자신의 소설 작품에 詩, 詞, 歌, 賦 등 여러 장르의 다채로운 문체를 구사한 동시에, 인물의 성격 및 이야기 전개를 풍부하고 흥미롭게 풀어나가는 데 중점을 두었다. 『홍루몽』은 문학적인 가치가 높을 뿐 아니라 중국 문화의 백과전서라고 불릴 만큼 방대한 문화적 요소를 함유하고 있다. 『홍루몽』에는 청나라 귀족의 의식주는 물론, 그들의 관습과 문물, 풍속과 일상생활의 면면을 독자가 들여다볼 수 있도록 자세하게 그려냈다. 본서는 『홍루몽』의 각 회를 요약해주는 回目, 이야기 전개에 없어서는 안 될 요소로 작용하는 운문, 문화 요소, 그리고 『홍루몽』의 언어적인 매력을 잘 보여주는 雙關語 등에 대하여 각기 네 가지 판본의 번역 양상을 검토하고, 번역 과정에 나타난 문제점 및 해결책을 탐색해보고자 한다.

궁극적으로 본서의 목적은 번역 행위에 반드시 나타나는 '결여'와 '과잉'이 어떤 연유로 수반될 수밖에 없는가를 규명해보는 것이다. 이를 위해 누구나 중국 최고의 고전소설로 인정할 만한 『홍루몽』을 선택하여 그 번역 과정을 면밀하게 검토하는 방법을 취했다. 이 방법은 번역 행위가 필연적으로 내포할 수밖에 없는 문제가 무엇인지, 그것을 극복하기 위한 방법은 무엇인지를 짚어보는 과정을 요구했고, 이는 본서에서 제기한 문제를 보편적인 동시에 구체적인 차원에서 규명해나가는 과정이기도 했다. 본서가 더 나은 『홍루몽』 한국어 번역본의 등장에 조그만 디딤돌이 될 수 있다면 더 바랄 것이 없겠다.

주제어 : 홍루몽, 한국어 번역, 현대 완역본, 비교 연구

제1장

머리말

제1절 연구 목적과 동기

중국의 수많은 문학작품 중 홍루몽은 풍부한 언어와 문화적 요소를 담고 있는 작품으로 손꼽힌다. 18세기 중엽에 창작된 『홍루몽』은 중국 문화의 정수를 담은 백과전서라고 일컬어질 만큼 건축, 음식, 복식, 장식물, 의학, 문학, 풍속, 희곡 등 다양한 요소와 내용을 포함하고 있다. 중국에서는 『홍루몽』이라는 작품 하나만으로도 '紅學'이라 불리는 학문이 존재할 정도로 대단한 호응을 얻고 있다. 이처럼 단일 작품을 대상으로 폭넓은 연구가 이루어지는 일은 거의 보기 드문 현상에 속한다. 중국의 근대 격동기에 중국의 지식인들은 『홍루몽』의 형성 과정에 대한 추적을 통해 민족적 자아를 재발견하는 기회로 삼고자 했다. 그리고 현대 지성계를 대표하는 학자들은 『홍루몽』 속에서 중국의 인문 정신에 관한 전통을 찾아서 발견하고, 그러한 전통은 세계문화의 대열

에 우뚝 설 만하다고 재평가하기도 하였다.[1]

『홍루몽』은 賈氏 집안에서 벌어진 십여 년 동안의 일상생활을 리얼하게 묘사하는 동시에 주인공 賈寶玉과 林黛玉 사이에 일어난 사랑 이야기를 서술하고 있다. 曹雪芹은 가씨 집안의 부귀영화가 무너지는 과정을 생생하게 그려냄으로써 삶의 무상함을 독자에게 전달하고 있다고 할 수 있다. 『홍루몽』은 매우 풍부하고도 복잡하게 귀족의 생활상을 그려낸 탓에 일반 백성의 삶과 거리가 멀고, 따라서 독자가 작품을 이해하고 공감하기에는 적지 않은 어려움이 따른다.

청나라 초기에 생활했던 曹雪芹(1715~1763, 이름 霑)은 자신의 어릴 적 생활을 기반으로 『홍루몽』을 창작했다. 조씨 집안의 선조는 청나라 최고의 권력자인 황제와 친밀한 관계를 유지해 왔다. 조씨 집안의 조상은 만주 귀족의 家奴였는데, 만족과 명나라 군대가 싸울 때 전쟁터에 나가 공을 세워 관직을 얻었다. 조설근의 증조할머니(曹璽의 아내)는 강희제의 유모였으며 그의 할아버지 曹寅은 강희제와 함께 공부했다. 이리하여 조씨 집안은 강희제와 친근한 관계를 오랫동안 유지하면서 황제의 신뢰를 얻었다. 61년에 달하는 강희제의 재위 기간에 조씨 집안은 무궁한 부귀영화를 누렸다. 曹璽는 1663년(康熙 2)에 江寧織造를 맡았고, 그의 아들과 손자도 계속 이 직책을 맡았다. '직조'라는 관직은 방직업이 발달한 강남 지역에서 황제와 귀비 등의 복식 같은 것을 황궁으로 운송하는 직책이기 때문에 돈을 많이 벌 수 있는 자리였다. 몇 대를 걸쳐 부를 쌓고 영화를 누린 조씨 집안의 후손인 만큼 조설근은 유복한 환경에서 태어났다고 볼 수 있다. 강녕직조를 맡았던 조설근의 조부 조인은 문학과 예술에도 열중했다. 이런 집안에서

1　최용철, 『홍루몽의 전파와 번역』, 도서출판 신서원, 2007, 5쪽.

자란 만큼 조설근이 문학과 예술에 정통했다는 것은 당연한 일이다.

불행히도 조설근의 삶은 조씨 집안이 융성한 시기에서 쇠퇴하는 시기로 넘어가는 전환기에 놓여 있었다. 조인, 아들 曹顒, 수양아들 曹頫는 40년 가까이 강녕직조를 맡았다. 강희제는 재위 기간을 통틀어 南巡이 여섯 번 이루어졌는데, 그중 네 번을 조씨 집에서 머물렀다. 이 일에 들어간 막대한 비용이 조씨 집안이 기울어지게 되는 화근이 되었다. 조인이 살아 있을 때 은 300만 냥 적자를 냈다는 이유로 탄핵을 받은 일이 있었는데, 그때 강희제는 그에게 죄를 묻지 않고 단지 적자를 메워 넣으라고 신신당부만 했을 뿐이다. 그러나 강희제가 죽고 옹정제가 즉위한 다음, 조부가 또 적자를 냈을 때는 차마 죄를 면하지 못하였다. 1727년(雍正 5)에 가산을 차압당함으로써 조씨 집안은 쇠락의 내리막길을 맞이했다. 결국 조설근은 겨우 12년간 부유한 생활을 누려봤을 따름이다. 그 후 그는 가난한 삶을 살 수 밖에 없었다. 자신이 그린 그림을 팔아 생활비를 벌며 온 가족이 죽으로만 배를 채울 지경에 이르렀다. 크나큰 인생의 변동을 겪은 조설근은 인생의 무상함을 깨닫게 해준 자신의 생활을 발판으로 삼아 가난함을 참고 견디며 『홍루몽』이라는 거작을 써냈다.

『홍루몽』에서 조설근은 건축, 복식, 음식, 유희 등을 자세하게 묘사했을 뿐만 아니라 가보옥과 대관원에 사는 많은 여성들에게 각 인물에 어울리는 詩, 詞, 歌, 賦까지 일일이 지어줬고 隱喩, 諧音 등도 풍성하게 이용했다. 따라서 『홍루몽』의 내용을 제대로 옮기려면 원작을 잘 이해해야 하고, 다른 언어로 적절하게 전술하기 위해서는 번역자에게도 원작 작가에 못지않은 언어적 · 문학적 · 예술적 소질이 요구된다고 할 수 있다.[2] 이것이 바로 『홍루몽』을 번역하는 일에 따르는 가장 어려운 점이 아닐까 한다.

훌륭한 작품이라면 전 세계 독자들에게 사랑을 받기 마련이다. 『홍루몽』이 세계적인 흥행에 성공하기까지는 수많은 번역가의 노력이 커다란 밑거름이 되었다. 『홍루몽』120회본은 19세기 후반에 가장 먼저 한국어로 완역됐고, 그 후 영어, 일본어, 독일어 등 34종에 이르는 언어로 번역됐다.[3] 특히 David Hawkes와 John Minford가 공역한 『The Story of The Stone』과 楊憲益과 戴乃迭(Gladys Yang) 부부가 번역한 『A Dream of Red Mansions』는 엄청난 영향을 일으켰다.

한국은 세계 최초의 『홍루몽』120회 완역본을 보유하고 있을 뿐만 아니라 20세기에 들어와서도 현대 한국어로 번역한 완역본과 축역본을 끊임없이 신문에 연재하거나 출판하였다.

〈표1〉 한국어 『홍루몽』 번역 일람표[4]

	번역자	서명	권수·회수	출판연도	출판사	출판지	비고
1	李鍾泰 等	紅樓夢	120책·120회	1884년경	筆寫本	서울	대조완역
2	梁建植	紅樓夢	연재 138회	1918년	每日申報	서울	미완
3	梁建植	石頭記	연재 17회	1925년	時代日報	서울	미완
4	張志瑛	紅樓夢	연재 302회	1930~31년	朝鮮日報	서울	미완
5	金龍濟	紅樓夢	2권·120회	1955~56년	正音社	서울	축역
6	李周洪	紅樓夢	5권·120회	1969년	乙酉文化社	서울	완역
7	金相一	紅樓夢	1권·72장	1974년	徽文出版社	서울	축역
8	吳榮錫	新譯紅樓夢	5권·120회	1980년	知星出版社	서울	완역
9	許龍九 外	홍루몽	4권·120회	1978~80년	延邊人民出版社	延吉	완역
10	安義運 外	홍루몽	5권·120회	1978~82년	北京外文出版社	北京	완역
11	禹玄民	新譯紅樓夢	6권·120회	1982년	瑞文堂	서울	축역
12	金河中	曹雪芹紅樓夢	1권·73장	1982년	金星出版社	서울	미완

---

2 王飛燕, 「樂善齋本『紅樓夢』의 飜譯研究」, 高麗大學校 博士學位論文, 2019.

3 唐均, 「『紅樓夢』譯介世界地圖」, 『曹雪芹研究』, 제2집, 2016, 1쪽.

	번역자	서명	권수·회수	출판연도	출판사	출판지	비고
13	洌上古典研究會	紅樓夢新譯	1권·15회	1988년	平民社	서울	미완
14	姜龍俊	紅樓夢	연재 34장	1990~91년	土曜新聞	서울	완역
15	安義運 外	完譯紅樓夢	7권·120회	1990년	青年社	서울	완역
16	許龍九 外	홍루몽	6권·120회	1990년	圖書出版藝河	서울	완역
17	許龍九 外	紅樓夢	6권·120회	1990년	東光出版社	서울	완역
18	安義運 外	紅樓夢	6권·120회	1994년	三省出版社	서울	완역
19	趙星基 作	紅樓夢	연재 613회	1995~96년	韓國經濟新聞	서울	개작
20	趙星基 作	홍루몽	3권	1997년	민음사	서울	편작
21	安義運 外	홍루몽	12권·120회	2007년	청계출판사	서울	완역
22	최용철·고민희	홍루몽	6권·120회	2009년	나남출판사	서울	완역
23	홍상훈	홍루몽	6권·120회	2012년	솔출판사	서울	완역

19세기 후반 조선에서 완성한 樂善齋本『홍루몽』은 세계 최초의『홍루몽』완역본이라고 할 수 있다. 왕실의 도서실이라고 할 수 있는 창덕궁 소재 낙선재에서 최초로 발견되었기 때문에 편의상 '낙선재본『홍루몽』'이라고 불린다. 이 번역본은 정갑본 계열의 120회본『홍루몽』을 저본으로 삼아 당시 일군의 번역자들이 공동 작업으로 번역한 것이다. 한 回 당 한 권의 책으로 엮은 이 판본은 모두 120책으로 이루어져 있었는데, 수장하고 이관하는 과정에서 제24·54·71책이 유실되어 현재는 117책만 남아 있다. 원문과 번역문을 한 페이지에 나란히 적어 제시하는 對譯의 형식을 취하고 있으며, 원문 옆에 한글로 한자의 발음을 표기하는 註音도 같이 표기해 놓았다.[5] 이 '낙선재본『홍루몽』'은 현재 한국학중앙연구원 장서각에 소장되어 있다.[6]

4　崔溶澈,「韓國 歷代『紅樓夢』飜譯의 再檢討」,『中國小說論叢』, 제5집, 1996, 2~3쪽. 〈표1〉은 18번까지 위의 논문 참조.

5　王飛燕, 앞의 논문(2019), 3쪽.

6　한국학중앙연구원 장서각(http://jsg.aks.ac.kr, 2020.9.10.) 해당 사이트에서 원본 이

20세기에 들어와서는 양건식이 최초로 『홍루몽』을 연재하고자 시도하였다. 그는 이 작품을 『매일신보』와 『시대일보』에 발표하다가 모두 중단하고 말았는데, 『홍루몽』의 詩詞를 한국 고유의 운문 장르인 시조로 번역했다는 점이 주목할 만하다. 양건식은 제1회 돌에 새긴 偈詞를 아래와 같이 번역했다. 말하자면, 7언 절구 형식의 한시를 한국 고유의 시조 형식으로 옮김으로써 한국 독자들에게 친근감을 주는 동시에 전통문화에 대한 자부심도 불러일으킬 수 있었다.

> 無材可去補蒼天, 枉入紅塵若許年. 此係身前身後事,
> 倩誰記去作奇傳.
>
> 재주없어 창천을 기우러 못 갔어라
> 홍진에 그릇 듦이 묻노라 몇 핼런고
> 아쉽다 이내 신전신후사를 뉘에 부쳐
> (원작 제1회)[7]

이후 1930년대에 이르면 장지영이 번역한 『홍루몽』이 『조선일보』에 연재되었는데, 총 302회 분량(원작의 40회까지)을 발표하고 중단했다. 장지영은 연재하는 매 회마다 원작의 회목에서 한 聯句를 뽑아 제목으로 붙였다. 그는 번역문을 가능한 한 한국말로 쉽게 풀어서 신문 연재소설이라는 입장을 최대한 살리고자 했으며, 부득이하게 사용할 수밖에 없는 한자는 괄호 속에 넣어 병기했다. 양건식이 국·한문 혼용으로 쓰던 것과 비교하면 장지영은 한글 운동가다운 번역 자세를 내보였다고 할 수 있다.[8]

미지를 열람할 수 있다.
7 최용철, 『홍루몽의 전파와 번역』, 도서출판 신서원, 2007, 40쪽에서 재인용.
8 최용철, 위의 책, 43쪽.

광복 이후에는 『홍루몽』을 축역하여 펴낸 작품도 많이 나왔다. 1950~1980년대에 걸쳐 간행한 김용제, 김상일, 우현민의 번역본이 여기에 속한다. 또한 『홍루몽』을 편작이나 개작한 경우도 있었다. 이러한 작업은 독자의 호기심을 자극하기 위해 『홍루몽』 가운데 남녀의 사랑 내용만 골라내는가 하면, 심지어는 마음대로 내용을 추가하는 바람에 마치 『홍루몽』이 욕정 소설인 듯 한 오해를 불러일으키기도 했다. 조성기가 개작한 『홍루몽』이 바로 이러한 예에 속한다.

1950~1980년대에 한국에서 간행한 『홍루몽』 완역본은 두 가지가 있는데, 바로 이주홍과 오영석이 번역한 것이다. 1969년 이주홍은 을유문화사를 통해 번역본 5권을 세상에 내놓았지만, 훗날 절판되어 그다지 많이 유통되지는 못했다. 이주홍의 번역은 일본의 자료를 활용한 중역본이었지만 상당한 수준에 이른 번역이었다. 1980년 오영석이 번역한 지성출판사의 『신역 홍루몽』(전5권)은 이주홍의 번역본을 저본으로 삼아 일부 수정하거나 보충한 판본으로 보인다. 전체를 120장으로 고치고 회목을 두 글자에서 네 글자로 바꾸는 등 좀 더 자유롭게 고쳤다.

한편, 연변대학 홍루몽 번역팀은 1978년부터 1980년에 걸쳐 연이어 『홍루몽』 완역본(전 4권)을 延邊人民出版社를 통해 펴냈는데, 이때 1974년 인민문학출판사본(정을본계열)을 저본으로 삼았다. 그리고 北京外文出版社는 1982년에 안의운과 김광열이 번역한 『홍루몽』을 간행했다.

1990년대에 들어와 중국에서 나온 두 종류의 한글 번역본은 일정한 윤문을 거쳐 서울에서 재간되기에 이르렀다. 서울 소재 출판사인 청년사는 북경외문출판사본을 입수하여 '안의운 · 김광열 옮김'으로 표기하고 7권으로 출판했다. 또한 도서출판 예하라는 출판사에서는 연변인민출판사본을 입수하여 '연변대학홍루몽번역소조 옮김'으로 표기하고 6권으로 펴냈다.9 앞에 제시한 〈표1〉의 번역본 외에도 최용철과 고민희가 번역한 『홍루몽』 완역본은 2009년 나남출판사에서 출판되었고, 홍상훈이 번역한 『홍루몽』 완역본은 2012년 솔출판사에서 간행되었다. 그리고 북경외문출판사본은 2007년 청계출판사에서 다시 펴낸 바 있다.

인류의 역사를 돌이켜볼 때 번역은 단순한 의사소통의 수단이 아니라 문학의 교류와 지식의 전파, 그리고 문화의 교섭과 융합에 더할 나위 없이 중요한 역할을 담당해 왔다. 특히 문학 작품의 번역은 단순한 언어 전환의 차원에 머무르는 문제가 아니라 문화 요소와 작가의 사상까지 독자에게 전달하기 위한 작업이다. 그렇기 때문에 훌륭한 작품일수록 번역하기 어렵다.

지금까지 나온 번역본은 각각 특색이 있고 훌륭한 점도 많지만, 복잡다단한 문화 요소와 작가의 사상까지 아우르는 작품을 번역하다 보니 오역이나 정확하지 못한 번역이 불가피했던 것으로 보인다. 본서는 『홍루몽』의 번역 연구를 통해 적절치 못한 오역이 생겨난 원인을 지적하고 해결 방안을 제시함으로써 앞으로 고전소설 번역 및 연구 분야에 조금이나마 도움을 보태고자 한다.

9　도서출판 예하에서는 허용구의 「『홍루몽』 해설」 및 왕곤륜의 『홍루몽인물론』 일부, 앤드류 플랙스의 『홍루몽의 원형적 구조』 일부, 진경호의 『홍루몽연구간론』 등의 번역을 수록해, 번역본 6권을 낸 이듬해인 1991년에 『홍루몽7』(해설 및 연구자료집)을 냈다.

제2절 연구 대상 및 방법

『홍루몽』의 초간본이 출현한 때는 바야흐로 청 건륭 56년(1791)이다. 이해에 나온 각본을 程甲本이라고 하고 그 다음 해에 수정을 거쳐 다시 나온 각본을 程乙本이라고 일컫는다. 그동안 북경 지역을 중심으로 『石頭記』라는 이름의 필사본으로 유행하던 이 작품은 이 시기부터 비로소 중국 전역으로 널리 전파되기 시작하였다. 程偉元과 高鶚이 木活字本으로 초간본을 간행해내자 곧이어 수많은 飜刻本의 출판이 뒤를 따랐고, 얼마 뒤에는 評點本들이 나타나 중국 전체를 석권하였다.[10] 현재 주로 유통되고 있는 『홍루몽』은 120회본인데, 그중 전반부 80회는 조설근이 썼지만 후반부 40회는 고악이나 無名氏가 썼다고 한다.[11]

『홍루몽』은 원래 『石頭記』라고 하는데 후에 『情僧錄』·『風月寶鑑』·『金陵十二釵』라는 제목을 짓기도 하였다. 처음에 필사본으로 유통했기 때문에 글자의 誤寫와 서책의 산실 등으로 인해 필사본이 완전하지 못하거나 내용이 조금 다른 현상이 가끔 드러나기도 한다. 『홍루몽』의 초기 필사본 중에서 가장 이른 연도를 보이는 것은 甲戌本이다. 『홍루몽』의 판본은 주로 두 가지로 나뉘기는 해도 연대에 따라 내용이 조금씩 다르기도 하다. 예를 들어 脂硯齋評本에는 甲戌本(1754), 庚辰本(1760), 戚序本, 王希廉評本 등이 있으며, 程刻本에는 程甲本(1791)

---

10 최용철, 『홍루몽의 전파와 번역』, 도서출판 신서원, 2007, 55쪽.
11 曹雪芹 著(前八十回), 無名氏 續(後四十回), 程偉元·高鶚整理, 『紅樓夢』, 人民文學出版社, 2019, 2쪽.
    "그 의거한 저본은 원래 고악의 후속작이라고 하였는데 근래의 연구에 따르면 고악이 지은 설이 의심이 될 만하다. 그건 설근이 지은 것이 아니며 그 후속 작가가 누구인지 더 탐구할 필요가 있다."
    "其所據底本舊說以爲是高鶚的續作, 據近年來的研究, 高續之說尙有可疑, 要之非雪芹原著, 而續作者爲誰, 則尙待探究."

과 程乙本(1792)이 있다.[12]

『홍루몽』이 한국으로 전해지는 과정을 소상하게 적어 놓은 기록에 관해서는 현재까지 알려진 것이 없지만, 조선시대 문인의 문집 중에서 『홍루몽』이라는 제목이 나오는 최초의 기록은 李圭景의 저작 『五洲衍文長箋散稿』에 들어 있는 「小說辨證說」의 한 대목이다.

> 『도화선』과 『홍루몽』, 『속홍루몽』, 『속수호지』, 『열국지』, 『봉신연의』, 『동유기』 등 작품이 있고, 기타 소설도 헤아릴 수 없을 만큼 많다.[13]

『홍루몽』의 한국 전래시기를 정확히 추정하기는 어렵지만, 적어도 19세기 초에는 이미 한국에 전해졌음을 알 수 있다. 세계 최초로 『홍루몽』을 완역해낸 사실만 보더라도 『홍루몽』에 대한 한국인의 애정을 엿볼 수 있다.

그리하여 19세기 말에 완성된 '낙선재본 『홍루몽』'을 비롯해 20세기 중반에는 이주홍과 오영석이 두 종류의 완역본을 냈을 뿐 아니라 20세기 후반에는 중국에서 출간한 한글 번역의 두 가지 완역본이 한국에서 재간되었고, 나아가 한국 국내에서도 최용철과 고민희가 공역한 완역본이 2009년 나남출판사를 통해 나오는 한편, 홍상훈이 번역한 완역본도 2012년 솔출판사를 통해 간행되었다.

이와 같이 한국에서 펴낸 『홍루몽』 완역본은 총 7종에 달하지만, 앞에서 논의한 바와 마찬가지로 이주홍의 완역본은 일본 자료를 저본으로 한 중역본으로서 원전을 직접 번역한 것이 아니다. 중국어에서 일

---

12   지연재평본은 '脂硯齋'의 평점이 상기되어 있는 필사본이다.
13   한국고전번역원(http://db.itkc.or.kr, 2020.8.7.)
     『五洲衍文長箋散稿』詩文篇·小說辨證說: "有『桃花扇』,『紅樓夢』,『續紅樓夢』,『續水滸志』, 『列國誌』,『封神演義』,『東游記』. 其他爲小說者, 不可勝記."

본어, 일본어에서 다시 한국어로 번역하는 중역의 과정을 거친 만큼 정보의 유실과 왜곡을 피하기 어렵다. 따라서 원전과 대조하는 일이 필수적인 번역 연구에서 이 번역본은 제외하는 것이 마땅하다고 본다. 또한, 오영석의 번역본은 이주홍 번역본을 수정·보충한 것일 가능성이 크다.14 게다가 회목을 번역할 때 두 글자에서 네 글자로 고치는 등, 『홍루몽』에서 매우 중요한 회목의 번역이 온전하지 못해 연구 대상에 걸맞은 가치를 지니지 못한다. 이에 본서는 오영석 역본을 연구 대상에서 제외하기로 했다.

나머지 다섯 가지 번역본 가운데 '낙선재본'은 중세 한국어로 쓰였고 대조 번역의 형식을 취했기 때문에 다른 네 가지 번역본과 비교해 볼 때 언어적 차이나 번역 방식의 차이가 매우 벌어지므로 주요 연구 대상으로 삼지 않기로 했다. 따라서 본서는 나남출판사, 솔출판사, 청계출판사 및 도서출판 예하가 간행한 네 가지 『홍루몽』 완역본을 대상으로 삼아 연구를 진행할 것이다.15

예하본은 정을본을 저본으로 삼고 청계본은 척료생서본으로 저본을 삼았으며, 나남본과 솔본은 모두 경진본을 저본으로 삼았다. 정을본(1792)은 정위원과 고악이 정리하여 120회를 실어 간행한 판본인데, 이야기가 완결되어 있어서 지금까지 가장 많이 유통되는 판본이다. 척료생 서본은 척료생(1730~1792)이 구입한 80회 분량의 필사본인데, 1911년~1922년 상해 유정서국(有正書局)이 『國初抄本原本紅樓夢』이라는 제목으로 石印本을 간행했다. 약칭으로 척서본이라 불리는 이 필사본은 청나라 건륭 시기의 인물인 척료생이 소장하던 것으로, 그가

---

14 최용철, 『홍루몽의 전파와 번역』, 도서출판 신서원, 2007, 56쪽.
15 각 출판사의 번역본을 출판사 명칭을 붙여 나남본, 솔본, 청계본 등으로 기술하도록 한다.

적은 글 「석두기서」가 서두에 붙어 있는 것이 특징이다. 또한 후대에 가 필을 거친 정본 계통의 판본에 비해 척서본은 조설근의 원작을 비교적 잘 보존하고 있는 것으로 평가받는다. 나아가 초기의 필사본인 경진본 에는 제64회와 제67회가 빠져 있는 반면, 이것에는 80회 전체를 전하 고 있는 완전한 판본이다.16

脂硯齋評點本 계통에 속하는 경진본은 각 권의 권두에 "脂硯齋凡四 閱評過"라는 말이 적혀 있다. 제5~8권 표지의 서명 아래 '경진추월정 본'이나 '경진추정본'이라는 주석이 있기 때문에 경진본이라는 이름을 얻었다. 경진본은 비교적 이른 시기에 필사했음에도 유일하게 78회 (64, 67회 산실됨)를 보존하고 있는 비교적 완전한 판본이다. 경진본 은 연대가 이른데도 가장 완전한 판본이며, 지연재의 評語가 대량으로 보존되어 있어 가치가 매우 크다. 1763년 초에 세상을 떠난 조설근은 경진본보다 더 나중에 나온 改定本을 볼 수 없었다. 그래서 경진본은 조설근의 手稿와 맞먹을 수는 없겠지만, 버금가는 판본으로 손꼽을 수 있는 소중한 판본이라고 할 수 있다.17 각 번역본의 저본을 표로 정리 하면 아래와 같다.

〈표2〉 4 가지 현대어 번역본의 저본

역본/ 출판사	저본	계통	번역자
예하	1974년, 『홍루몽』(120회)제3판, 인민문학출판사	程乙本	홍루몽번역소조
청계	앞80회: 1973년, 『척료생서본석 두기』(80회), 베이징 인민문학출 판사;	戚序本 + 程本	안의운, 김광렬

---

16 조설근 · 고악 지음/안의운 · 김광렬 옮김, 『홍루몽』, 청계출판사, 2007, 11쪽.
17 馮其庸, 『論庚辰本(增補本)』, 北京: 商務印書館, 2014, 103~105쪽.

역본/ 출판사	저본	계통	번역자
	뒤40회:1959년,『홍루몽』(120 회)의 뒤40회, 베이징 인민문학 출판사		
나남	1996년,『홍루몽』(120회) 제2판, 인민문학출판사	庚辰本+ 程甲本 (후40회)	최용철, 고민희
솔	1996년,『홍루몽』(120회), 북경: 인민문학출판사	庚辰本+ 程甲本 (후40회)	홍상훈

판본의 차이 때문에 저본의 내용도 약간씩 차이가 나기 때문에 번역에도 차이도 조금 생기기 마련이다. 번역 연구에 결정적으로 지장을 줄 정도는 아니지만, 이런 점도 고려해서 연구를 진행할 것이다. 위의 네 가지 역본은 역자의 언어 배경, 지식 배경 등에 따라 서로 다른 양상을 띠고 있다. 예하본은 중국작가협회 회원들이고 중국어에 정통한 연변대학교 '홍루몽 번역소조'가 5년여에 걸쳐 옮겨놓은 번역본이다.[18]

『홍루몽』은 내용은 매우 방대하기 때문에 일일이 다루기는 거의 불가능하다고 본다. 다만,『홍루몽』의 서사는 대체로 동일한 줄거리를 따르고 있어 번역에 그다지 차이가 없으므로, 서사 진행에 대한 번역은 문제 삼지 않기로 한다. 본서는 한국 독자가 특별히 생소함을 느끼거나 관심을 가질 만한 부분을 연구 대상으로 집약하고,『홍루몽』 회목의 번역, 운문의 번역, 속어 및 문화 요소의 번역 등의 측면에서 대조연구를 시도함으로써 네 가지 번역본의 특징, 차이점, 그리고 오역이 발생한 원인을 밝히고자 한다.

18　조설근·고악 지음/연변대학 홍루몽 번역소조 옮김,『홍루몽』, 도서출판 예하, 1990, 들어가는 글.

제3절 선행 연구 검토

『홍루몽』의 번역본이 출현한 이후 곧『홍루몽』번역을 둘러싸고 연구가 뒤를 이었다.『홍루몽』은 영어, 한국어, 일본어 등 삼십여 가지 언어로 번역이 이루어져 번역본이 무려 155종에 달한다. 그중 16가지 언어를 통해 36개의 완역본을 산출했다고 한다.[19] 사정이 이러하니,『홍루몽』의 번역에 관한 연구도 하나하나 열거하지 못할 정도로 방대하기 이를 데 없다. 한국은 세계 최초로『홍루몽』완역본이 나온 만큼『홍루몽』번역에 대한 연구도 활발한 편이다. '낙선재본『홍루몽』'에 대한 번역 연구는 물론이고, 현대어 번역본에 대한 연구 또한 그러하다.

최용철·고민희는 2009년 나남출판사를 통해『홍루몽』완역본을 출판했다. 최용철은『홍루몽』의 번역과 한국 전파에 관해 지속적으로 연구해왔으며, 그동안 진척해온 연구 성과를 모아『홍루몽의 전파와 번역』이라는 책을 내놓았다.[20] 이 책은 2018년 중국 中華書局에서 중국어판으로도 간행한 바 있다.[21] 저자는 이 책에서 세계 최초의『홍루몽』완역본인 낙선재본부터 1945년 광복 이후 한국에서 간행된 현대역본, 나아가 중국에서 선을 보인 한국어 번역본들까지 종합적으로 연구하고 번역본들의 특징을 일일이 지적함으로써 이른바 개별 분석과 종합 분석을 아울러 시도했다.

또 최용철은 연이어 중국『홍루몽학간』에 논문을 게재하면서『홍루몽』의 한국어 번역을 둘러싼 여러 문제를 검토했다. 그는 「紅樓夢』在韓國的流傳和翻譯——樂善齋全譯本和現代譯本的分析」(『홍루몽』의 한

---

19 唐均, 앞의 논문, 1쪽.
20 최용철, 앞의 책.
21 崔溶澈 著/肖大平 譯,『紅樓夢在韓國的傳播與翻譯』, 北京: 中華書局, 2018.

국 전파와 번역—낙선재 완역본과 현대 번역본에 대한 분석)이라는 글에서 양건식이 시조의 형식을 빌려 『홍루몽』의 시사가부(詩詞歌賦)를 번역하려고 시도한 것에 대하여 높이 평가하였다.22 그리고 「『紅樓夢』的文化翻譯—以韓國語譯文爲主」(『홍루몽』의 문화 번역—한국어 번역본을 중심으로)에서는 "『홍루몽』을 번역하려면 한중 언어에 관한 지식을 알아야 할 뿐만 아니라 중국과 한국의 전통 및 현대 문화를 전면적으로 알아야 한다"고 지적했다.23 나아가 그는 「韓文本『紅樓夢』回目的翻譯方式」(한문본 『홍루몽』 회목의 번역 방식)에서 『홍루몽』 회목의 특징을 분석하면서 각 번역본의 번역 방법 및 기교를 검토했다.24

고민희는 자신의 번역 경험을 토대로 「『紅樓夢』韓文翻譯本後四十回中的幾個問題」(『홍루몽』 한문 번역본 후 40회의 몇 가지 문제)에서 번역의 이념 및 책략을 소개하였다. 문화 지식과 諧音 등 독자에게 내용을 정확하게 전달하기 위해 가독성이 떨어진다는 약점을 감수하면서까지 각주를 충분히 부가했다.25 그리고 「關於『紅樓夢』韓譯本中稱謂語的若干問題」(『홍루몽』 한역본의 호칭어와 관련된 문제들)에서는 언어 환경, 감정 요소, 문화 차이가 호칭어 번역에 미치는 영향을 검토했다.26 나아가 「『紅樓夢』韓譯時面臨的問題—以文化空白爲中心」(『홍루몽』의 한국어 번역 시 접한 문제—문화 공백을 중심으로)에서는 중국 문화의 정수를 담고 있는 전유 명사, 중국 문학의 특색을 나타내는 수

---

22 崔溶澈, 「『紅樓夢』在韓國的流傳和翻譯─樂善齋全譯本和現代譯本的分析」, 『紅樓夢學刊』, 增刊, 1997.
23 崔溶澈, 「紅樓夢』的文化翻譯─以韓國語譯文爲主」, 『红楼梦学刊』, 제5집, 2008, 133쪽. "我們要飜譯『紅樓夢』, 除了要熟悉中韓語言方面的知識之外, 當然要求中韓傳統和現代文化方面有全面的認識."
24 崔溶澈, 「韓文本『紅樓夢』回目的翻譯方式」, 『紅樓夢學刊』, 제6집, 2010.
25 高旼喜, 「紅樓夢』韓文翻譯本後四十回中的幾個問題」, 『紅樓夢學刊』, 제1집, 2009.
26 高旼喜, 「關於『紅樓夢』韓譯本中稱謂語的若干問題」, 『紅樓夢學刊』, 제5집, 2009.

사법 등에 관한 번역 방법을 살펴보았다.27 「『紅樓夢』的對話翻譯以表現人物個性爲中心」(『홍루몽』의 대화 번역—인물 성격의 표현을 중심으로)에서는 인물 대화의 精妙한 점과 인물 형상의 광채를 생동하게 전달하기 위한 다양한 번역 방안을 조명했다.28

『홍루몽』에는 詩詞歌賦가 매우 큰 비중을 차지하고 있으며 인물의 성격을 나타내는 데 무게 있는 역할을 담당하고 있다. 이계주는『홍루몽시사간론』에서 顔榮利, 蔡義江, 俞平伯, 周汝昌 등 중국 학자들의 견해를 소개하면서『홍루몽』詩詞의 작품상 의의, 『홍루몽』의 시론 등을 검토했다.29 그리고 가보옥, 설보채, 임대옥 등의 시사를 분석하고 번역했으며, 일부 시사의 낙선재본, 예하본, 청계본과 일어, 영어 번역을 대조 분석했다.

중국에서는『홍루몽』의 영역본에 관한 연구를 심심치 않게 볼 수 있는데, 최근에는 한국어 번역에 대한 연구도 꽤 관심을 끌고 있다. 중국에서는 최용철, 고민희 등의 저서와 논문이 간행되었을 뿐만 아니라 『홍루몽』의 한국어 현대 번역에 대한 검토가 이어지고 있다. 박세준은 「現代『紅樓夢』韓譯本熟語翻譯研究」(현대『홍루몽』한역본의 숙어 번역 연구)에서 네 가지 번역본에 나타난 사자성어, 속어, 헐후어(歇後語) 같은 숙어의 번역 양상 및 방법을 분석했다.30 그러나 이 논고는 단지 번역문을 열거 대조하는 데 그쳤을 뿐 번역의 오차가 나타난 원인을 밝히지는 못하였다. 김은령(金銀玲)은 「『紅樓夢』兩種韓譯本的比較研究」(『홍루몽』두 가지 한역본의 비교 연구)에서 조선족 번역가 이원길

---

27   高旼喜, 「『紅樓夢』韓譯時面臨的問題－以文化空白爲中心」, 『紅樓夢學刊』 제6집, 2010.
28   高旼喜, 「『紅樓夢』的對話翻譯－以表現人物個性爲中心」, 『紅樓夢學刊』 제6집, 2011.
29   이계주 지음, 『홍루몽시사간론』, 도서출판 다운샘, 2005.
30   朴洗俊, 「現代『紅樓夢』韓譯本熟語翻譯研究」, 華東師範大學校 碩士論文, 2018.

의 번역본과 최용철, 고민희의 번역본을 비교 대상으로 삼아 고유명사, 숙어, 회목 등의 번역을 간단하게 대조 분석을 하고, 자국화와 이국화를 중심으로 번역 책략의 선택 양상을 검토했다.[31]

沈煒艶은 『홍루몽 복식문화 번역연구』에서 복식과 인물 형상화의 관계, 인물 복식의 묘사 및 번역, 복식의 재료 및 번역, 예복의 묘사 및 번역 등을 중심으로 홍루몽의 영역본을 검토하고 있다.[32] 비록 한국어 번역본에 대한 연구는 아니지만 참고할 가치가 충분히 있다고 본다. 앞서 서술했듯이 『홍루몽』의 현대어 완역본에 대한 번역 연구가 점점 더 향상하고 있는 것은 사실이지만, 아직은 시작 단계라고 볼 수 있기에 앞으로 더 많은 연구가 나오길 고대하는 바다.

31 金銀玲, 「『紅樓夢』兩種韓譯本的比較研究」, 延邊大學校 碩士論文, 2019.
32 沈煒艶 著, 『紅樓夢服飾文化飜譯研究』, 北京: 中西書局, 2011.

제2장

『홍루몽』 回目의 번역

제1절 회목의 특징

중국 고전소설의 주요 형식중 하나는 '章回體小說'이다. 장회소설의 回目이 한 장의 내용을 총괄하는 만큼 그 역할이 매우 중요하다. 장회소설의 회목은 보통 한정된 글자 수로 이루어져있고 單句나 對偶句의 형식을 모두 갖추고 있다. 명나라 말 청나라 초기에 회목은 대우구의 형식으로 점차 고정되었다. 『홍루몽』의 회목이 바로 그 대표적인 예다.

『홍루몽』의 회목은 초기 필사본인 脂硯齋評本 이래로 다양하게 변화해 왔고 1791년 程偉元刊本 이후에 새로운 평점본이 출현할 때 마다 조금씩 다르게 나타났다. 『홍루몽』의 회목은 일률적으로 전후 八字의 對句로서 十六字의 형태로 되어 있는데 이는 장편 소설 회목 발전의 거의 마지막 단계라고 할 수 있다.[33] 『홍루몽』의 회목은 對稱

---

33 최용철, 「『홍루몽』의 회목 번역기법의 연구」, 『中國語文論叢』, 第47輯, 2010, 352쪽.

적인 특징을 가지고 있어 회목의 앞 구절과 뒤 구절은 반드시 대칭을
이룬다.

회목의 가장 기본적인 구조 형식은 3+2+3자로 된 구성이다. 전반
부 80회의 회목을 더 세분화 하면 그 중에 인명(3)+동사(2)+명사(3)
의 구조는 32개이고,[34] 동사(1)+명사(2)+인명(2)+동사(1)+명사(2)의
구조는 36개가 있으며, 인명(3)+부사(2)+동사(1)+명사(2)의 구조는
18개, 형용사(單字評)(1)+인명(2)+명사(2)+동사(1)+명사(2)의 구조
는 18개다. 나머지 회목도 기본 형식을 따르나 관형사형이나 부사형으
로 된 수식어가 더 많다.

〈표3〉 회목의 구조

回次	제목	구조
1	甄士隱夢幻識通靈 賈雨村風塵懷閨秀	인명(3)+부사어(2)+동사(1)+명사(2)
2	賈夫人仙逝揚州城 冷子興演說榮國府	인명(3)+동사(2)+명사(3)
3	賈雨村夤緣復舊職 林黛玉拋父進京城	인명(3)+동사(1)+명사(1)+동사(2)+명사(2)
4	薄命女偏逢薄命郎 葫蘆僧亂判葫蘆案	지칭명사(3)+부사(1)+동사(1)+명사(3)
5	游幻境指迷十二釵 飲仙醪曲演紅樓夢	동사(1)+명사(2)+동사(2)+명사(3)
6	賈寶玉初試雲雨情 劉姥姥一進榮國府	인명(3)+부사(1)+동사(1)+명사(3)
7	送宮花賈璉戲熙鳳 宴寧府寶玉會秦鐘	동사(1)+명사(2)+인명(2)+동사(1)+인명(2)
8	比通靈金鶯微露意 探寶釵黛玉半含酸	동사(1)+명사(2)+인명(2)+부사(1)+동사(1)+명사(1)
9	戀風流情友入家塾 起嫌疑頑童鬧學堂	동사(1)+명사(2)+명사(2)+동사(1)+명사(2)

---

[34] 괄호 안의 숫자는 글자 수이다. 아래는 모두 이와 같다. 회목의 개수는 저본으로 많이
쓰인 庚辰本을 기준으로 통계를 냈다.

回次	제목	구조
10	金寡婦貪利權受辱 張太醫論病細窮源	인명(3)+동사(1)+명사(1)+부사(1)+동사(1)+명사(1)
11	慶壽辰寧府排佳宴 見熙鳳賈瑞起淫心	동사(1)+명사(2)+명사(2)+동사(1)+명사(2)
12	王熙鳳毒設相思局 賈天祥正照風月鑒	인명(3)+부사(1)+동사(1)+명사(3)
13	秦可卿死封龍禁尉 王熙鳳協理寧國府	인명(3)+동사(2)+명사(3)
14	林如海捐館揚州城 賈寶玉路謁北靜王	인명(3)+동사(2)+명사(3)
15	王鳳姐弄權鐵檻寺 秦鯨卿得趣饅頭庵	인명(3)+동사(2)+명사(3)
16	賈元春才選鳳藻宮 秦鯨卿夭逝黃泉路	인명(3)+동사(2)+명사(3)
17 18	大觀園試才題對額 榮國府歸省慶元宵	명사(3)+동사(2)+동사(1)+명사(2)
19	情切切良宵花解語 意綿綿靜日玉生香	형용사(3)+부사(2)+명사(1)+동사(1)+명사(1)
20	王熙鳳正言彈妒意 林黛玉俏語謔嬌音	인명(3)+형용사(1)+명사(1)+동사(1)+명사(2)
21	賢襲人嬌嗔箴寶玉 俏平兒軟語救賈璉	형용사(1)+인명(2)+명사(2)+동사(1)+인명(2)

〈표3〉에 제시한 바와 같이 제2회의 회목 '賈夫人仙逝揚州城 冷子
興演說榮國府'(가부인은 양주성에서 서거하고 냉자흥은 영국부 내역
을 말하다)는 바로 인명(3)+동사(2)+명사(3)의 구조다. 제3회의 회목
'托內兄如海薦西席 接外孫賈母惜孤女'(임여해는 처남에게 가우촌을
천거하고 사태군이 외손녀를 맞아 가엾게 여기다)은 바로 동사(1)+명
사(2)+인명(2)+동사(1)+명사(2)의 구조이고, 제21회의 회목 '賢襲人
嬌嗔箴寶玉 俏平兒軟語救賈璉'(현숙한 습인은 애교 어린 말로 보옥을
훈계하고 영리한 평아는 둘러댄 말로 가련을 구해주다)은 형용사(單字
評)(1)+인명(2)+명사(2)+동사(1)+인명(2)의 구조다.

『홍루몽』은 함축된 언어로 한 회에 제일 중요한 내용을 추출해 회목

을 짓는다. 그리고 인물의 성격 및 특징을 '單字評'으로 잘 나타내고
있다. 제21회의 회목 '賢襲人嬌嗔箴寶玉 俏平兒軟語救賈璉'(현숙한
습인은 애교 어린 말로 보옥을 훈계하고, 영리한 평아는 둘러댄 말로
가련을 구해주다)에서 '賢'과 '俏'는 모두 사람의 성격 및 특징을 나타
내는 말이다.

『홍루몽』의 회목에는 소설 속 인물을 비슷한 성격과 특징을 가진 다
른 인물이나 동물로 비유하는 경우가 많다. 예를 들어 제79회의 회목
'薛文龍悔娶河東獅 賈迎春誤嫁中山狼'(설반은 사나운 아내를 맞아들
여 후회하고 가영춘은 운 나쁘게 포악한 남편에게 시집가다)은 설반의
성질이 사납고 질투가 많은 아내를 '사자'로 비유했고 가영춘의 포악한
남편을 '늑대'에 비유했다. 사자와 늑대는 모두 맹수로서 독자에게 사
악한 이미지를 전해준다.

제2절 회목의 번역

『홍루몽』의 네 번역본 중에 청계본과 솔본은 회목만 번역했는데 나
남본은 독자의 이해를 돕기 위해 회목을 번역했을 뿐만 아니라 소제목
까지 붙었다. 나남본은 최초로 회목과 별도의 소제목을 병렬하는 방식
을 사용했다. 예를 들어 제1회 '甄士隱夢幻識通靈, 賈雨村風塵懷閨秀'
를 번역할 때 소제목 '석두의 이야기'와 전체 회목 "진사은은 꿈길에서
통령보옥 처음 보고 가우촌은 불우할 때 한 여인을 알았다네"를 동시
에 제시했다.[35] 하지만 다른 두 번역본은 소제목이 없으니 본문에서는
소제목에 대한 검토를 생략하겠다.

---

35 '甄'자의 한자음이 '견(질그릇)'과 '진(질그릇 장인)' 두 가지가 있지만 중국어 발음과 더
   가깝게 옮기기 위해서인지 네 번역이 모두 '진사은'으로 했다. 본서도 이대로 하겠다.

제 1 회: ①甄士隱夢幻識②通靈　①賈雨村④風塵懷③閨秀

[예하]: ①진사은은 꿈에서 ②통령을 알고
　　　　①가우촌은 ④뜬세상에서 ③가인을 그리워하다

[청계]: ①진사은은 꿈길에서 ②기이한 옥을 알아보고
　　　　①가우촌은 ④속세에서 ③꽃다운 여인을 그리다

[나남]: ①진사은은 꿈길에서 ②통령보옥 처음 보고
　　　　①가우촌은 ④불우할 때 ③한 여인을 알았다네

[솔]: ①진비는 꿈속에서 ②신령한 돌을 알게 되고
　　　　①가화는 ④속세에서 　③미녀를 그리워하다

[중]: 진사은은 꿈속에서 통령보옥을 알게 되고 가우촌은
　　　　속세에서 꽃다운 여인을 마음에 두다

　　우선 네 번역본 모두 회목의 특징을 살려 대구를 이루도록 번역한
노력이 보인다. 『홍루몽』을 처음부터 끝까지 관통하는 매우 중요한 매
개체인 '통령보옥'을 첫 회에 독자에게 소개했다. ②번의 '通靈'이 바로
그것이다. 여와가 구멍 난 하늘을 메울 때 쓰다 남은 돌이 하나 있었
는데, 오랜 세월을 거쳐 靈性이 통하자 속세의 삶을 한번 체험해보고
싶어 한다. 마침 승님과 도사가 나타나 이 돌에 '통령보옥'이라는 글자
와 시문을 새기고 그것을 금릉에 있는 가씨 집안으로 내보냈다. 회목
에 나온 '통령'이 이 돌인 것은 의심할 여지가 없다. 그러나 청계본과
솔본의 경우 독자의 이해를 돕기 위해 '기이한 옥'이나 '신령한 돌'이라
고 풀어서 옮긴 반면, 나남본은 돌의 이름 그대로 번역했다.

③'규수'는 진사은 아내의 시녀 嬌杏을 가리킨다.36 가우촌이 가난했을 적에 진사은과 친구가 되어 그의 집에 자주 갔다. 교행이 우연히 가우촌과 마주쳤는데 호기심에 고개를 두 번 돌아봤다. 이런 인연으로 나중에 그녀가 가우촌의 처가 되었다. 보통 처녀들은 규방에 살기 때문에 시집가지 않은 여자들을 '규수'라고 부르는데 여기서 시녀에게 '규수'라는 말을 썼으니 나남본처럼 단지 '한 여인'이라고 번역하면 그 의미를 충분히 전달하지 못하게 된다. 솔본의 '미녀'보다 청계본의 '꽃다운 여자'는 훨씬 더 강한 이미지를 독자에게 부여할 수 있다. 가우촌이 과거시험 보러 갈 여비조차 없을 때 이 시녀를 만났으니 나남본이 ④'풍진'을 '불우할 때'라고 번역한 것이 틀리지는 않는다. 하지만 上聯에 나온 '몽환(꿈속)'과 의미상의 대구를 이루려면 청계본과 솔본처럼 '속세'라고 옮기는 것이 나을 것이다.

고대 사람들은 태어나서 부모님이 名을 지어주고 남자는 스무 살 때 冠禮를, 여자는 시집갈 나이가 되면 笄禮를 거행한 뒤 집안의 웃어른이 字를 지어준다.37 자는 보통 이름에 대한 해석이나 보충의 성격을 띤다. 관례를 거행하면 어른이 되어 또래끼리 더 이상 이름을 부르지 않고 자로 부른다.38 그래서 명은 보통 집안 웃어른이 부르거나 자신을 낮출 때만 쓴다.39 동년배의 명을 직접 부르는 것은 무척 실례가

---

36 교행은 운이 좋다는 뜻을 가진 '僥倖'과 해음쌍관을 이룬다.
37 戴聖 編著, 張博 編譯, 『禮記』, 沈陽: 萬卷出版公司, 2019, 17쪽.
    曲禮 上: "男子二十, 冠而字, ···女子許嫁, 笄而字."
38 戴聖 編著, 張博 編譯, 위의 책, 81쪽.
    檀弓 上: "幼名, 冠字."
    鄭玄(東漢) 註, 孔穎達(唐) 疏, 陸德明(唐) 釋文, 『禮記註疏』冊二, 上海: 中華書局, 1912, 158쪽.
    "人年二十有爲父之道, 朋友等類不可復呼其名, 故冠而加字."
39 『儀禮』士冠禮: "冠而字之, 敬其名也. 君父之前稱名, 他人則稱字也."

된다. 상대방을 낮추는 것과 같기 때문이다. 그때 당시에는 귀족과 사대부만 자를 짓고 일반 백성은 자를 가질 자격이 없었다. 『홍루몽』에 등장한 인물들 중에 가보옥은 이름(명)을 밝히지 않았고 그저 '보옥'이라는 아명만 부른다. 게다가 나이가 어려서인지 자가 없다. 그렇지만 어른이 될 만한 사람들은 모두 자를 가지고 있다. 진종도 '鯨卿'이라는 자가 있고 설반도 '文龍'이라는 자가 있다. 하지만 가서나 진종 같은 사람은 항렬이 낮거나 나이가 어려 그냥 명으로 부를 때가 많다.

『홍루몽』에 나오는 대부분의 회목에는 꼭 사람이 나오는데 제1회처럼 인명으로 나오는 경우가 제일 많다. 따라서 인명 번역은 매우 중요하다. 제1회에 나온 '甄士隱'은 이름이 費이며 자는 士隱이고 '賈雨村'은 이름이 化이며 자는 雨村이다.[40] 사람 이름을 번역할 때 청계본과 나남본은 보통 원문대로 성+자의 형식으로 옮기는데 솔본만 굳이 사람의 명대로 번역했다. 그 이유는 모르지만 당시의 관습을 반영되지 않았다.

제 2 회: ①賈夫人②仙逝揚州城　　冷子興演說榮國府

[예하]: ①가부인은 양주에서 ②세상을 하직하고
　　　　냉자흥은 영국부의 일을 이야기하다

[청계]: ①가부인은 양주성에서 ②세상을 떠나고
　　　　냉자흥은 객주집에서 영국부 내역을 말하다

[나남]: ①가부인은 양주에서 ②신선되어 승천하고

40　甄士隱은 '眞事隱(사실을 감추고)'의 해음쌍관이며 賈雨村은 '假語存(거짓을 남기다)'의 해음쌍관이다.

①번 '가부인'은 임대옥의 어머니 賈敏을 가리키나, 등장하는 부분이 많지 않아 독자에게는 생소할 수 있다. 그래서 솔본에서는 '임대옥의 어머니'로 번역된 것으로 보인다. 독자의 이해를 돕기 위한 배려로 보이지만 회목의 上下聯의 대칭을 깨뜨려 아쉬운 점이 있다. 청계본과 나남본은 하련의 '냉자홍'과 대칭을 이루기 위해 원문대로 '가부인'으로 옮겼다.

②번 '仙逝'라는 것은 죽음을 완곡하게 표현한 말이다. 인간은 죽음에 대해 두려움이 많아 입에 올리는 것조차 꺼린다. 따라서 '仙逝, 升天, 駕鶴西去' 등 완곡한 표현을 만들어냈다. 도교에서는 사람이 신선이 되면 육체의 허물을 벗고 혼령의 형태로 하늘에 올라가 신선이 된다고 보았다. 이런 표현을 통해 전설을 빌어 죽음에 대한 두려움을 감소시키려는 것이다. 따라서 여기서의 '선서'는 가부인이 정말로 신선이 된 것이 아니라 세상을 떠났다는 뜻이다. 나남본은 원문대로 직역하여 독자의 오해를 초래할 가능성이 있다.

제4회: 薄命女偏逢薄命郎　①葫蘆僧②亂判葫蘆案

[예하]: 박명한 여인은 불운하여 박명한 남자를 만나고
　　　　①호로묘 옛 중은 ②살인사건을 엉터리로 판결짓게 하다

[청계]: 기구한 여인이 하필이면 기구한 사내를 만나고
　　　　①호로묘의 중이 ②되는대로 엉터리 판결을 내리다

[나남]: 박명한 여자 하필 박명한 사내 만나고
　　　　①호로묘 승려 ②짐짓 제멋대로 판결 내리네

[솔]: 박명한 여자는 하필 박명한 남자를 만나고
　　　　①호로묘의 중은 ②살인 사건을 엉터리로 판결하게 하다

[중]: 박명한 여자가 하필 박명한 사내를 만나고
　　　　호로묘 옛 중이 제멋대로 판결을 어지럽히다

　가우촌은 應天府의 府尹이 되어 맨 처음 업무로서 호족 집안의 아들 설반이 노복을 시켜 사람을 때려죽인 사건을 처리하였다. 가우촌은 법대로 판결을 내리려고 했지만 불우할 때 알고 지내던 호로묘의 중이 꼬드기는 대로 마음을 바꿔 엉터리로 판결을 내렸다. 가우촌은 임여해의 소개로 가씨 집안의 도움을 받아 이 관직을 얻었는데, 가씨 집안과 설씨 집안은 친척 관계였던 것이다. 혈연으로 엮여 있으니 서로 감싸줄 수밖에 없다. 주나라와 원나라 때는 민간에 '葫蘆提'라는 속어가 있는데 흐리멍덩하다는 뜻이다.[41] 여기서 '葫蘆案'은 바로 흐리멍덩하게

41　馮其庸 李希凡 主編, 『紅樓夢大辭典』, 北京: 文化藝術出版社, 2010, 7쪽.
　　'葫蘆提'는 元曲에도 자주 나오는데 關漢卿의 『竇娥冤』에 "내가 억울하게 죄명을 씌우고 내가 곧 목이 베이게 될 것을 생각해……"(念竇娥葫蘆提當罪愆, 念竇娥身首不完全……)

처리한 사건이라는 뜻이다. 葫蘆僧은 '호로묘에 살았던 승려'라고 이해해도 좋지만 '흐리멍덩한 승려'라는 뜻으로 그 중을 풍자할 의미도 함께 포함됨으로 보인다.

①'葫蘆僧'은 '흐리멍덩한 승려'라는 뜻이 되기도 하지만 여기 네 번역이 모두 '호로묘의 (옛) 중'으로 번역한 것은 호로묘라는 장소와 호로묘의 중이라는 인물이 가우촌과 유괴당한 진영련 사이의 인연을 독자에게 인식시키기 위해서이다. 진영련은 진사은의 딸인데 다섯 살 때 집 근처에서 유괴를 당한다. 그때 당시 호로묘에 살았던 가우촌과 호로묘의 중이 모두 이 아이를 잘 알았다. 가우촌은 과거 급제하기 전부터 진사은과 두터운 친교를 맺었는데, 과거 보러 떠날 때 노잣돈을 챙겨준 사람도 진사은이었다. 그러나 결국 은인인 진사은의 딸을 찾은 다음에 그 아이가 있는 곳을 진사은에게 알려주기는커녕 사람을 때려 죽인 살인범을 감싸주기까지 했다. 자신에게 커다란 도움을 베풀었던 진사은에게 배은망덕한 짓을 서슴지 않게 만든 사람은 바로 호로묘의 '옛' 중이었다. 그런데 네 가지 번역본 중에 예하본만 '옛'이라는 관형어를 붙임으로써, 예전에는 중이었지만 지금은 문지기가 되었다는 사실을 독자에게 정확히 전달하고 있다.

②를 원문대로 이해하면 청계본과 나남본처럼 '호로묘 중이 제멋대로 판결을 내리다'라고 번역해도 별문제가 없지만 실제로는 군수인 가우촌에게만 판결을 내릴 권한이 있다. 청계본과 나남본의 번역대로 이해하면 마치 판결이 호로묘의 옛 중이 내린 것처럼 보여 독자의 오해를 부를 수 있다. 솔본처럼 호로묘 옛 중의 실제 역할을 명백히 밝혀야 독자의 이해를 돕고 오해를 줄일 수 있다.

라는 구절이 있다.

제 5 회: 游幻境指迷十二釵　　飮仙醪曲演紅樓夢

[예하]: 가보옥은 태허환경에 노닐고　　　(賈寶玉神遊太虛境)
　　　　경환선녀는 홍루몽곡을 들려주다　(警幻仙曲演紅樓夢)

[청계]: 가보옥은 선녀 따라 태허환경에서 노닐고
　　　　경환선녀는 보옥에게 홍루몽 곡을 들려주다

[나남]: 태허환경 노닐며 <u>열두 미녀 그림 보고</u>
　　　　신선주를 마시며 홍루몽 곡 들어보네

[솔]: 태허환경을 노닐다 <u>열두 미녀에 대한 수수께끼를 듣고</u>
　　　　신선의 술 마시며 홍루몽 노래를 듣다

[중]: 태허환경 노닐며 열두 미녀의 운명을 맞춰보고
　　　　신선주를 마시며 열두 가락 홍루몽 곡을 들어보다

　　예하본은 북경사범대학교출판사에서 간행한 『紅樓夢校註本』(程乙本)을 저본으로 했고 청계본은 『戚蓼生序本石頭記』를 저본으로 했기 때문에 회목은 나남본이나 솔본과 차이가 있다. 하지만 『戚蓼生序本石頭記』의 제5회 회목은 '靈石迷性難解仙機, 警幻多情秘垂淫訓'(머리가 둔한 가보옥은 신선의 수수께끼를 풀지 못하고, 다정한 경환선녀는 성에 관한 지식을 비밀리에 가르쳐준다)인데 청계본의 번역을 보건대 분명히 程刻本의 회목 '賈寶玉神遊太虛境, 警幻仙曲演紅樓夢'을 따른 것이다. 이는 '淫訓'이라는 말이 너무 노골적이라서 바꾼 것이 아닌가 하는 생각이 든다.

　　여기서 '指迷'는 '指點迷津'의 줄임말로 '의혹이나 수수께끼를 풀 힌

트를 준다'는 뜻이다. 가보옥이 태허환경에서 경환선녀를 만나 그녀를 따라 金陵十二釵, 즉 금릉 땅에 사는 열두 미녀의 운명을 그린 그림을 보았다. 하지만 가보옥은 그림만 봐서는 어느 그림이 어느 여자의 운명을 예언하는 것인지 알지 못했다. 나남본은 '指迷十二釵'를 "열두 미녀 그림 보고"라고 번역했는데 마치 '미녀가 그려져 있는 그림을 보다'라고 독자에게 오해를 불러일으킬 가능성이 있다. 솔본은 독자의 이해를 위해 "열두 미녀에 대한 수수께끼를 듣다"라고 옮겨 오해가 생길 여지를 줄었다.

제6회: 賈寶玉①初試雲雨情   劉姥姥②一進榮國府

[예하]: 가보옥은 운우지정 ①처음 겪어보고 유노파는 영국부에 ②처음 와보다

[청계]: 가보옥은 ①뜻밖에 운우의 정을 체험하고 유노파는 ②처음으로 영국부에 찾아가다

[나남]: 가보옥은 ①습인과 첫 운우지정 경험하고 유노파는 ②처음으로 영국부에 들어왔네

[솔]: 가보옥이 ①처음으로 운우지정을 경험하고 유노파가 ②처음으로 영국부에 들어오다

[중]: 가보옥이 운우지정 처음 경험하고 유노파는 영국부를 처음 찾아가다

제6회 번역은 각 출판사 사이에 별다른 차이가 없으나, 다만 청계본은 ①'初試'를 '뜻밖에'로 옮겼고, 나남본은 '습인'을 등장시켜 다른 양

상을 보였다. '뜻밖에'는 '처음'보다 가보옥이 운우지정을 '예기치 않게' 체험했다는 사실을 돋보이려고 쓴 것이다. 하지만 원문에 '처음'으로 되어 있는 만큼 굳이 '뜻밖에'로 번역할 필요는 없었다. 또한 나남본은 '습인'이 가보옥과 운우지정을 나눈 상대임을 독자에게 미리 밝혀줬는데, 이것 역시 굳이 이렇게 할 이유는 없다. 독자가 읽어가면서 가보옥과 운우지정을 나눈 사람이 누구인지를 알아내는 것도 흥미를 돋울 만한 요소가 될 수 있으니까 말이다. 아울러 '습인'이 회목에 들어감으로써 대구의 형식이 깨졌다는 점도 지적할 수 있다.

上聯의 '初試'와 下聯의 '一進'이 대구가 이루어지며 모두 첫 번째의 경험을 이야기한 것이다. 가보옥이 꿈속에서 경환선녀에게 性에 관한 훈계를 듣고 깨어나 자기의 시녀 습인과 운우지정을 처음 경험했다. 유모모는 집안 형편이 어려워 도움을 청하러 영국부에 첫 번째로 찾아왔다. '一進'을 강조한 것은 유모모가 나중에 또 두 번 영국부에 왔기 때문이다. 청계본은 '初試'를 '뜻밖에'로 번역했는데 이는 원문과 거리가 있다고 본다. 나남본은 '습인'을 넣어 가보옥과 운우지정을 나눌 대상을 밝혔지만 일종의 첨역이라고 할 수 있으며 上下聯의 대칭을 깨뜨렸다.

제7회: 送宮花賈璉戲熙鳳　　宴寧府寶玉會秦鐘

[예하]: 궁화를 전하는데 가련은 희봉을 희롱하고 녕국부 연회에서
　　　　보옥은 진종을 만나다

[청계]: 우씨는 조용히 왕희봉을 초청하고 (尤氏女獨请王熙凤)
　　　　가보옥은 처음으로 진종을 만나보다　　(贾宝玉初会秦鲸卿)

[나남]: 궁중꽃 나눌 때 가련은 희봉을 희롱하고
        녕국부 잔치에서 보옥이 진종을 만났네

[솔]: 궁중에서 보낸 꽃을 전하며 가련은 왕희봉을 희롱하고
        녕국부 연회에서 가보옥은 진종을 만나

[중]: 궁중꽃이 보내질 참에 가련이 희봉을 희롱하고
        영국부에서 연회 열 때 보옥이 진종을 만나다

설보채의 어머니 설부인이 민간에 아직 보이지 않은 새로운 양식의 꽃을 궁에서 얻었는데 하인을 시켜 여러 아가씨와 왕희봉에게 나눠주라고 했다.[42] 하인이 꽃을 전하러 희봉을 찾으러 갔더니 마침 가련이 왕희봉과 방에 같이 있었다. 그래서 하인이 꽃을 평아에게 전했다. 녕국부에서 잔치를 여는데 진가경의 남동생 진종도 왔다. 가보옥은 진종과 만나자마자 바로 친구가 되었기에 진종을 가부의 家塾에 불러들여 같이 공부하게 했다.

청계본이 다른 세 가지 번역본과 크게 다른 것은 판본 때문이다. 청계본이 저본으로 삼은 『戚蓼生序本石頭記』[43] 가운데 제7회의 회목은 '尤氏女獨请王熙凤, 贾宝玉初会秦鲸卿'으로 되어 있다. 청계본은 이 회목을 충실히 옮겼다. '宮花'에 대해 예하본은 '궁화'라고 번역했는데 뜻이 좀 애매하다는 단점을 드러낸다. 나남본은 '궁중꽃'으로 번역했는데 역시 뜻이 좀 애매하나 대구를 이룬다는 점에서 바람직한 표본이다. 솔본은 '宮花'를 풀어서 '궁중에서 보낸 꽃'이라고 했다. 설씨 집안은 궁

---

42 薛寶釵 이름에 있는 '釵'자의 한자음은 '채'와 '차' 두 가지가 있다. 예하본과 청계본은 중국어 발음과 더 가까운 '채'를 선택했고 나남본과 솔본은 한국 사람의 습관대로 '차'를 선택했다. 필자는 예하본과 청계본에 따르기도 했다.
43 曹雪芹 著, 『戚蓼生序本石頭記』, 北京: 人民文學出版社, 1975.

중에 물건을 사들이는 장사를 하므로 궁중과 당연히 좋은 관계를 유지하고 있다. 하지만 원춘이 황제의 妃라서 궁중에서 일부러 꽃을 보냈다면 왕부인과 여러 아가씨에게 주지 않았을 리가 없다. 그러므로 이 꽃은 궁중에서 일부러 설부인에게 보내준 것이 아니라 설부인이 궁중의 아는 사람에게서 얻은 것으로 봐야 한다. 그 점에서 '궁궐에서 보내온 꽃'보다는 '궁중꽃'이라고 번역하는 것이 더 적절하다고 생각한다. '送宮花賈璉戲熙鳳'을 옮길 때 솔본은 '궁중에서 보낸 꽃을 전하며 가련은 왕희봉을 희롱하고'라고 했는데, 이렇게 옮기면 궁중꽃을 전하는 자가 마치 가련인 것처럼 오해할 여지가 생긴다. 예하본의 번역도 이 점에서 약간 애매한 면이 있고 나남본의 번역은 비교적 혼동을 야기 시킬 여지가 적은 편이다.

제8회 : ①比通靈金鶯微露意　探寶釵黛玉半含酸

[예하]: 가보옥은 기이한 인연으로 금쇄를 보고 (賈寶玉奇緣識金鎖)
　　　　설보채는 우연한 기회로 통령옥을 보다 (薛寶釵巧合認通靈)

[청계]: 유모 이씨 ②중뿔나게 술맛을 잃게 하고(攔酒興李奶母②討厭)
　　　　가공자 발끈하여 찻잔을 동댕이치다　(擲茶杯賈公子生嗔)

[나남]: 통령옥을 ①살펴보며 앵아가 슬쩍 뜻을 드러내고
　　　　보차를 찾아간 대옥은 은근한 질투심 보이네

[솔]: 통령보옥을 ①살피다 금앵은 슬쩍 뜻을 드러내고
　　　　설보차를 탐문하다 임대옥은 조금 질투를 품다

[중]: 통령옥을 살펴보며 금앵은 슬쩍 뜻을 드러내고
　　　　보채를 찾아가다 대옥은 은근히 질투를 보이다

가보옥이 설보채를 문병하러 가는데 보채의 시녀 금앵이 일부러 가보옥에게 보채에게도 보물이 하나 있다고 보옥의 호기심을 일으켰다. 보옥이 역시 예상대로 설보채의 금쇄를 보자고 하고 보채의 입을 통해 '반드시 옥을 가지고 있는 사람과 혼인해야 한다'는 말까지 듣게 되었다. ①'比'는 '比肩'(어깨를 나란히 하다)과 같이 통령옥과 금쇄를 나란히 놓고 살피다는 장면을 나타내는 동사인데 회목의 함축성 때문에 중심 어휘 '살피다'만 옮겼다. 나남본과 솔본은 의미상으로는 모두 회목을 잘 반영했지만, 솔본은 회목의 대칭적 구조 특징을 더 잘 반영했다고 본다. 또한 솔본은 독자의 이해를 위해 주인공 이름을 '설보차'와 '임대옥'처럼 완전하게 옮겼는데 원문대로 '보차'와 '대옥'으로 번역해도 별문제가 없다고 본다.

　보옥이 온 뒤 얼마 되지 않아 대옥도 왔고, 설부인이 술과 요리를 내어 두 사람을 대접했다. 그런데 가보옥이 술 마시는 것을 유모 이씨가 누차 말리는 바람에 가보옥은 술맛이 떨어졌다. 식사를 끝내고 보옥은 강운헌으로 돌아가 아침에 끓여놓은 楓露茶를 가져오라고 했다.[44] 그 차는 이미 유모 이씨가 마셔버렸다는 말을 듣고, 보옥은 화가 난 나머지 찻잔을 내던지며 유모 이씨를 집에서 내쫓으라고 했다. 습인은 술기운에 취한 보옥을 다독이고 달래서 잠들게 하였다. 『戚蓼生序本石頭記』의 제8회 제목 '攔酒興李奶母討厭, 擲茶杯賈公子生嗔'이 바로 이 일련의 사건을 요약한 것이다. 청계본이 '攔酒興李奶母討厭'을 '유모 이씨가 중뿔나게 술맛을 잃게 하다'로 옮겼는데 번역에 '중뿔나게'를 추가하면서 ②'討厭'(미움을 사다)를 누락시키고 말았다.

44　楓露茶는 찻물이 단풍의 색깔과 비슷해 이름 얻었다. 서너 번 우려내야 색깔이 제대로 나와서 바로 마시지 않는다.

예하본은 程乙本을 저본으로 했기 때문에 제8회 회목은 '賈寶玉奇緣識金鎖, 薛寶釵巧合認通靈'을 그대로 번역한 것이다. 한편, 청계본은 『戚蓼生序本石頭記』를 저본으로 해서 회목은 '攔酒興李奶母討厭, 擲茶杯賈公子生嗔'을 옮긴 것이다. 경진본을 따른 나남본과 솔본의 경우 별 문제 없이 번역한 것으로 보인다. 같은 판본을 번역한 나남본과 솔본은 인명의 번역에서도 차이를 보인다. 나남본은 회목에 나온 인명을 원문 대로 '금앵', '보차'와 '대옥'으로 옮긴 반면, 솔본은 군이 '설보채'와 '임 대옥'으로 번역했다. 하지만 上聯에 있는 '금앵'은 성을 붙이지 않고 원문 그대로 옮겼다. 이는 상하련의 길이를 맞추려는 목적이 아닐까 싶은 데, 그리 필요한 처사로 보이지는 않는다.

제10회: 金寡婦貪利權受辱　　張太醫論病細窮源

[예하]: 김과부는 이권을 탐하다 모욕을 당하고
　　　　장태의는 병을 논하며 근원을 세세히 캐다

[청계]: 김과부는 물욕에 눈이 어두워 모욕을 달게 받고
　　　　장태의 맥을 짚어 보며 병의 뿌리를 깐깐히 파고들다

[나남]: 김과부는 이익을 생각하여 모욕을 참고
　　　　장태의는 진가경을 진맥하여 근원을 논하네

[솔]: 김과부는 이권을 탐하다 모욕을 당하고
　　　　의원 장씨는 병을 논하며 근원을 자세히 따지다

[중]: 김과부는 이익을 탐내 모욕을 잠시 참고
　　　　장태의는 병을 진찰하며 근원을 낱낱이 캐다

김과부의 아들 金榮이 家塾에서 보옥의 친구 진종과 싸웠는데 보옥의 권세를 두려워하여 할 수 없이 진종에게 무릎을 꿇고 사과를 했다. 김영이 이 일 때문에 학당에 가기 싫어하자 김과부는 학당에서 공부를 통해 얻게 되는 여러 이득을 아들에게 일일이 설명하면서 불만이 있어도 그냥 참으라고 했다. 인과를 따지면 아들이 먼저 모욕을 당했고 김과부가 이익을 생각해 모욕을 참는 것이 나중 일인데, 예하본과 솔본은 '이권을 탐하다 모욕을 당하다'라고 하니 마치 인과관계가 뒤집힌 듯하다. 청계본은 인과를 정확히 정리했지만 '모욕을 달게 받다'라고 한 것은 사실에 부합하지 않는다. 나남본의 번역은 인과관계와 김과부의 태도를 충실히 전달했다고 본다. 그리고 上聯과 下聯이 동일한 구조를 띠는 것은 『홍루몽』 회목의 특징이다. 그렇다면 하련의 구조가 '張太醫+論病+細窮源'인 만큼 상련의 구조도 '3+2+3'이 되어야 한다. 그래서 상련은 '金寡婦+貪利權+受辱'이 아니라 '金寡婦+貪利+權受辱'의 형식으로 나눠야 한다. 여기에서 '權'은 '權且'라는 말로 '잠시'를 의미하는 부사어인데, 청하본은 '利權'을 한 단어로 보고 잘못 번역한 듯하다. 다른 번역본도 '權'을 올바르게 옮기지 못하고 있다.

제12회 : 王熙鳳毒設相思局　賈天祥正照風月鑒

[예하]: 왕희봉은 지독한 상사계를 꾸미고
　　　　가천상은 풍월감 정면을 비춰보다

[청계]: 왕희봉은 모질게도 상사계를 꾸며내고
　　　　가천상은 부질없이 풍월보감을 비쳐 보다

[나남]: 왕희봉은 치정놀음에 무서운 계략 꾸미고

가천상은 풍월보감의 정면을 비추었다네

[솔] : 왕희봉은 상사병을 다스릴 독한 계책을 세우고
        가서는 풍월보감의 앞면을 비춰보다

[중] : 왕희봉은 지독하게 상사계를 꾸미고
        가천상은 풍월보감을 정면으로 비추네

제11회에 가서가 숙모 왕희봉을 보니 음탕한 마음이 생겨 기회를 보아 왕희봉에게 슬쩍 뜻을 전했는데, 왕희봉은 가서가 인륜을 모르는 짐승 같다고 여기고 그에게 몰래 벌을 주기로 마음먹었다. 제12회에서는 왕희봉이 일부러 가서에게 밤에 서쪽 골목에서 만나자고 했다. 가서는 이 말이 거짓인 줄 모르고 약속대로 나와서 기다렸다. 하지만 왕희봉은 나오지 않았다. 밤에는 양쪽 문이 다 잠기는데다 높은 벽을 뛰어넘을 수 없기 때문에 가서는 어쩔 수 없이 칼바람을 맞으며 기나긴 겨울밤을 지새웠다. 밤새 웅크리고 겨우 아침까지 버티다가 귀가했는데, 외박을 했다는 이유로 할아버지에게 혹독하게 매를 맞았다. 가서는 이렇게 고통을 겪어도 단념하지 않고 또 희봉을 찾아간다. 왕희봉은 또 한 번 함정을 파놓는다. 이번에는 가서를 빈방으로 불러 가장과 가용을 시켜 각각 은전 50냥씩을 갈취하고 온몸에 똥물을 뿌렸다. 그제야 희봉이 자기를 놀리는 것을 깨달은 가서는 가용과 가장에게 빚진 것을 할아버지에게 들킬까봐 두려워하면서도 희봉을 그리워하는 마음을 떨쳐내지 못한다. 그리하여 여러 가지 근심과 두려움이 겹친 나머지 가서는 마침내 병이 나 몸져눕기까지 이르렀다. 가서의 할아버지 賈代儒가 손자를 치료하기 위해 영국부에 가서 인삼을 달라고 했지만

왕희봉은 기껏해야 인삼 찌꺼기와 수염뿌리를 주었다. 온갖 방법을 다써 치료해봤지만 별효과가 없었다. 그런데 어느 날 절름발이 도사 한명이 業報로 인해 걸린 병을 고쳐준다며 가서에게 풍월보감이라는울을 줬다. 그리고 가서에게 이르기를 병을 낫게 하려면 뒷면만 비춰보고 앞면은 절대로 비춰보지 말라고 신신당부했다. 거울의 뒷면에는 인간의 해골이 보이지만 앞면에는 왕희봉의 모습이 보인다. 하지만 가서는 도사의 당부를 따르지 않고 왕희봉을 보기 위해 앞면을 거듭 보다가 결국 비참한 죽음을 맞이했다.

가서는 왕희봉에게 반해 '相思病'에 걸렸는데 예하본과 청계본은 왕희봉이 가서에게 벌을 주기 위해 세운 계책인 '相思局'을 '상사계'라고옮겼다. '상사계'라는 말이 한국 독자에게는 낯설지만 삼국지에서 나오는 '連環計'를 생각하면 어느 정도 이해할 수도 있다. 그래도 일반독자에게는 어려울 수 있다. 그래서 나남본과 솔본은 한국 독자가 쉽게 이해하도록 풀어서 번역했다.

'正照'의 의미는 문법적으로 '똑바로 보다'는 뜻인데 실질적으로는 '앞면을 보다'의 뜻이다. 따라서 번역본에는 모두 '정면'이나 '앞면'을 비춰본다고 옮겼다. 청계본은 '앞면' 대신 '부질없이'라는 부사어를 넣었는데 내용상 맥락을 고려해 첨가한 것으로 보인다. 또한 上聯의 '모질게도'와 대구를 이루기도 하지만 회목에는 없는 단어다. 회목에서가서를 굳이 '성+자'의 식으로 '가천상'이라고 한 것은 '왕희봉'과 대구를 이루기 위해서이다. 다른 세 번역본 모두 원문대로 옮긴 반면, 솔본만 '가서'라고 했다. 이는 솔본에 나름의 번역 원칙이 있기 때문이다. 솔본은 사람의 이름을 번역할 때 대구와 상관없이 항상 명으로 표기했다. 이하 회목에서는 이 점을 다시 거론하지 않겠다.

제13회: 秦可卿死封龍禁尉　　王熙鳳協理寧國府

[예하]: 진가경은 죽어서 용금위로 봉해지고
　　　　왕희봉은 녕국부의 일을 돌봐주다

[청계]: 진가경이 죽어 가용에게 벼슬이 내려지고
　　　　왕희봉이 녕국부로 나가 큰집 일을 도와주다

[나남]: 진가경이 요절하자 남편은 용금위로 봉해지고
　　　　왕희봉이 도와서 녕국부의 장례식을 치렀네

[솔]: 진가경은 죽어 용금위에 봉해지고
　　　　왕희봉이 도와서 녕국부의 장례식을 치렀네

[솔]: 진가경은 죽어 용금위에 봉해지고
　　　　왕희봉은 녕국부의 일을 도와 처리하다

[중]: 진가경이 죽어 가진이 가용에게 용금위 벼슬 사주고
　　　　왕희봉이 녕국부에 가서 장례식을 함께 치러주다

진가경이 병에 걸려 요절하자 왕희봉이 진가경의 장례 치르는 것을 도와주게 되었다. 시아버지 가진은 그녀에게 規制를 초한한 아주 비싼 널을 해줬을 뿐만 아니라 장례 행차 앞에 놓이는 招魂幡에 쓰일 진가경의 지위가 낮아 체면이 깎일 것을 고민했다.45 마침 궁중에서 권세 높은 內侍 戴權이 조문하러 왔을 때, 가진은 급히 그에게 부탁해 은전 1200냥으로 진가경의 남편 가용을 위해 5품에 해당되는 '龍禁衛'46라는 관직을 샀다. 그러면 진가경의 위패에 '天朝诰授贾门秦氏恭人之靈

45　초혼번은 (고인의 영혼을 부르는) 흰 깃발, 흰색 弔旗이다. 그 위에 고인의 이름을 쓴다.
46　용금위는 황제를 보호하는 5품의 호위관이다.

位'라고 쓸 수 있고 장례 용품도 더 격조 높은 것으로 쓸 수 있게 된다.[47] 용금위는 5품 관직이기 때문에 저절로 진가경에게 '宜人'이라는 호칭이 봉해진다. 품계가 있는 사람이 죽으면 장례식에 한 품 더 올려 쓸 수 있기 때문에 진가경의 위패와 초혼번 등 장례 용품에는 모두 4품 벼슬아치의 부인에게 봉해주는 '恭人'이라고 썼다.[48]

회목자체가 너무 함축된 말로 되어있어서 예하본과 솔본처럼 원문대로 옮기면 실제 내용과 어긋날 수밖에 없다. 청계본과 나남본에서는 가용이 관직을 얻은 것으로 풀어서 번역해 독자에게 그 뜻을 제대로 전달하고자 노력했지만, 그래도 완전히 정확하게 하지는 못했다. 진가경이 죽자 궁에서 나서서 가용에게 관직을 내려준 것이 아니라 가진이 돈을 주고 사들인 것이었다. 이 점을 더 명확하게 밝혀야 독자에게 온전한 메시지를 전달할 수 있다.

제17~18회 : 大觀園試才題對額　　榮國府歸省慶元宵

[예하] : 대관원에서 편액주련으로 글재주를 시험하고
　　　　 영국부에 귀성하여 보름달을 즐기다/
　　　　 (제17회 大觀園試才題對額 榮國府歸省慶元宵)
　　　　 황은이 두터워 원비는 양친을 뵙고
　　　　 (제18회 皇恩重元妃省父母 天倫樂寶玉呈才藻)
　　　　 천륜이 기꺼워 보옥은 글재주를 보이다

---

47 『欽定四庫全書薈要－欽定大淸会典』第一册, 長春 : 吉林出版集團有限責任公司, 2005, 90쪽.
　　卷七吏部封贈 : "正从三品, 祖母, 母, 妻, 各封贈淑人. 正从四品, 母, 妻, 各封贈恭人. 正从五品, 母, 妻, 各封贈宜人. 正从六品, 母, 妻, 封贈安人."
48 馮其庸 李希凡 主編, 앞의 사전, 113쪽.

[청계] : 대관원에서 편액의 글을 지어 재주를 보이고
　　　　 이홍원에서 길을 잃어 한적한 곳으로 찾아들다/
　　　　 (제17회　大觀園試才題對額　怡紅院迷 路探曲折)
　　　　 대보름을 맞아 가원춘이 성친을 오고
　　　　 정든님을 도와 임대옥이 시를 지어주다
　　　　 (제18회　慶元宵賈元春歸省　助情人林黛玉傳詩)

[나남] : 보옥의 글재주로 대관원에 편액대련 붙이고
　　　　 원춘의 근친으로 영국부는 대보름밤 즐기네

[솔] : 대관원에서 재주를 시험하여 대련을 짓게 하고
　　　　 현덕비가 찾아와 영국부에서 보름달을 즐기다

[중] : 대관원에서 대련을 하여 보옥의 재주를 시험하고
　　　　 영국부에서 귀비의 귀성을 맞아 대보름을 경축하다

　　庚辰本『脂硯齋重評石頭記』의 17~18회는 章回를 나누지 못한 채 하나의 회목을 쓰고 있다. 程乙本『紅樓夢』과『戚蓼生序本石頭記』(1975)는 17회, 18회를 두 장을 나눠 회목도 따로 붙였다. 예하본이 저본으로 한『紅樓夢校註本』(1987)에 17회 회목은 분명히 '大觀園試才題對額, 賈寶玉機敏動諸賓'(대관원에서 편액주련으로 글재주를 시험하고 가보옥이 기민함으로 손님들을 감격케 하다)으로 되어있는데 예하본 17회의 번역은 오히려 程乙本의 회목을 따라 번역했다. 정을본은 17회의 회목을 庚辰本의 17~18회 회목을 그대로 따랐으며, 18회에 '皇恩重元妃省父母, 天倫樂寶玉呈才藻'라는 회목을 새로 붙였다.『戚蓼生序本石頭記』(1975)의 17회 회목은 '大觀園試才題對額, 怡紅院迷路探曲折', 18회 회목은 '慶元宵賈元春歸省, 助情人林黛玉傳詩'인

데 청계본은 원문대로 충실히 옮겼다.

가원춘이 현덕귀비로 봉해지고 귀성하라는 허락도 떨어지고 나자, 영국부는 귀비의 鳳駕를 맞이하러 큰돈을 들여 대관원을 지었다.[49] 둘레가 삼 리 반에 이르는 방대한 땅을 측량하여 정원과 별채를 지었고, 희곡을 부르는 여자 아이들도 사왔다. 나아가 등잔, 주렴, 휘장 등 여러 가지 물건을 포함해 은 5만 냥을 쓰기로 했다. 정원을 짓기로 결정하고 가정은 문객을 데리고 각 곳의 경치에 맞게 편액과 대련을 지어주려고 했다. 마침내 보옥도 정원에서 놀고 있던 참이라 자연스럽게 가정을 따라갔다. 대문을 지나 바로 눈에 띠는 것은 푸른 가산이고, 그 옆에는 형태가 특이한 바위들과 이리저리 얽혀 있는 덩굴들이 있다. 덩굴 사이로 구불구불한 오솔길이 하나 있다. 가정이 가보옥더러 이곳에 어울리는 이름을 하나 지으라고 했더니 가보옥은 "굽은 오솔길은 한적한 곳으로 통하다"(曲徑通幽處)라고 했다.[50] 그래서 청계본은 제17회 회목의 '曲折'을 '한적한 곳'으로 옮겼다. 시집 간 여자가 부모님을 뵈러 친정집에 오는 것을 '歸省'이나 '省親'이라고 하는데 회목에는 밝히지 않았지만 귀성하는 사람이 가원춘이라는 점은 의심할 여지가 없다. 나남본은 독자가 쉽게 이해하도록 이를 밝혀 번역했다. 솔본

---

49 徐珂(清) 編, 『清稗類鈔』第1冊, 北京: 中華書局, 2010, 354쪽.
  "宮闈類: 妃嬪位次凡七級, 日皇貴妃, 日貴妃, 日妃, 日嬪, 日貴人, 日常在, 日答應."
50 조설근·고악 지음/홍상훈 옮김, 『홍루몽』, 솔 출판사, 2012, 451쪽에서 재인용.
  '曲徑通幽處'는 당나라 때 常建이 쓴 「題破山寺後禪院」의 한 구절이다. 전문은 다음과 같다.
  "이른 새벽 옛 절을 찾아드니, 아침 햇살 높은 숲에 비치네. 굽은 오솔길 그윽한 곳으로 통하고, 선방 둘레에는 꽃나무 우거져 있네. 산중에 중경은 새들을 즐겁게 하고, 연못에 비친 그림자는 사람 마음을 비우게 하네. 세상 모든 소리 이곳에선 고요하기만 한데 그저 종소리 편경소리 여운만 감도네."
  "清晨入古寺, 初日照高林, 曲徑通幽處, 禪房花木深. 山光悅鳥性, 潭影空人心. 萬籟此俱寂, 惟餘鍾磬音."

은 가원춘의 封號 '현덕비'를 덧붙여 번역했는데 우선 이 봉호가 독자에게는 매우 생소할 뿐만 아니라 '현덕비가 찾아오다'에서는 친정집에 온다는 귀성의 뜻이 명백하게 나타나지 않는다.

19회 : 情切切①良宵②花解語　　意綿綿靜日③玉生香

[예하] : ①정다운 밤 정이 절절해서 ②꽃은 말로 타이르고
　　　　고요한 낮뜻도 면면해서 ③옥은 향기를 풍기다

[청계] : ①아늑한 달밤에 ②꽃은 애틋한 정을 토로하고
　　　　고요한 한낮에 ③옥은 그윽한 향기를 풍기다

[나남] : ①한밤의 ②화습인 절절한 사랑으로 충고하고
　　　　한낮에 ③임대옥 애틋하게 마음을 드러냈네

[솔] : ①절절한 사랑 넘치는 밤 ②미녀는 말뜻을 알아듣고
　　　끝없는 생각 이어지는 고요한 날 ③옥은 향기를 풍기다

[중] : 아늑한 밤에 정이 사무쳐 화습인이 말로 타이르고
　　　　고요한 낮에 뜻이 면면해 임대옥이 향기를 풍기다

19회 회목은 雙關이라는 수사법을 사용했다. 쌍관은 발음이나 의미상의 연계를 이용하여 한마디의 말을 둘 이상의 사물에 동시에 관련시키는 수사기법이다. 두 가지 뜻을 가진 말을 빌려 표현하고자 하는 바를 직설적으로 드러내지 않고 의미심장하게 에둘러 표현할 때 쓰인다. 『홍루몽』의 회목은 이 수사법을 즐겨 사용했다. 회목에서 '花'와 '玉'은 글자 그대로 '꽃'과 '옥'으로 이해해도 되지만, 실은 각각 이름에 '화'

자와 '옥' 자가 들어 있는 보옥의 시녀 '화습인'과 사랑하는 여인 '임대옥'을 가리킨다. '花解語'는 五代 때 王仁裕가 지은 傳奇 『開元天寶遺事』 「解語花」에서 유래하는데, 여기에서는 화습인을 '해어화'에 비유한 것이다.[51] '玉生香'은 『西廂記』에 최초로 나오는데 옥 같은 피부에서 향기가 난다는 뜻으로 미인을 비유적으로 일컫는 말이다.[52]

이에 대해 예하와 청계본은 원문 그대로 '꽃'과 '옥'으로 번역했는데 나남본은 '화습인'과 '임대옥'으로 의미를 밝혀서 번역했다. 청하와 청계본의 회목이 독자에게는 좀 이해가 어려울 수도 있겠지만 본문을 읽으면 금방 이해할 것이라고 본다. 솔본은 '花'를 '미녀'라고 번역하고 '玉'은 그냥 '옥'으로 옮겼다. '꽃'은 '미녀'를 가리킬 수도 있지만 여기는 특별히 '화습인'을 가리키는 것이므로 '꽃'의 실제 의미를 밝히지 못한 것이다. 게다가 '미녀'와 '옥'이 글자 수와 의미상의 차이로 인해(하나는 사람, 하나는 물건) 대칭을 이루지 못하여 회목의 구조적인 아름다움을 재현하기에 부족하다고 본다. 『홍루몽』의 내용을 잘 아는 독자들은 '花'와 '玉'을 '꽃'과 '옥'으로 번역해도 그것이 '화습인'과 '임대옥'인 줄 알겠지만, 잘 모르는 독자에게는 주인공의 이름으로 번역해주는 것이 한층 친절할 것이다. 한국 독자는 내용을 모를 확률이 높기 때문에 사람 이름을 밝히는 것이 더 적절할 것 같다. ①'良宵'에 대해서는

---

51 王仁裕(五代), 姚汝能(唐) 撰, 曾貽芬 點校, 『開元天寶遺事 · 安祿山事跡』, 北京: 中華書局, 2006, 49쪽.
"당나라 명황 재위 어느 해 8월, 태액지에 천엽 백련 몇 그루가 피었다. 황제가 귀척들을 초대해 감상하게 했다. 모두가 감탄하며 부러워했다. 한참 지나 황제가 양귀비를 가리키며 좌우에게 물었다. '이 연꽃들이 어찌 내 해어화와 비교할 수 있으랴?'"
"明皇秋八月, 太液池有千叶白蓮數枝盛開, 帝與貴戚宴賞焉. 左右皆歡羨, 久之, 帝指貴妃示於左右曰: '爭如我解語花?'"

52 王實甫(元) 著, 許淵衝 許明 譯, 『西廂記』, 北京: 五洲傳播出版社, 2018, 246쪽.
"嬌羞花解語, 溫柔玉生香"

네 가지 번역이 각각 다르다. '良宵'를 말 그대로 옮기면 '좋은 밤'인데 예하본은 '정다운 밤'으로 옮겼고 청계본은 '아늑한 달밤'으로 옮겼다. 두 번역본 모두 그 표현을 내용과 연결지어 의역한 것이다. 나남본은 그저 '한밤', 솔본은 '情切切'과 결합시켜 함께 번역했는데 두 가지가 모두 '良宵'를 제대로 옮기지 못했다.

21회 : ①賢襲人 ③嬌嗔箴寶玉　　②俏平兒 ④軟語救賈璉

[예하] : ①어진 습인은 ③새침해서 보옥을 타이르고
　　　　②예쁜 평아는 ④그럴듯한 말로 가련을 구하다

[청계] : ①현숙한 습인은 ③따끔히 보옥을 훈계하고
　　　　②영리한 평아는 ④모른 척 가련을 구해주다

[나남] : ①속이 깊은 습인은 ③달래면서 보옥을 깨우치고
　　　　②재치 있는 평아는 ④둘러대서 가련을 구하였네

[솔] : ①현명한 화습인은 가보옥을 ③꾸짖어 경계하고
　　　　②어여쁜 평아는 ④부드러운 말로 가련을 구하다

[중] : 현숙한 습인이 새침하게 보옥을 타이르고
　　　　영리한 평아가 말을 둘러대고 가련을 구하다

『홍루몽』 회목에는 인물의 특징을 요약할 때 '單字評'을 많이 이용한다. '단자평'은 사실 한 글자의 역할에 대한 명칭이다. 예를 들어 습인에게 '賢'이라는 글자를 주고, 평아에게는 '俏'라는 글자를 주며, 탐춘에게는 '敏'자, 보채에게는 '識'자를 주는 것과 같이 단 하나의 글자로 그 인물의 성격과 특징을 잘 나타내는 것이다.

가보옥이 임대옥, 사상운과 자주 어울리느라 아침부터 자기 방에 있지 않는 것을 보고, 질투가 난 습인이 자매들과 너무 많이 어울리지 않게 하기 위해 보옥을 한번 훈계하기로 했다. 그래서 일부러 보옥에게 화를 내고 '자매들 방에 너무 드나들지 말라'고 충고했다. 이것은 봉건사회의 전통적인 시각에서 보는 여자의 '賢'이다. ①'賢' 자에 대하여 예하본은 '어진', 청계본은 '현숙한', 나남본은 '속이 깊은'이라고 옮겼고, 솔본은 '현명한'이라고 했다. 여기서 '賢'의 뜻은 '속이 깊다'는 뜻과 거리가 있는 듯하다. 그래서 '어진', '현명한'이나 '속이 깊은'보다는 '현숙한'이 습인에게 더 어울리는 평이다. ③'嬌嗔'은 습인이 보옥을 타이르는 방법을 가리킨다. 습인이 시녀이기 때문에 보옥을 혼낼 수는 없고 그저 부드러운 정으로 타이를 수밖에 없다. 예하본 '새침해서', 청계본 '따끔히'와 솔본 '꾸짖어'는 원문보다 조금 지나친 말이며 나남본의 '달래면서'는 원문보다 조금 부족하다는 느낌이 든다.

평아는 왕희봉의 오른팔이자 가련의 첩이다. 가련과 왕희봉은 딸이 마마에 걸려 격리 조치를 취했다. 왕희봉은 딸을 보살피기 위해 열흘 이상 자기 방에 안 들어왔고 가련도 서방에 들어가서 잤다. 가련은 왕희봉이 없자 종의 아내와 간통하는데 운 나쁘게도 그 여인의 머리카락을 평아에게 들켰다. 가련은 왕희봉이 이 사실을 알까봐 증거를 없애려고 급히 평아에게 머리카락을 달라고 했다. 때마침 왕희봉이 방에 들어와서 없어지거나 많아진 것(즉, 다른 여자의 물건)이 있냐고 평아에게 물었다. 평아가 가련을 위해 말을 둘러대서 가련이 다른 여자와 있었다는 사실을 왕희봉에게 숨겼다.

②'俏'는 영리하거나 예쁘다는 뜻이 모두 담겨있으나 문맥으로 볼 때 '영리하다'가 좀 더 적당한 것으로 보인다. 게다가 52회 회목 '俏平

兒情掩蝦須鐲'(영리한 평아가 사정을 봐줘서 새우수염팔찌 훔친 일을 덮어주고)에도 '俏平兒'가 나왔는데, 여기서도 평아의 미모보다는 평아의 영리함을 칭찬하는 것이므로 '俏'자를 '영리하다'로 일관되게 번역하는 편이 더 바람직하다고 본다. ④'軟語'는 원래 '부드러운 말'이라는 뜻이지만 여기서는 평아가 가련을 위해 말을 둘러대는 것이다. '軟語'에 대한 나남본의 번역이 다른 세 번역본보다 원문에 조금 더 가까워 보인다.

24회 : ①醉金剛輕財尚義俠 ②痴女兒遺帕③惹相思

[예하]: ①취금강은 의협을 숭상하여 재물을 가볍게 여기고
        ②들뜬 여자애는 손수건을 떨궈 ③연정을 끌다

[청계]: ①주정뱅이 금강은 재물을 빌려주어 의협심을 보이고
        ②어리석은 소홍은 손수건을 잃고 ③사랑에 빠지다

[나남]: ①주정뱅이 예이는 재물을 내어 의협을 기리고
        ②어리석은 소홍은 수건 잃고 ③사랑에 빠졌네

[솔]: ①취금강은 재물을 가벼이 여기며 의협을 숭상하고
        ②사랑에 빠진 소녀는 손수건을 남겨 ③그리움을 일으키다

[중]: 술에 취한 사내는 재물을 가벼이 여겨 의협심을 보이고
        사랑에 빠진 소녀는 손수건을 흘려 연정을 불러일으키네

'금강'은 보통 '金剛力士'의 약칭으로 金剛杵라는 무기를 들고 佛法을 지키는 신을 말한다. 금강의 조각상은 보통 윗옷을 벗어 허리에 둘

러맨 채 눈을 크게 뜨고 화난 표정을 지으며 용맹한 자태를 취한 모습이다. 금강은 물론 싸움을 잘하는 건장한 남자를 비유한다. 여기서 '금강'은 사채를 놓는 倪二를 말한다. 예이는 평소에 도박장에서 고리대금을 놓으면서 술 마시고 싸움질만 하는 사람이다. 이런 사람이 본전이 필요한 賈芸에게 무이자로 돈을 빌려주는 것은 매우 뜻밖의 일이다. 그래서 조설근이 예이에게 '의협을 숭상하다'는 평가를 주었다. 제24회에서 가운이 예이와 만날 때 마침 예이가 술을 마시고 오는 길이었다. 조설근이 예이를 '금강'이라고 비유했는데 술에 취했기 때문에 '醉金剛'이라고 한 것이다. 예하본과 솔본은 ①'취금강'을 한자 그대로 옮겼고 청계본은 '취'자만 '주정뱅이'로 풀어서 옮겼다. 나남본은 '금강'을 번역하지 않고 '예이'라는 이름으로 대신했다. 예하본은 가끔 회목에 각주를 넣는 경우가 있는데, 인물의 특징을 잘 묘사한 '금강'의 의미를 정확히 전달하기 위해 회목에 주석을 달아 설명하는 것도 시도해 볼 만하다. 21회의 제목은 쌍관이라는 수사법을 사용했기 때문에 직역보다 이름을 밝히는 것이 독자의 이해에 훨씬 도움이 되지만 24회의 경우 제목에는 쓰여 있지 않은 이름을 나남본처럼 굳이 밝힐 필요가 없다고 본다. 이름을 밝히면 오히려 '금강'과 같은 인물에게 일부러 붙여준 대칭을 없앴고 작품의 감화력을 떨어뜨린다.

가운이 나무를 심으러 대관원에 들어갔다가 우연히 가보옥의 시녀 소홍을 만났다. 눈이 마주친 두 사람은 서로 마음에 들었다. 소홍이 잃어버린 손수건을 공교롭게도 가운이 주웠다. 그래서 26회에 가운이 손수건을 소홍에게 돌려준다고 하고서는 대신 자신의 손수건을 소홍에게 주었다. 손수건은 무척 사적인 물건이기 때문에 남녀 사이에 마음을 전하는 상징으로 쓰이기도 한다. ②'痴女兒'의 '痴'자는 '어리석다'는 뜻보다는 '사랑에 빠졌다'는 뜻에 더 가깝다. 청계본과 나남본은 모두 ②를 '어리석은 소홍'이라고 번역해서 '女兒'의 정체를 밝혔다. 하지만 청계본의 上聯에서 '금강'이 예이를 가리키는 것을 밝히지 않고 下聯에 '女兒'가 소홍인 것을 밝힌 것은 회목의 특징에 어긋나며 같은 회목임에도 번역 기준이 일관적이지 않다. 나남본은 두 사람의 이름을 다 밝혔고 솔본은 모두 밝히지 않았으므로 일관성이 있다. 이 것이 나남본 번역의 또 다른 특징이다. 사랑에 빠진 사람은 소홍뿐만 아니라 가운도 있었다. 그래서 ③'惹相思'는 소홍만을 가리키는 것이 아니라 가운의 마음도 함께 표현했다. 게다가 26회에 두 사람이 손수건을 바꿔 받은 것을 위해 복선을 깔아놓았다. 이 점을 생각하면 '사랑에 빠지다'보다는 예하본의 '연정을 끌다'가 원문에 더 가까운 듯싶다. 솔본의 경우 ③을 '그리움을 일으키다'로 번역해도 별 문제가 없어 보이지만 소홍이 손수건을 흘린 것을 일부러 남긴 것으로 옮겨 독자의 오해를 일으킬 가능성이 생긴다.

27회 : 滴翠亭①楊妃戲彩蝶　　埋香冢②飛燕泣殘紅

[예하] : ①<u>양귀비</u>는 적취정에서 범나비를 희롱하고
　　　　②<u>조비연</u>은 매향총에서 지는 꽃을 슬퍼하다

[청계] : ①<u>설보채</u>는 적취정에서 범나비를 희롱하고
　　　　②<u>임대옥</u>은 꽃무덤에서 지는 꽃을 슬퍼하다

[나남] : 적취정에서 ①<u>보차</u>는 나비를 희롱하고
　　　　매향총에서 ②<u>대옥</u>은 낙화에 눈물짓네

> [솔] : 적취정에서 ①양귀비는 호랑나비 희롱하고
>   매향총에서 ②조비연은 지는 꽃 보며 눈물 흘리다
>
> [중] : 적취정에서 보채는 호랑나비를 희롱하고
>   매향총에서 대옥은 지는 꽃잎에 눈물짓네

　화사한 봄날에 꽃이 피고 나비가 날아다니니 아가씨들이 거의 다 화원에 나와 봄 경치를 즐기고 있었다. 설보채와 임대옥도 예외가 아니다. 하지만 두 여인의 심정은 달랐다. 설보채는 아름다운 나비를 좇아 꽃밭에서 즐겁게 놀고 있는 반면, 임대옥은 떨어지는 꽃잎이 불쌍해 진 꽃을 위해 무덤을 만들고 있었다. 여기서 나온 ①'양비'와 ②'비연'은 '양귀비'와 '조비연'의 줄임말로 각각 설보채와 임대옥을 가리킨다. 여기서 '양귀비'로 '설보채'를 대신한 이유는 두 여인이 모두 미녀일 뿐 아니라 '肌膚豐腴'(살이 포동포동하다)라는 공통점이 있기 때문이다. '조비연'으로 '임대옥'을 대신한 이유도 두 여인이 모두 몸이 가볍고 버들가지처럼 유연하기 때문이다. 청계본과 나남본은 작가의 의도를 제대로 파악해 번역했지만 예하본과 솔본은 원문 그대로 번역했다. 본문에 양귀비, 조비연과 관련된 내용이 없으니 특별한 설명이 없으면 독자에게 '양귀비와 조비연이 왜 나오나?' 하는 의구심이 일어날 수 있다. 그래서 주석으로 양귀비와 조비연이 설보채와 임대옥을 대신하는 이유를 설명해주면 좋을 것이다.

28회 : 蔣玉函①情贈茜香羅　薛寶釵②羞籠紅麝串

[예하] : 장옥함은 ①정에 겨워 천향라를 선사하고
　　　　설보채는 ②부끄러워 홍사염주를 벗어주다

[청계] : 장옥함은 ①보옥에게 비단띠를 선물하고
　　　　설보채는 ②귀비로부터 홍사주를 선사받다

[나남] : 장옥함은 ①정에 겨워 비단수건 건네주고
　　　　설보차는 ②수줍은 듯 사향염주 차고 있네

[솔] : 장옥함은 ①정을 담아 비단 허리띠를 선물하고
　　　　설보차는 ②부끄러워 붉은 사향 염주를 벗어주다

[중] : 장옥함은 정겹게 비단 허리띠를 선물하고
　　　　설보채는 수줍게 사향 염주를 벗어주다

　가보옥이 모임에서 희곡 배우 장옥함을 만났다. 가보옥은 장옥함의 藝名인 '琪官'을 익히 들어 알고 있었는데 이번에야 제대로 만나게 됐다. 두 사람이 서로 정이 생겨 보옥은 장옥함에게 옥으로 만든 扇墜를 줬고,[53] 장옥함은 北靜王에게서 받은 茜香羅 비단 허리띠를 보옥에게 줬다. 보옥의 누나인 귀비가 가족에게 단오절 선물을 하사했는데, 대옥과 영춘, 탐춘, 석춘에게는 똑같이 부채와 붉은 사향 염주를 하사했으나 보옥과 설보채에게는 비단과 방석을 특별히 더 줬다. 이는 보옥의 혼인에 대한 가원춘의 태도를 보여준 것이다. 보옥이 보채를 만날 때 받은 염주를 한번 보자고 했는데 보채의 팔이 포동포동해서 좀처럼

53　선추는 부채 손잡이에 달린 장식물이다.

염주가 벗겨지지 않는다. 보채의 희고 매끄러운 팔을 보니 보옥이 자기도 모르게 정신을 놓아 쳐다보기만 하고 보채가 벗어준 염주를 받을 줄도 모른다. 보옥이 멍해 있는 모습을 보니 보채는 자기가 먼저 부끄러워졌다.

예하본은 上下聯의 대구를 유지하기 위해 '천향라'와 '홍사염주'를 풀어서 번역하지 않았다. 청계, 나남, 솔본은 모두 '천향라'를 풀어서 옮겼지만 솔본의 '비단 허리띠'만이 천향라의 용도를 제대로 전달했다. 청계본의 번역은 上下聯이 대구를 이루고는 있지만 회목의 전체 내용을 충실히 전달하지 못한 것이 아쉽다. 나남본은 ②'羞籠紅麝串'를 "수줍은 듯 붉은 사향 염주를 차고 있다"고 옮겼지만 예하본과 솔본은 모두 "부끄러워 홍사염주를 벗어주다"라고 번역했다. 사실 나남본은 회목 그대로 번역한 것이다. '籠'은 '벗다'는 뜻이 아니라 '차다'는 뜻이다. 하지만 아가씨들이 모두 염주를 받았는데 보채가 염주를 찬 것에 대해서 수줍어해야 할 필요가 없다. 보채가 수줍어한 까닭은 자기가 홍사염주를 벗을 때 보옥이 자기의 팔을 넋을 놓고 쳐다보았기 때문인 것이다. 이로서 예하본과 솔본이 '차다'대신 '벗어주다'로 옮긴 것이다.

30회: 寶釵①借扇機帶雙敲　②齡官③劃薔痴及局外

[예하] : 보채는 ①부채일을 기회로 이쪽저쪽 후려치고
　　　　②춘령은 ③장미를 써 국외인을 미혹한다

[청계] : 보채는 ①부채를 빌어 두 옥을 쏘아주고
　　　　②영관은 ③'장'자를 쓰는 데만 정신을 팔다

[나남] : 보차는 ①부채 빌려 두 사람을 조롱하고
②영관은 ③넋을 잃고 이름 쓰며 임 그리네

[솔] : 설보차는 ①부채 일을 핑계로 양쪽을 치고
②영관은 ③'장'자를 써 바깥 사람과 사랑에 빠지다

[중] : 보채는 부채 일을 빗대어 두 사람을 쏘아주고
영관은 가장의 이름을 써 보옥까지 감동시키다

대옥과 보옥이 사소한 일로 말다툼을 벌였는데 이번에도 보옥이 먼저 대옥을 찾아와 사과했다. 이후 두 사람이 함께 가모의 방으로 갔는데 이때 마침 설보채도 있었다. 보채가 덥다고 하자 보옥은 보채를 양귀비 같다고 했다. 당명황이 양귀비의 미모에 홀딱 빠져 安禄山에게 나라를 빼길 뻔했다는 편견 때문에 일반 백성은 양귀비를 좋게 보지 않는다. 자신을 양귀비와 비교하는 말에 화가 난 보채는 딱히 보옥에게 대응할 말이 없어 답답하던 차에 계집종이 농담으로 자기 부채가 없어졌다면서 보채에게 돌려달라고 했다. 보채는 바로 계집종에게 "평소 너하고 시시덕거리는 그런 아가씨들에게나 가서 물어보렴"하고 혼냈다.[54] 다른 때는 보옥이 대옥과 사이가 좋아 농담을 자주 하지만, 설보채는 이런 농담이 분수에 넘친다고 생각한다. 그래서 겉으로는 계집종을 혼내는 듯하지만, 실제로는 자기에게 지나친 농담을 한 보옥에게 일침을 놓고 평소에 보옥과 시시덕거리는 대옥마저 후려쳤다. 이래서 '雙敲'라고 한 것이다. 30회 회목 上聯에 대해 예하, 청계와

---

[54] 조설근 · 고악 지음/연변대학교 홍루몽 번역소조 옮김, 『홍루몽2』, 도서출판 예하, 1990, 제30회, 194쪽.
"和你平素嬉皮笑臉的那些姑娘們跟前, 你該問他們去."

솔본은 내용을 제대로 옮겼고 나남본은 '借扇'을 정말 부채를 빌리는 것으로 잘못 이해했다.

보옥이 대관원에서 산책을 하던 중 장미 숲 아래에서 여자아이가 울며 비녀로 '薔' 자를 쓰는 것을 보았다. 보옥이 한동안 지켜보니 그 여자아이는 멍하니 '장' 자만 몇 천 번을 썼다. '薔'은 가씨 집안의 자제 賈薔의 이름이다. 이 여자아이는 바로 가장과 사랑에 빠진 희극 배우 齡官이다. 두 사람은 서로 사랑하지만 신분의 차이 때문에 그 사랑의 결실을 맺지 못한다. 사랑의 괴로움을 씻을 길 없어 영관은 가장의 이름을 쓰는 것으로 조금이나마 위안을 삼는다. 보옥은 여자아이가 누군지, 왜 '장' 자를 쓰는지 모르지만 그녀가 괴로워하는 모습을 보니 자기도 모르게 멍해졌다. 이 일은 36회에 영관과 가장이 함께 지내는 장면에서 보옥에게 사랑의 참뜻을 깨우치는 복선 역할을 한다.

여자아이의 이름에 대한 네 번역 중 세 번역이 '영관'이고 예하본만 '춘령'이라고 한 것은 판본의 차이 때문이다. 庚辰本과 程乙本에는 '椿齡'으로 나와 있으며 戚序本에는 '齡官'으로 나와 있다. 그래서 정을본을 저본으로 한 예하본은 원문 그대로 '춘령'이라고 옮겼다. 나남본과 솔본은 인민문학출판사가 1996년에 간행한 『홍루몽』을 번역 저본으로 썼다. 이 저본의 원본 경진본에는 '椿齡'으로 되어 있지만 36회 내용을 참고해 척서본에 따라 '齡官'으로 고쳤다. 그래서 나남본과 솔본도 여자아이의 이름을 '영관'으로 했다.

③번 '劃薔痴及局外'에 대한 이해의 경우 네 번역본이 서로 다르다. 下聯에 나온 '局外'의 사람은 물론 가보옥이며 그와 반대되는 '局內'의 사람은 당연히 서로 사랑하게 된 영관과 가장이다.[55] 예하본은 영관이

---

55 '局外'는 어떤 일에 직접적인 관계가 없는 것임을 가리킨다. 또는 그런 지위나 처지임을

'장미를 써 국외인을 미혹한다'고 하고 소제목도 영관이 '누구를 유혹하는가'라고 붙였다. 이는 '痴' 자를 '유혹하다'로 잘못 이해했기 때문이다. 솔본은 '痴及局外'를 바깥사람과 사랑에 빠진다고 옮겼는데 이는 '국외'의 의미를 제대로 이해하지 못했기 때문이다. 나머지 두 번역본은 모두 회목 내용의 일부분만 전달했고 보옥에게 준 영향을 독자에게 제대로 전달하지 못했다.

34회 : 情中情因情①感妹妹　　②錯裡錯以錯勸哥哥

[예하] : 정 속에 정이 있어 ①누이를 감동시키고
　　　　②잘못 속에 잘못 있어 잘못으로 오빠를 타이르다

[청계] : 다함없는 정에 ①임대옥은 감심하고
　　　　②잘못을 잘못 알고 오빠를 나무라다

[나남] : 사랑으로 사랑 느껴 ①누이가 감동하고
　　　　②잘못을 잘못 알고 제 오빠 나무라네

[솔] : 사랑 가운데 사랑으로 인하여 ①누이에게 감동하고
　　　　②잘못을 거듭하니 이를 지적하며 오빠를 타이르다

[중] : 나남본 따름

보옥이 어머니 왕부인의 시녀 금천과 장난치다 왕부인에게 들켰는데, 화가 난 왕부인이 금천을 영국부에서 쫓아냈다. 금천은 너무 속상해 우물에 몸을 던져 자살했다. 보옥의 庶弟 가환은 일부러 아버지 가

_____

가리킨다.

정에게 보옥이 금천을 강간하려 했기에 금천이 치욕을 못 이겨 자살했다고 거짓말을 했다. 게다가 보옥과 친분이 깊은 장옥함이 없어지자 忠順王府가 가부를 찾아와 장옥함을 내놓으라고 했다. 불같이 화가 난 가정은 보옥을 모질게 때렸다. 매 맞은 보옥이 침대에 엎드려 상처를 치료하는 동안 보채가 약을 보내오고 누이 대옥은 너무 많이 울어 눈이 통통 부었다. 보옥이 대옥에게 헌 손수건 두 장을 보내어 그만 울라는 뜻을 전했다. 白居易의 「長恨歌」에는 "오래된 물건으로 깊은 정을 표한다"(惟將舊物表深情)는 시구가 있는데, 여기서도 보옥이 헌 손수건 두 장으로 자기의 마음을 전하는 것이다. 손수건을 받은 대옥은 보옥의 마음을 알고 감동한 나머지 그 손수건에 바로 시를 썼다.

①에 대해서 청계본은 '누이'를 임대옥이라고 밝혔는데 下聯의 '哥哥'가 설반이라는 것을 밝히지 않아 회목의 대칭을 깨뜨렸다. '哥哥'는 남자에게만 쓰이는 호칭이니 여기는 분명히 설보채의 오빠 '설반'을 가리키는 것이다. 다른 세 번역본이 모두 ①을 '누이를 감동시키거나 임대옥이 감동하다'로 옮겼는데 솔본만 '가보옥이 임대옥에게 감동하다'로 옮겼다. 솔본처럼 이해해도 통하지만 한 회의 전체 내용을 살펴보면, 보옥이 매를 맞고 대옥이 울면서 그를 찾아온 것이 보옥을 감동시킨 것 맞지만 보옥이 자기의 사랑을 알려주기 위해 대옥에게 손수건을 보내는 것이 훨씬 더 중요한 장면이며 임대옥이 보옥의 마음을 확실히 알며 크게 감동을 받은 묘사가 두 사람의 사랑 이야기의 전개에 큰 역할을 하는 것이다. 솔본의 번역이 오역이라고 할 수는 없지만 전체 내용을 파악하며 작가가 전달하고자 하는 의미를 정확히 전달하는 것도 중요하다고 본다.

보옥이 매를 맞은 것은 가환이 입을 놀린 탓이지만 다들 설반의 짓인 줄로 잘못 알았다. 설보채도 그렇게 생각하고 집에 가서 공연히 오빠를 타일렀다. '錯裡錯'은 바로 이 상황을 말한 것이다. 그래서 '錯裡錯'을 청계와 나남본처럼 '잘못을 잘못 알고'로 옮기면 제일 적당한 듯하다. 예하본의 '잘못 속에 잘못 있어'는 좀 어색하기는 하나 독자의 이해에는 큰 지장이 없는 듯하다. 하지만 솔본의 '잘못을 거듭하니'는 마치 설반이 잘못을 두 번이나 저지른 것 같아 독자에게 오해를 불러 일으킬 가능성이 있다.

36회: 繡鴛鴦①夢兆絳雲軒　　識②分定情悟梨香院

[예하]: 강운헌에서 원앙을 수놓으며 ①잠꼬대를 듣고
　　　　이향원에서 ②정분이 각각임을 비로소 깨닫다

[청계]: 강운헌에서 원앙을 수놓으며 ①잠꼬대를 엿듣고
　　　　이향원에서 ②정해진 운명을 정으로 깨닫다

[나남]: 강운헌에서 수놓다 ①잠꼬대를 엿듣고
　　　　이향원에서 ②운명 알고 사랑을 깨닫네

[솔]: 강운헌에서 원앙을 수놓을 때 ①꿈의 계시를 받고
　　　　이향원에서 ②연분은 운명에 따라 정해짐을 깨닫다

[중]: 강운헌에서 원앙을 수놓으며 잠꼬대를 듣게 되고
　　　　이향원에서 정분도 분수에 따라 정해짐을 깨닫다

　　보옥이 상처를 치료하느라 방에서 쉬는 시간이 많은데 어느 날 설보채가 그를 보러 왔다. 마침 가보옥이 잠자고 있는데 설보채는 잠깐 나간 습인 대신 보옥에게 입힐 배두렁이에 원앙 자수를 수놓는다.[56]

이때 가보옥이 "금과 옥의 인연이라는 소리는 무슨! 나는 꼭 목과 옥이 인연 있다고 하겠어"라고 잠꼬대를 하는데 보채가 옆에서 듣게 되었다. 이말 들은 설보채는 가보옥의 마음을 똑똑히 알게 됐고 가보옥에게 시집가는 마음도 어느 정도 식어졌다. 그러면 가보옥은 분명히 꿈에서 "금을 차는 여자와 혼인할 것"(金玉良緣)이라는 말을 듣게 됐을 것이다. 옛날에 중국 사람은 꿈이 어느 정도 앞일을 예언할 수 있다고 믿는다. 그래서 ①'夢兆'를 '꿈의 계시'라고 직역해도 별문제가 없다. 네 번역 중에 솔본만 '꿈의 계시'라고 하고 나머지 세 번역이 모두 36회의 내용에 의거해 '잠꼬대를 (엿)듣다'라고 옮겼다. 하지만 솔본은 '繡鴛鴦夢兆絳雲軒'을 '강운헌에서 원앙 수놓을 때 꿈의 계시를 받고'라고 옮겨 꿈의 계시를 받은 사람과 원앙을 수놓은 사람이 같은 사람이 되게 하여 마치 꿈을 꾼 사람이 가보옥이 아니라 설보채인 것처럼 보였다. 이는 작가의 의도와 일치하지 않은 번역이다.

보옥의 상처가 점점 나아지고 습인이 이번 일로 인해 왕부인의 心腹之人이 되자 왕부인은 월급을 올려주며 실제로 습인을 보옥의 첩처럼 대했다. 보옥이 이 소식을 듣고 좋아하며 습인과 이야기를 나누다 나중에 자기가 죽더라도 대옥이나 습인과 같은 여인들이 흘린 눈물로 자신을 수장하면 되겠다고 했다. 다음날 보옥이 희곡을 듣고 싶어 영관을 찾아 이향원에 갔는데 영관은 곡을 불러주지도 않고 자신을 쌀쌀맞게 대했다. 하지만 가장에게 대한 태도는 자신과 완전히 딴판이다. 가장도 영관의 마음을 맞추기 위해 온갖 수를 다 쓰느라 보옥마저 소홀히 했다. 보옥은 가부에서 모든 사람의 총애를 받는 嫡子인 만큼 주

---

56 배두렁이(肚兜)는 옛날 중국 부녀자나 어린아이들이 입는 앞가슴과 배만 가리는 마름모형 윗옷이다.

변 여자들이 모두 그를 좋아했다. 보옥도 역시 자기 주변에 있는 모든 여자들에게 친절히 대했다. 하지만 가장과 영관이 오직 서로 상대방에게만 열중하는 모습을 보고 나서 어떤 것이 진정한 사랑인지 깨닫게 되었다. 그 후 이홍원에 돌아와 습인에게 말했다. "어젯밤에는 너희들이 모두 나를 위해 눈물을 흘린다고 생각했는데 그건 틀렸어. 내가 모든 여자들의 눈물을 전부 독차지할 수는 없구나. 앞으로는 각자가 얻을 눈물만 얻으면 되는 거야."[57] ②'分定'은 운명이 정한 것이라는 뜻이 있지만 보옥이 한 말로 봐서는 '각자가 얻을 한 사람에게만 정을 쏟아야 된다'는 깨달음을 의미한다. 청계, 나남, 솔본은 틀린 번역이 아니지만 작가가 진정 전하고 싶은 내용을 빠뜨린 셈이다.

39회 : 村姥姥是①信口開河　情哥哥②偏尋根究底

[예하] : 시골뜨기 노파는 ①잡소리를 늘어놓고
　　　　다정스런 총각은 ②짓궂게도 캐어묻다

[청계] : 촌노파의 ①이야기는 그칠 줄 모르고
　　　　정 많은 귀공자는 ②끈질기게 캐묻다

[나남] : 유노파는 ①제멋대로 이야기를 꾸며내고
　　　　가보옥은 ②궁금하여 끈질기게 캐어묻네

[솔] : 시골 노파는 ①제멋대로 입을 놀리고
　　　　정 많은 총각은 ②짓궂게 마음을 캐묻다

[중] : 예하본 따름

57　曹雪芹·高鶚 著, 中國藝術研究院紅樓夢研究所 校註, 앞의 책, 제36회, 311쪽.
　　"昨夜說你們的眼淚單葬我, 這就錯了. 我竟不能全得了. 從此後只是各人各得眼淚罷了."

유모모가 지난번의 은혜를 잊지 않고 수확한 과일 등을 영국부에 가져왔다. 가모가 유모모가 온 것을 알고는 유모모를 불러들여 이야기를 나눴다. 유모모는 일부러 가모와 아가씨들이 좋아할 만한 신기한 이야기를 골라서 들려주었다. 가모가 좋아하는 '불교를 믿어 하늘에서 손자를 내려줬다'는 이야기를 해주고 아가씨와 보옥에게는 '사당에 있는 소녀의 조각상이 사람으로 변했다'는 이야기를 해주었다. 다들 그냥 듣고 넘어갔는데 하필 보옥만 사실이라고 생각하고 굳이 그 사당이 어디 있는지를 캐물었다. 유모모가 하는 수 없이 장소까지 지어내 말해줬다. 여기서 ①'信口開河'는 '信口開合'과 같은 말이며 근거 없는 이야기를 마구한다는 뜻인데 나남본이 제일 정확하게 번역했고 솔본도 비슷하게 옮겼다. 청계본은 내용에 따라 의역한 것으로 보인다. 단 청계본은 이 성어를 '강물처럼 그침이 없다'고 잘못 이해한 것으로 보인다.

보옥은 여자에게 항상 동정심을 품고 여자가 고생하는 것만 봐도 마음 아파했다. 유모모에게서 '겨울에 너무 추워서 흙으로 만든 소녀 조각상이 사람으로 변해 땔감을 훔쳐간다'는 거짓 이야기를 들었을 때 마음에 걸려 굳이 그 사당의 소재지까지 캐묻고 돈을 좀 주겠다고 했다. 이 일을 통해 조설근은 가보옥이 착하고 정이 많음을 독자에게 보여준다. ②"偏尋根究底"에 대해 예하본은 '짓궂게도 캐묻다'로 옮겼고, 청계본과 나남본은 모두 '끈질기게 캐묻다'고 정확하게 옮겼지만 솔본만 '짓궂게 마음을 캐묻다'라고 번역했다. 이는 본문 내용을 제대로 파악하지 못하고 앞에 나온 '情哥哥'를 오독하여 '여자의 마음을 캐묻다'라고 잘못 이해한 것으로 추정된다.

41회 : 櫳翠庵茶品①梅花雪　　②怡紅院劫遇母蝗蟲[58]

[예하] : 가보옥은 농취암에서 차를 맛보고　　(賈寶玉品茶櫳翠庵)
　　　　유노파는 이홍원에서 취해 눕다　　　(劉老老醉臥怡紅院)

[청계] : 가보옥은 농취암에서 차 맛의 우열을 평하고
　　　　유노파는 술에 취해 이홍원에서 잠을 자다

[나남] : 가보옥은 농취사에서 ①매화차 맛보고
　　　　②유노파는 이홍원에서 술 취해 잠드네

[솔] : 농취암에서 차를 품평할 때 ①눈 같은 매화 피고
　　　　②이홍원에는 걸신들린 메뚜기가 들이닥치다

[중] : 농취암에서 매화에 쌓인 눈을 끓여 차를 품평하고
　　　　이홍원에서 걸신들린 암컷 메뚜기와 맞닥뜨리네

　　유모모가 영국부에 두 번째 왔을 때 가모가 그녀를 위해 대관원에서 잔치를 열었다. 유모모가 가모와 같이 대관원에서 식사를 마치고 나서 가모를 따라 묘옥의 농취암에 가서 차까지 마셨다. 묘옥은 작년에 거둔 빗물로 가모에게 차를 만들어주었다. 가모가 반을 마시고 나머지 반은 유모모에게 맛보라고 했다. 묘옥은 유모모가 더럽다고 생각해 유모모가 썼던 찻잔은 그냥 버리라고 했다. 그리고 대옥과 보옥, 보채에게는 좋은 찻잔을 내어줄 뿐만 아니라 차를 우려내는 물도 빗물이 아닌 매화 위에 쌓인 눈을 항아리에 담아 녹인 것이다. 그래서 ①번 '매화설'은 나남본의 '매화차'도 아니고 솔본처럼 차 마실 때 '눈 같은

58　『척료생서본석두기』와 程乙본『홍루몽』에 41회 회목은 '賈寶玉品茶櫳翠庵 劉老老醉臥怡紅院'으로 되어 있다.

매화가 피었다'는 뜻도 아니다. 그것은 차를 만들 때 사용하는 물을 가리킨다.

유모모는 대관원에서 난생처음 본 맛있는 음식을 실컷 먹고 술도 마음껏 마셨다. 시골에 사는 가난한 노파인 그녀는 평생 처음으로 영국부 같은 부잣집에서 밥을 먹어보았기에, 그녀에게는 모든 음식이 진수성찬이었다. 평소에 많이 먹었던 가지도 알아보지 못했는데, 그 이유는 몇 차례의 조리 과정을 거쳐 닭 몇 마리와 다른 재료 몇 가지를 함께 넣어 만들었기 때문이다. 조설근은 유모모의 눈과 입을 통해 영국부 사람들의 사치스러운 생활을 독자에게 묘사해줬다. 이렇게 진귀한 음식을 처음 먹어보는 유모모가 '먹는 양이 소 같고 먹는 모습이 돼지 같다'고 자신을 스스로 놀렸다. 42회에 대옥이 자매들 앞에서 유모모를 '메뚜기'라는 별명으로 불러 모두들 박장대소했다. 이는 유모모의 식사량과 밥 먹는 모습을 비유한 것이다. 대관원을 구경하던 중 유모모가 배가 아파 화장실에 들렀다가 술에 취한 탓에 이홍원에 있는 보옥의 방으로 잘못 들어가 잤다. 어느 규수의 규방 못지않게 향기롭고 아름답게 꾸며진 보옥의 방은 유모모 때문에 온통 방귀냄새로 가득 가득 차고 말았다. 그래서 회목에는 이홍원에 암컷 메뚜기가 들이닥쳤다고 표현했다. 정을본을 저본으로 한 예하본과 척료생 서본을 저본으로 한 청계본은 下聯을 원문대로 옮겼지만, 저본이 같은 나남본과 솔본은 이를 다르게 처리했다. 나남본과 솔본의 저본은 둘 다 경진본인데, 나남본의 번역으로 봐서는 분명히 척료생 서본의 회목을 따른 것이다. 솔본은 원문대로 무난하게 옮겼다.

44회: 變生不測鳳姐潑醋　喜出望外平兒理妝

[예하]: 뜻하지 않은 변이 생겨 희봉은 시샘을 하고
　　　예상 못한 기쁨에 잠겨 평아는 단장을 하다

[청계]: 의외의 변고에 희봉은 질투를 부리고
　　　뜻밖의 기쁨에 평아는 몸을 단장하다

[나남]: 의외의 변고에 희봉은 질투를 드러내고
　　　뜻밖의 기쁨에 평아는 화장을 새로 하네

[솔]: 예기치 못한 변이 생겨 왕희봉은 질투를 하고
　　　뜻밖의 기쁜 일이 생겨 평아는 단장을 하다

[중]: 예기치 못한 변이 생겨 희봉은 질투를 부리고
　　　평아가 단장을 하니 보옥은 뜻밖의 기쁨을 얻다

　왕희봉의 생일을 맞아 가모를 비롯한 모든 여자들이 그녀를 위해 잔치를 열었는데 희봉이 없는 틈을 타 가련이 또 다시 鮑二댁을 방으로 불러들였다. 희봉이 술에 취해 방에 들어가 쉬려고 하는 참에 이 사실을 알게 됐다. 그리고 두 사람이 이야기 나누는 소리를 들었다. 포이댁은 가련에게 왕희봉이 죽고 평아가 부인이 되었으면 좋겠다고 말했다. 예기치 못한 일이 닥치자 희봉이 술김에 크게 소란을 피웠다. 왕희봉의 시녀인 평아는 가련의 첩으로서 사이에 끼어 양쪽에게 비난을 받았다. 왕희봉은 평아도 뒤에서 자신을 원망한다고 생각하고 평아를 때렸다. 평아는 너무 억울하지만 주인 왕희봉에게 아무 말 못하고 포이댁을 때릴 수밖에 없다. 가련은 평아가 왕희봉과 한패라고 하여

발로 평아를 차고 욕했다. 평아가 억울해하며 소리 높여 울어 칼에 죽겠다고 뛰쳐나갔다. 이 변고로 인해 평아가 대관원에 들어가서 이환, 보채 등에게서 위로를 받고 보옥이 사는 이홍원으로 가서 눈물에 젖은 옷도 갈아입고 화장도 다시 했다. 보옥이 평소에 평아와 가까이 지내지 못해 아쉬워하던 참에 이 기회를 잡아 평아가 화장하는 것을 정성스레 도왔다. 44회 회목의 앞 구에 있는 '變生不測'은 왕희봉이 소란을 피우는 원인이 되지만, 뒤 구에 나온 '喜出望外'는 평아가 단장을 하는 이유가 아니라 가보옥의 심정을 묘사하는 것이다. 네 번역 모두 '喜出望外'를 평아가 화장을 다시 하는 원인으로 번역했다. 본문 내용에 평아가 실제로 기뻐할 일이 등장하지 않기 때문에 '喜出望外'는 가보옥의 심정을 묘사하는 말로 해석해야 한다.

'潑醋'는 '식초를 뿌리다'라는 뜻이지만 여기서는 시샘을 부린다는 사실을 가리킨다. 이 말은 왕희봉의 성격을 잘 나타낸다. 중국에서는 질투하는 것을 '喫醋'라고 하는데 이 말은 당나라 때 劉餗이 지은 『隋唐嘉話』에 나온 房玄齡 아내의 이야기에서 유래했다.[59] 물론 태종이 준 술은 사실 독주가 아니라 그냥 술이었다. 그런데 이 이야기가 전해

---

[59] 劉餗(唐), 張鷟(唐) 撰, 『隋唐嘉話 · 朝野僉載』, 北京: 中華書局, 1979, 26쪽.
"방현령의 아내는 질투가 매우 심해 태종이 미녀를 하사했는데도 아내를 두려워한 방현령은 굳이 사양한다. 태종이 황후에게 부탁해 방현령 아내를 궁궐로 불러 그녀에게 첩을 두는 것은 기존의 제도며 게다가 司空이 나이가 이미 많아 내가 우대하려는 뜻이 있기 때문이라고 한다. 그녀가 그래도 마음을 돌리지 않으니 태종이 그녀에게 '질투 안 하면서 살겠느냐? 아니면 질투하면서 죽겠느냐?'라고 물었는데, 그녀는 '저는 차라리 죽을지언정 질투는 안 할 수 없습니다'라고 대답했다. 태종이 이 대답을 듣고 그녀에게 독주를 하사했다. 그녀는 독주를 받아들고 서슴없이 단숨에 다 마셨다. 태종 이 이를 보고 '나도 그녀가 무서운데 방현령은 오죽할까!'하고 감탄했다."
"梁公(房玄齡)夫人至妒, 太宗將賜公美人, 屢辭不受. 帝乃令皇后召夫人, 告以媵妾之流, 今有常制, 且司空年暮, 帝欲有所優詔之意. 夫人執心不回. 帝乃令謂之曰:'若寧不妒而生, 寧妒而死?' 曰:'妾寧妒而死.' 乃遣酌巵酒与之, 曰:'若然, 可飲此鴆.' 一擧便盡, 無所留難. 帝曰:'我尚畏見, 何況于玄齡!'"

지다가 술이 아니라 식초를 하사한 것으로 와전되었다. 그래서 후세에 '喫醋拈酸'를 질투와 연관시킨 것이다. 한국에는 이런 표현이 없는데 네 번역본이 모두 잘 옮겼다.

45회 : ①金蘭契互剖金蘭語　風雨夕悶製②風雨詞

[예하]: ①오는 정 가는 정에 속마음을 나누고
　　　비바람 부는 저녁 ②풍우사를 짓다

[청계]: ①금과 난의 연분으로 서로 흉금을 터놓고
　　　비바람 부는 저녁에 ②비바람을 읊조리다

[나남]: ①오가는 우정 속에 흉금을 털어놓고
　　　비바람 부는 저녁 ②풍우사 읊조리네

[솔]: ①마음 맞는 친구는 서로 마음을 나누고
　　　비바람 부는 밤 시름 속에서 ②비바람을 노래하다

[중]: 우애 깊은 자매가 서로 속마음을 털어놓고
　　　비바람 부는 저녁에 애달프게 비바람을 읊조리다

　몸이 약한 임대옥은 약을 계속 먹어도 별 효과가 없으니 어디 나가지 않고 방에서 쉬는 날이 많았다. 그녀를 보러 자주 오는 보채는 병을 걱정해줄 뿐만 아니라 약보다 음식이 더 중요하니 매일 아침에 燕窩를 끓여먹으라고 알려주었다.60 대옥은 외할머니 집에 얹혀 사는 상황이라 약값만으로도 신세를 많이 지는데 또 연와를 보내달라고 하면

60　燕窩는 해안의 바위틈에서 사는 金絲燕의 둥지이다. 물고기나 바닷말을 물어다가 침을 발라 만든 것이다. 중국 요리의 고급 국거리이며 燕巢라고도 불린다.

미움 받을까봐 걱정이다. 보채가 이 말을 듣고 연와를 보내줄 테니 마음 편히 가지고 몸조리에만 신경 쓰라고 했다. 예전에 대옥은 보옥과 보채의 '金玉緣'이라는 말에 의심을 품고 보채를 좋지 않게 생각했는데, 이제는 보옥의 마음을 확실히 알았고 의심도 풀어져 서로 마음을 털어놓았다. '金蘭契'는 "山涛가 嵇康, 阮籍과 만나자마자 바로 형제처럼 사이가 좋아진다."이라는 문장에서 처음 나오는데,61 이 말은 또한 "두 사람이 마음을 같이 하면 그 예리함이 쇠를 자를 수 있고, 서로 마음을 나누는 말은 난초와 같은 향을 뿜어낸다."이라는 말에서 기원한 것이다.62 그래서 좋은 친구끼리 '義結金蘭'하여 異姓 형제나 자매가 되기도 한다. 『三國志演義』에서 劉備, 關羽, 張飛가 행한 '桃園三結義'가 바로 그 예다. 여기의 '金蘭契'도 대옥과 보채가 서로 속마음을 털어 자매처럼 정이 좋아진 것을 말한다. 네 번역이 '金蘭契'를 조금 다르게 처리했지만 독자 이해에는 별문제 없는 것으로 보인다.

보채가 가고 저녁이 되니 비가 왔다. 대옥이 홀로 빗소리를 들으니 마음이 더욱 처량하다. 대옥이 악부시가를 보다가 시정詩情이 솟아나 「秋窓風雨夕」이라는 시가를 지었다. 그래서 ②번 '風雨詞'는 비바람을 읊은 시라는 뜻인데, 예하본과 나남본은 한자 그대로 '풍우사'라고 직역했고 청계와 솔본은 '비바람을 읊조리다'라고 의역을 했는데 두 가지 번역이 모두 무난하다고 본다.

---

61 劉義慶(南朝宋) 撰, 沈海波 譯註, 『世說新語』, 北京: 中華書局, 2016, 183쪽.
    "山公與嵇,阮一面, 契若金蘭"
62 『周易』 繫辭篇: "二人同心, 其利斷金; 同心之言, 其臭如蘭"

46회: ①尷尬人難免尷尬事　②鴛鴦女③誓絕鴛鴦偶

[예하]: ①부정한 사람은 부정한 일을 면치 못하고
　　　　②원앙의 처녀는 ③기어이 원앙배필을 거부하다

[청계]: ①거북한 사람에게 거북한 일만 생기고
　　　　②원앙녀는 ③맹세코 원앙이 되길 거절하다

[나남]: ①난처한 형부인에게 거북한 일만 생기고
　　　　②올곧은 원앙은 ③맹세코 첩되길 거부하네

[솔]: ①고약한 사람은 고약한 일을 피하기 어렵고
　　　　②원앙 아가씨는 ③짝을 갖지 않기로 맹세하다

[중]: 거북한 사람이 거북한 일을 면치 못하고
　　　　원앙녀는 원앙배필을 맹세코 거부하다.

　가정의 형 賈赦는 나이가 많음에도 불구하고 첩을 더 두고 싶어 한
다. 이번에는 가모의 시녀 원앙을 노렸다. 원앙은 용모가 단정할 뿐만
아니라 가모의 시중을 잘 든다. 邢夫人이 자기 남편의 마음을 알고 먼
저 왕희봉에게 원앙을 첩으로 들일 방법을 구했다. 중국 고대에 남자
들이 아내는 하나만 맞이할 수 있지만 첩은 자기 마음대로 들일 수 있
다.63 그리고 아내가 자기 남편에게 첩을 사주는 것이 질투심이 없으
며 현명하다는 칭찬도 들을 수 있다. 형부인이 워낙 남편 가사의 말
잘 듣고 그의 마음에 어긋나는 일을 절대 안 한다. 희봉은 가모가 원
앙이 없으면 진지조차 안 드신다면서 형부인에게 그런 마음을 접으라

63　정식으로 맞이한 첫 번째 부인은 正室이며 만약 아내가 먼저 죽고 다시 맞이한 부인은
　　繼室(後室)이라고 한다.

고 권고했다. 가모에게 그토록 소중한 원앙을 뺏어가려는 것은 매우 불효하는 행동이기 때문이다. 하지만 형부인이 남편에게 충고하지도 않고 며느리 왕희봉이 말려도 무시하며 원앙에게 가서 가사의 첩이 되어달라고 했다. 원앙이 승낙하지 않자 형부인은 원앙의 가족까지 동원해 그녀를 압박했다. 가사는 심지어 자신의 첩이 되어주지 않으면 나중에 그 누구에게도 시집가지 못하게 하겠다고 협박까지 한다. 원앙은 별 수 없어 끝내 가모 앞에 가서 울면서 평생 시집가지 않겠다고 맹세를 했다. 이에 가모는 매우 화를 내며 형부인을 크게 혼냈다.

①'尷尬人'은 형부인을 가리키는데, 네 가지 번역 판본은 각각 다른 어휘를 선택했다. 예하본의 '부정한 사람'은 원문의 뜻과 차이가 좀 나고, 솔본의 '고약한 사람'은 원문에 비해 지나친 의미로 풀이한 것으로 보인다. 나남본은 '난처한 형부인'이라고 옮겼지만, 형부인은 처음부터 남편의 환심을 사려고 했기 때문에 원앙을 첩으로 들이는 일에 난처해한 적이 없었다. 나남본은 다른 역본과 달리 유일하게 회목에 上聯의 주인공 '형부인'을 밝혔다. 이는 下聯에 나온 '鴛鴦'의 이름과 對偶를 이루려는 시도가 아닌가 한다.

'鴛鴦'은 중국에서 주로 금실이 좋은 부부를 비유하기는 한다. 그러나 시녀 '원앙'에게는 분명히 배필이 없는데도 그녀에게 원앙이라는 이름을 지어준 이유는 '원앙'이 '충성'의 상징이기도 되기 때문이다. 진나라 崔豹가 지은 『古今註』에 따르면, "원앙은 …암컷과 수컷이 서로 떨어지지 않아 한 마리가 사람에게 잡혀가면 다른 한 마리는 짝을 그리워하며 죽음에 이르기까지 한다."[64] 원앙은 가모를 계속 모셔왔을 뿐

---

64 崔豹(晉) 撰, 『四部叢刊三編-古今註』, 上海: 商務印書館, 中華民國二十五年(1936), 34쪽.
　　卷中, 鳥獸第四: "鴛鴦…雌雄未嘗相離, 人得其一, 則一者相思而死."

아니라 가모가 죽고 나서는 자결까지 했다. ②번의 '원앙녀'는 실제로 시녀 '원앙'을 가리키고, ③번에 나온 '원앙'은 '짝이나 배필'을 가리킨다. ②번에 대해 예하본이 옮긴 '원앙의 처녀'는 조금 어색하다는 느낌이 들고, 솔본이 옮긴 '원앙 아가씨'는 원앙의 신분을 높여 말했기 때문에 봉건사회의 엄격한 신분 제도와는 어울리지 않는 면이 있다. 나남본은 의역의 방법을 선택해 上聯에 말한 주인공이 형부인이라는 것을 밝혔으며, 下聯은 上聯과 대구를 이루기 위해 '원앙' 앞에 '올곧은'이라는 성격 묘사까지 덧붙였다. 이것은 원문과 차이가 나기는 해도 바람직한 시도의 하나라고 할 수도 있다. 하지만 ③"誓絶鴛鴦偶"는 가사의 첩되기를 거부한 것을 뜻할 뿐 아니라 가모 앞에서 나중에 시집가지 않겠다고 맹세한 것을 가리킨다. 다른 세 번역이 모두 원문의 의미를 올바르게 옮긴 데 비해, 나남본만 원문의 의미를 제대로 전달하지 못했다.

52회: ①俏平兒情掩蝦鬚鐲　②勇晴雯病補雀毛裘

[예하]: 평아는 사정 보아 새우수염65팔찌 일을 감싸주고
　　　　청문은 앓으면서 공작 새털 갖옷을 기워주다

[청계]: ①영리한 평아는 인정에 끌려 도적을 눈감아주고
　　　　②야무진 청문은 병중에 공작털 외투를 기워주다

[나남]: ①영리한 평아는 새우수염 팔찌 훔친 일 덮어주고
　　　　②용감한 청문은 공작털 외투를 병중에 기웠네

[솔]: ①현명한 평아는 인정상 새우수염 팔찌 일을 덮어주고
　　　　②씩씩한 청문은 병중에도 공작 깃털 갖옷을 기워주다

보옥의 하등 시녀 墜兒가 희봉의 금팔찌를 훔쳤는데 다른 노복이 이 일을 희봉의 시녀 평아에게 일렀다. 평아는 보옥의 체면을 생각해 보옥의 시녀가 훔친 것이 아니라 팔찌가 떨어져 눈에 덮여 이제야 발견됐다고 희봉에게 말하고 습인에게는 구실을 만들어 추아를 내보내라고 했다. 하필 그 때 보옥이 두 사람의 말을 몰래 엿듣고 이를 청문에게도 얘기했다. 보옥의 상등 시녀인 청문은 천성적으로 이런 일을 싫어하는데다가 자기 손아래 시녀가 이런 짓을 한 것을 알고 격분했다. 그래도 보옥의 체면을 위해 겨우 화를 누른 채 당장은 내색하지 않고 다음 날 사소한 일을 빌미삼아 추아를 쫓아냈다.

회목에 나온 '俏'나 '勇'은 모두 인물의 성격을 나타내는 單字評이다. ①'俏'를 청계와 나남본은 모두 '영리한'이라고 번역했지만 솔본만 '현명한'이라고 옮겼다. 보옥의 시녀가 왕희봉의 팔찌를 훔쳤는데 평아가 보옥의 체면을 생각해 이 일을 덮어줬다. 평아에게 '현명하다'는 평가는 지나치다고 생각한다. 청계본과 나남본 번역이 상대적으로 조금 더 타당하다고 본다.

가보옥이 할머니에게서 공작 깃털로 만든 귀한 갖옷을 얻었는데 연회에 나갔다가 불꽃이 튀는 바람에 그만 구멍이 나고 말았다. 가보옥의 시녀들 중에 晴雯의 바느질 솜씨가 제일 뛰어나다. 청문은 몸이 매우 아팠지만 그래도 보옥을 위해 갖옷을 기워준다. 그래서 ②'勇'은 청

---

65 예하본에 '수엽'으로 되어 있는데 '수염'의 잘못으로 추정된다.

문이 아픔을 견디며 바느질을 하는 씩씩함을 표현한 것이다. 예하본을 제외한 세 번역본을 비교해보면 청계본의 '야무진'은 '勇'의 의미와는 약간 거리가 있고 지나친 해석이 가미된 성격묘사에 가깝다고 할 수 있다. 반면에 나남본의 '용감한'은 '勇'의 의미와 가깝지만 본 문맥에는 어울리지 않는다. 솔본의 '씩씩한'이 작가가 표현하고자 하는 의미에 제일 가깝다고 본다. 예하본은 두 개의 단자평을 모두 번역하지 않은 채 회목을 옮겼다.

54회: 史太君①破陳腐舊套　　王熙鳳②效戲彩斑衣

[예하]: 사태군은 ①낡은 틀을 깨뜨리고
　　　　왕희봉은 ②희채반의를 본받다

[청계]: 사태군은 ①진부한 이야기를 꺼내놓고
　　　　왕희봉은 ②노래자를 본받아 효성을 보이다

[나남]: 사태군은 ①재자가인 진부하다 설파하고
　　　　왕희봉은 ②색동옷의 노래자를 본받았네

[솔]: 태부인은 ①진부한 옛 틀을 비판하고
　　　　왕희봉은 ②노래자를 흉내내다

[중]: 나남본 따름

정월 대보름날 영국부에서 또 연회를 열었는데 으레 그러하듯 희곡과 講談 공연도 있었다. 가모는 평소에 듣는 '才子佳人'의 이야기들이 모두 상투적이며 거짓이라고 비판했다. 그녀는 그런 이야기가 부잣집을 질투한 빈곤한 문인들이 부잣집 아가씨들을 탐내서 지어낸 것이라고 지적했다. '破陳腐舊套'의 '破'는 '깨뜨리다'의 뜻이며 여기서는 '說破하다'로 풀어야 한다. 이러한 가모의 행동을 예하본은 '낡은 틀을 깨뜨리다'라고 옮겼는데 '破'가 지닌 다양한 의미를 상황에 맞게 번역하지 못했다고 할 수 있다. '진부한 이야기를 꺼내놓다'라고 옮긴 청계본도 원문의 뜻과 거리가 있다.

뒤 구 ②에 왕희봉이 '戲彩斑衣'을 본받는다고 나와 있는데, '戲彩斑衣'라는 고사는 중국의 유명한 효자 이야기다. 이 고사는 본래 한나라 劉向(BC77~BC6)의 『孝子傳』에 나오는 것으로 당나라 徐堅(660~729)이 편찬한 『初學記』에 인용되었다. 춘추시대 초나라의 老萊子(약 BC599~약 BC479)는 지극한 효성으로 부모님을 섬긴다. 일흔 살에 색동옷을 입고 어버이 앞에서 어린애처럼 재롱을 부려 어버이를 즐겁게 해드렸다고 한다.[66] 이 이야기는 '彩衣娛親'이라고도 한다. 한국에도 '戲彩娛親'이라는 고사성어가 있다. 54회에서 왕희봉은 가모를 웃게 만들려고 일부러 농담을 했는데 노래자의 효성을 엿볼 수 있다는 말이다. ②에 대해서 예하본은 한자를 그대로 옮기면서 독자의 이해를 돕게 위해 미주에 간단한 설명을 덧붙였다. 청계본은 '효성을 보이다'라고 번역하여 이 이야기의 취지를 밝힌 반면에, 다른 세 번역본은 원문 그대로 노래자의 행위를 풀어서 옮기기만 했다.

---

66 徐堅(唐) 等著, 『初學記』下冊, 北京: 中華書局, 1962, 419쪽
   卷十七 孝第四: "『孝子傳』曰: 老萊子至孝, 奉二亲. 行年七十, 著五彩襦裲衣, 弄雛鳥于亲側."

> 58회: 杏子陰①假鳳泣虛凰　茜紗窓眞情揆②痴理
>
> [예하]: 살구나무 밑에서 ①가짜 봉황은 가짜 봉황을 슬퍼하고
> 　　　천사창문 안에서 진실한 정으로 ②멍청한 사연을 알아보다
>
> [청계]: 살구나무그늘에서 ①봉새가 황새를 그리며 눈물짓고
> 　　　명주창가에서 보옥이 ②우관의 치정을 헤아려주다
>
> [나남]: 살구나무 밑에서 ①우관은 적관을 위하여 통곡하고
> 　　　명주 창문 아래서 보옥은 ②우관의 진심을 짐작하네
>
> [솔]: 살구나무 그늘에서 ①가짜 봉황은 헛된 짝을슬퍼하고
> 　　　창가에서 참된 사랑으로 ②어리석은 이치를 헤아리다
>
> [중]: 살구나무 그늘에서 가짜 봉새가 헛된 짝을 슬퍼하고
> 　　　명주창문 앞에서 정 많은 공자가 참된 사랑의 이치를 헤아
> 　　　리다

　　중국에는 당나라 때부터 官妓제도가 있었지만,67 명나라 宣德시대
에 관기제도가 폐지됨으로써 여성이 倡優가 되는 일이 대폭적으로 줄
었다.68 이는 지난날에 倡優가 기생과 똑같이 천민이었을 뿐 아니라
기생과 구분하기 어려웠기 때문이다. 이때 줄어든 창우의 빈자리를 보
충하기 위해 남자가 여성으로 분장하는 경우가 점점 많아졌다. 명·청
시대의 희곡 배우들은 거의 다 남자였지만, 지위가 낮기 때문에 권세
가에 의지하여 살아야 하는 경우가 많고 심지어는 남창처럼 사는 경우
도 많았다. 하지만 그들은 문인들의 환심을 샀으므로 남자 배우의 이

67　관기는 관청에 딸려 歌舞·탄금 등에 종사하던 기생이다.
68　창우는 가무, 악기 및 연극을 종사하는 직업적 예능인을 통틀어 이르는 말이다.

미지가 문학작품에 등장했을 뿐만 아니라 남성 동성애의 이야기까지도 등장한다.69 『홍루몽』에서 여자 역할을 맡은 희곡배우 蔣玉菡(예명은 琪官)도 바로 가보옥, 北靜王 등과 친밀한 관계였다.

궁중의 太妃가 죽음으로써 가씨 집안 어른들이 궁중에 들어가 제사에 참가해야 할 뿐만 아니라 유희 활동을 일체 중단하고 집에 있는 희곡 배우들을 내보내야 할 상황이다. 열두 명의 여자아이 중에 네댓 명만 나가려고 하고 나머지는 남기를 원한다. 그래서 남은 여자아이들은 모두 시녀가 되었다. 보옥이 대관원을 산책하다가 살구나무 아래에서 藕官이 울면서 종이돈을 태우는 것을 봤다. 보옥이 의아하게 여기고 이유를 묻자 우관은 눈물을 그치지 못한 채 직접 말해주지 않고 보옥의 시녀 芳官에게 물어보라고 했다. 보옥이 돌아가 방관에게서 우관과 菂官의 사랑 이야기를 들었다. 희곡에서 우관이 남자 역을 맡고 적관이 여자 역을 맡아 두 사람은 항상 부부처럼 지냈다. 그들은 그렇게 정이 들어 실제 생활에도 정말 부부처럼 살기 시작했다. 나중에 적관이 갑자기 죽는 바람에 우관에게 새로운 배우를 붙여주었지만 우관은 적관을 잊지 못한다.

鳳凰은 단일한 種의 새가 아니다. 봉새는 수컷이고 황새는 암컷이다. 봉황은 서로 짝을 이루기 때문에 늘 함께 이야기한다. 藕는 蓮實

---

69 중국은 은나라 때부터 이미 악공, 가무를 전문적으로 가르치는 기관이 있었고, 주나라 시대에 들어와서는 예악 제도를 정비함으로써 나라의 樂舞 기관이 더욱 방대해졌다. 창우(또는 優伶이라고 함)는 국가 기관이나 민간 조직, 또는 개인의 관리를 받았다. 한나라 때부터는 자기 집 종에게 악기나 가무를 배우게 하는 예가 있었고, 위진남북조 시대에 들어오면 권세가 및 사대부 집안에는 家伎를 두는 것이 관습으로 자리 잡게 되었다. 심지어 당나라 때는 5품 이상의 관원에게 나라에서 家伎女樂을 배치해줄 정도였고 그 비용도 나라가 부담했다. 개인 집에 두는 優伶에는 여자아이들로 구성된 '家班女樂', 남자아이들로 구성된 '家班優童', 그리고 직업적인 우령들로 구성된 '家班梨園'이 있다. 명나라, 청나라 때 가정 극단은 '生, 旦, 淨, 醜' 등의 희곡 역할을 담당할 수 있도록 보통 열두 명의 구성원으로 이루어진다. 장옥함은 바로 충순왕이 집안에 둔 희곡 극단에 속한다.

이고 菂은 연밥이니 이름으로도 두 사람의 사이를 암시한다. 우관은 여자의 몸으로 남자 역을 하니까 '假鳳'이며 적관은 이미 죽었기 때문에 '虛凰'이 된다. ①"假鳳泣虛凰"에 대해 예하본과 솔본은 '봉황'을 암컷과 수컷으로 분리하지 않고 하나인 것처럼 번역해 원문의 의도를 전달하기에 부족함이 있다. 청계본의 번역은 '봉황'을 분리하여 옮겼지만 '假鳳'과 '虛凰'의 뜻을 밝히지 못해 아쉬운 면이 있다. 나남본은 '가봉'과 '허황'이 가리키는 실제 인물을 밝혀 번역해 독자가 이해하기 쉬울 것이다.

새로이 짝이 생겨도 계속 적관을 잊지 못한 우관은 '癡情'을 가지고 '癡理'를 얘기하는데, 적관은 바로 첫째 부인이며 나중에 온 蕊官은 둘째 부인 같다고 한다. 아무리 정이 깊었어도 적관이 죽은 뒤 다른 여자와 짝을 이루지 않고 홀로 살면 죽은 적관도 마음이 편치 않을 것이기 때문에 둘째 부인을 맞이하지만, 우관은 적관을 계속 마음에 담고 살기로 했다. 우관은 적관과 마찬가지로 예관에게도 똑같이 잘해준다. 이는 조설근이 보옥과 대옥, 보채 세 사람의 혼인이 초래할 결과를 암시하는 것 같다. 우관의 '癡理'를 듣고 자기 마음과 딱 맞아떨어진다고 느낀 보옥은 우관을 극찬했다. 중국어에서 '癡情'은 한국어의 뜻과 거리가 멀다. 한국어 '치정'은 '남녀 간의 사랑으로 생기는 온갖 어지러운 정'이라는 부정적인 의미를 담고 있지만, 중국어에서 이 단어는 '사랑에 푹 빠지다'는 뜻으로 긍정적인 의미를 가지고 있다. 따라서 ②'癡理'도 '멍청한 사연'이나 '어리석은 이치'가 아니라 참된 사랑에 넋을 잃은 상태에서 나온 이치가 된다.

68회: 苦尤娘①賺入大觀園　②酸鳳姐③大鬧寧國府

[예하]: 불쌍한 우이저는 대관원에 ①속아 들어가고
②시샘하는 희봉은 녕국부를 ③소란케 하다

[청계]: 불쌍한 우이저는 대관원으로 ①불려 들어가고
②지독한 왕희봉은 녕국부를 ③뒤흔들어놓다

[나남]: 불쌍한 우이저 대관원에 ①끌려 들어가고
②샘 많은 왕희봉 녕국부를 발칵 ③뒤집었네

[솔]: 불쌍한 우이저는 ①속아서 대관원으로 들어가고
②시기심 많은 왕희봉은 녕국부에서 ③소란을 피우다

[중]: 불쌍한 우이저는 대관원에 속아 들어가고
샘이 많은 희봉은 녕국부를 발칵 뒤집다

　尤二姐는 가련이 아내 왕희봉을 속이고 몰래 둔 첩이다. 우이저는 賈珍의 의붓 처제로서 평소에 가진, 가용 부자와 불륜 관계를 맺고 있었다. 가진의 아버지 가경이 갑자기 죽어 장례식을 치르는 동안, 장례식을 돕기 위해 가진 집에 자주 왔다갔다 하던 가련이 우이저와 서로 눈이 맞았던 것이다. 가련이 우이저를 첩으로 들이고 싶어서 가진, 가용 부자에게 도움을 청했다. 우이저도 가련이 마음에 들어 혼인을 허락했다. 가경의 장례식을 치른 지 얼마 되지 않았는데도 가련은 참지 못하고 밖에서 庭院을 하나 사들여 우이저와 결혼식을 올렸다. 그 이후로 시간만 되면 온갖 구실을 만들어 우이저를 보러 가곤 했다.
　왕희봉이 우연히 이 사실을 알게 되었다. 질투가 심하고 마음이 독

한 희봉은 우이저를 괴롭혀서 죽이려는 계획을 세웠다. 우선 일부러 자신을 낮추고 우이저가 살고 있는 집에 가서 온갖 감언이설로 우이저를 영국부로 데려와 자신의 통제 안에 두었다. 우이저는 왕희봉의 말만 믿고 그녀가 좋은 사람이라고 생각하여 영국부에 들어왔는데, 정작 들어와 보니 왕희봉이 노복들을 시켜 우이저를 괴롭히기 시작했다. 또 가련의 다른 첩을 이용해 우이저를 모함하고 다른 사람과의 사이를 이간질했다. 임신한 몸이었던 우이저는 돌팔이 의사에 의해 유산까지 하게 되었다. 영국부에 들어와서 줄곧 마음고생으로 시달린 그녀는 결국 괴로움을 못 이겨 69회에 금 조각을 삼키고 자살했다. 우이저가 금 조각을 삼키고 죽었는데 그 모습이 오히려 생전보다 더 예뻤다. 이런 우이저를 본 가련은 가슴이 아팠고 왕희봉에 대한 미움도 더 커졌다. 이에 그는 우이저를 앞에 두고 그녀를 위해 꼭 복수하겠다고 맹세했다. 이는 조설근이 가련과 왕희봉의 불화를 염두에 두고 복선을 깔아놓은 것이다. ①'賺'은 '돈을 벌다'는 뜻으로 많이 쓰이지만 '속이다'는 뜻으로도 쓰인다. 조설근은 '賺'을 통해 왕희봉의 속셈을 회목에 밝혔다. 청계본의 '불려'나 나남본의 '끌려'는 모두 원문과 거리가 먼 오역이다. 예하본과 솔본의 '속아'는 원문의 뜻을 제대로 옮겼다고 본다.

중국에서는 샘내는 것을 '拈酸喫醋'라고 한다. 그래서 우이저 때문에 시샘하는 왕희봉에게 '酸'이라는 단자평을 붙여준 것이다. 가련의 시동 興兒의 말로 표현하면 "남의 시기심이 병에 담길 수 있다면 이분의 시기심은 항아리에 담겨야 할 것이다." 평아가 왕희봉의 시녀이자 가련의 첩이지만 1~2년에 겨우 한 번쯤 가련과 함께 있을 뿐이다. 가련이 어느 시녀에게 눈길 한 번만 줘도 왕희봉은 바로 그 자리에서 그 시녀를 곤죽이 되도록 매질을 한다. 이렇게 질투심이 심한 희봉이 한

편으로는 우이저를 괴롭히고, 다른 한편으로는 가진의 아내이자 우이저의 이복 언니 우씨와 가용에게 우이저를 가련에게 소개해준 경위를 따지러 녕국부에 갔다. 왕희봉은 가련의 죄를 일일이 늘어놓았다. 太妃의 죽음으로 정월에 국상을 치렀고 집안에서도 장례를 치른 지 얼마 되지도 않았는데 바로 첩을 들이는 것은 예법에 어긋나는 일이라고 지적했다. 게다가 부모님과 아내 모르게 첩을 들인 것도 예법에 맞지 않는다고 했다. 그리고 첩을 들일 때는 식을 올리지 않은 것이 정상인데 가련은 우이저와 결혼식까지 올렸으니 그것은 '중혼죄'를 범한 것이라고 주장했다. 또한 우이저도 원래 약혼한 사람이 있었는데 상대방의 가세가 기울자 혼인 맺기를 주저했고, 나아가 그녀의 어머니는 딸을 가련과 맺어주기 위해 가부의 권세를 빌어 약혼을 파기시킨 것도 큰 잘못이라고 했다. 이렇게 가련과 우이저의 혼인은 그 과정에서 네 가지 죄를 범했기 때문에 왕희봉은 우이저뿐만 아니라 그녀를 도와줬던 가진과 가용에게 복수할 수 있는 정당성을 얻은 셈이다. 나중에 파혼 사실을 안 왕희봉은 우이저의 약혼자를 몰래 불러와 가련이 그의 신붓감을 빼앗아갔으니 고소해야한다고 그를 부추겼다. 그런 후 녕국부에 가서 목 놓아 울면서 못되게 굴었다. 일이 커지자 그제서야 가진, 가용, 우씨 세 사람은 모두 당황해서 왕희봉에게 소송을 취하할 수 있도록 도와달라고 간청했다. 이것을 기회로 삼아 왕희봉은 가용과 우씨를 크게 혼냈을 뿐만 아니라 소송을 알선해 주겠다는 명목으로 우씨에게서 돈도 받아냈다. ③'大鬧'를 '소란케 하다'로 번역하면 사소한 일처럼 들리기 십상이다. 따라서 어감이나 일의 심각성으로 볼 때 '뒤흔들어 놓다'나 '발칵 뒤집다'가 더 적당할 듯하다.

78회: 老學士閑徵姽嫿詞　①痴公子杜撰②芙蓉誄

[예하]: 늙은 학사 한가로이 궤획사를 모으고 ①치정 공자
　　　　쓸쓸히 ②부용의 뇌사를 짓다

[청계]: 늙은 학사는 한가로이 궤획사를 짓게 하고
　　　　①어리석은 공자는 부질없이 ②부용뢰를 읊조리다

[나남]: 늙은 학사는 한가롭게 궤획사 모으고
　　　　①다정한 공자는 ②청문에게 부용뢰 바쳤네

[솔]: 늙은 학사는 한가로이 아름다운 사를 모으고
　　　　①정에 빠진 공자는 멋대로 ②부용을 위한 조문을 짓다

[중]: 늙은 학사는 한가히 여장군을 위한 사를 모으고
　　　　정이 많은 귀공자는 슬프게 청문을 위한 조문을 짓네

　가정이 한가하여 문객과 자식들을 불러와 역적과 싸우는 林四娘과 같은 여성을 찬송하는 시사를 만들라고 했다. 가보옥이 「姽嫿詞」를 지어 칭찬을 받았다. '궤획'은 여성의 얌전하고 아름다운 모습을 묘사하는 말이다. 이 표현은 한국 독자들에게 매우 생소하기 때문에 주석을 달아 설명해주거나 의역하는 것이 나을 것이다.

　보옥의 시녀 청문은 바느질 솜씨가 제일 뛰어날 뿐만 아니라 외모도 출중하다. 하지만 자기 눈에 거슬리는 것을 못 참는 성격이라 남의 미움을 많이 샀다. 대관원에서 춘화를 수놓은 향낭이 발견되자 크게 화가 난 왕부인은 대관원에 사는 모든 시녀들의 물건을 수색했다. 평소에 청문을 싫어하던 왕선보 댁이 이 기회를 틈 타 왕부인에게 청문

이 거동이 경박하여 미모를 믿고 함부로 행동한다고 참언을 올렸다. 왕부인이 청문을 불러와 보니 너무 요염한지라 그녀를 보옥에게서 떼어내려고 온갖 구실을 만들어 그녀를 영국부에서 쫓아냈다. 원래 병을 앓고 있었던 청문은 청천벽력 같은 일을 겪고는 병세가 더욱 심해져 결국 며칠 뒤 세상을 떠나고 말았다. 시녀에게서 이 소식을 들은 보옥은 매우 속상해하면서 청문이 죽기 전 남긴 말이 없는지 물었다. 시녀는 보옥을 위로하기 위해 청문이 원래 부용꽃을 관리하는 花神이며, 죽어서는 바로 하늘에 올라가 신선이 되었다고 거짓말을 했다. 보옥은 이 말을 곧이곧대로 믿고 청문을 위해 몰래 조문을 지어 부용꽃 앞에다 바쳤다. '誄'는 애도사인데 부용화신이 된 청문을 위해 지은 것이라 '芙蓉誄'라고 했다. ②에 대해 네 번역본이 모두 원문 내용을 확실하게 밝히지 못해 아쉬운 면이 있다. 하지만 외국 사람에게는 '궤획사'와 '부용뢰'라는 어휘가 매우 생소하여 이해하기가 어려울 것이다. 이런 경우에는 직역보다 의역을 하는 것이 더 마땅하다고 본다.

①'痴'는 앞에서도 검토했지만 '어리석다'는 뜻이 아니라 '사랑에 빠진 상태'라는 뜻이기 때문에 나남본처럼 '다정한'이나 솔본처럼 '정에 빠진'이라고 옮기는 편이 좋겠다. 예하본이 '치정'이라고 옮긴 것은 중국어의 뜻과 거리가 있어 타당하지 못하다.

79회 : 薛文起悔娶①河東獅   賈迎春誤嫁②中山狼

[예하]: 설문기는 ①하동후에게 장가든 걸 후회하고
         가영춘은 ②중산랑에게 잘못 시집을 가다

[청계]: 설문기는 ①하동의 사자를 맞아들여 후회하고

> 가영춘은 ②중산의 늑대에게 시집을 가다
>
> [나남]: 설반은 ①하동의 사자 하금계에게 장가가고
>   영춘은 ②중산의 늑대 손소조에게 시집갔네
>
> [솔]: 설반은 ①사나운 부인 얻은 걸 후회하고
>   가영춘은 ②배덕한 이리에게 잘못 시집가다
>
> [중]: 설반은 질투 많은 아내를 맞아들여 후회하고
>   가영춘은 사나운 남편에게 시집가니 신세를 그르치다

‘河東獅吼’라는 전고는 蘇東坡의 시에서 유래한다.[70] 소동파가 친구 진조를 조롱하느라 지은 「寄吳德仁兼簡陳季常」(오덕인에게 보내고 아울러 진계상에게도 전하다)라는 시에는 “갑자기 하동에서 온 사자의 울부짖는 소리가 들리니 지팡이도 손에서 떨어지고 머리가 멍해졌다”라는 시구가 있다.[71] 그 후부터 사람들은 성질이 사납고 질투가 심한 여자를 ‘河東獅’라고 부르기 시작했다. ‘中山狼’은 명나라 馬中錫의 「中山狼傳」에서 유래한 典故다.[72] 여기에서는 성질이 사납고 질투가 많은 설반의 아내를 ‘하동의 사자’로 비유하고, 가영춘의 포악한 남편

---

70 河東은 오늘날 중국의 山西省을 말한다. 송나라 때 소동파의 친구 陳慥의 아내 柳氏는 질투가 아주 심했다고 한다. 그녀의 친정집이 바로 하동이다. 진조는 성격이 호방해 손님 접대를 좋아하여 집에 歌妓를 두기도 했다. 친구가 오면 항상 가기를 불러 함께 연회를 즐겼다. 진조의 아내는 남편의 이런 행동을 막기 위해 남편이 친구를 초청하면 항상 옆방에서 엿듣고 있다가 진조가 가기를 부르려고 하면 곧장 나무 막대기로 벽을 두드려 소리를 냈다. 그러면 난처해진 손님들은 갈 수밖에 없었다.

71 王文誥(淸) 輯註, 『蘇軾詩集』, 北京: 中華書局, 1982, 1340쪽.
    “忽聞闻河東獅子吼, 拄杖落手心茫然.”

72 陸楫(明) 等輯, 『古今說海』, 成都: 巴蜀書社, 1988, 314쪽.
    중산에 사는 늑대가 사냥꾼에게 쫓기다가 東郭先生에게 구해달라고 애걸했다. 동곽선생이 늑대를 자루에 넣어 사냥꾼의 추격을 피하도록 도와주었다. 사냥꾼이 가고 나서 늑대를 꺼내주자 늑대는 적반하장으로 배가 고프다며 동곽선생을 잡아먹으려고 했다. 그래서 포악하고 배은망덕한 사람을 ‘중산랑’에 비유한다.

을 '중산의 늑대'라고 비유했다. 예하본은 ①, ②를 한자 그대로 음역했고, 청계와 나남본은 '하동의 사자, 중산의 늑대'라고 번역했다.[73] 하지만 중국의 고사를 잘 모르는 한국 독자의 경우 여기에 담긴 의미를 제대로 이해하기 어려울 것이다. 이를 해결하기 위해서는 주석을 달거나 '설반은 질투 많은 아내를 맞아들여 후회하고, 가영춘은 포악한 남편에게 시집가니 불쌍하다'와 같이 풀어서 번역할 필요가 있다.

제3절 소결

『홍루몽』이 높은 문학성으로 조설근이 살아있을 때 이미 흥행을 했기 때문에 1791년 정갑본이 간행되기 전까지 수많은 필사본이 있었다. 갑술본(1754), 기묘본(1759), 경진본(1760), 척료생서본 등이 지금까지 전래 왔는데 그 중에 경진본과 척료생서본이 비교적 완전하게 『홍루몽』 전 80회의 본래 모습을 보존했기 때문에 으레 주목을 받아왔다. 하지만 필사본이기 때문에 필사하는 사람의 학식, 집중력 등에 의한 誤寫, 글자 빠짐 등 현상도 종종 있다. 그리고 필사본이 흥행하는 과정에 조설근이 계속 『홍루몽』을 수정하고 있으니까 필사하는 시간에 따라 내용에 조금씩 차이가 생길 수밖에 없다. 1792년에 간행된 木活字本 『홍루몽』(즉 정을본)이 『홍루몽』의 흥행 속도와 범위를 크게 높이고 넓혀 『홍루몽』이 전 세계로 영향이 퍼짐에 큰 역할을 하였다.

본서가 검토하는 네 번역본 중에 예하본은 인민문학출판사에서 간행한 『紅樓夢』(程乙本)을 저본으로 했고 청계본은 『戚蓼生序本石頭記』를 저본으로 했기 때문에, 예하본과 청계본의 회목은 경진본을 저

---

73 예하본은 회목에 미주를 달아 '河東吼'에 대해 설명했다.

본으로 한 나남본이나 솔본과 차이가 있다. 회목 제3회, 5회, 7회, 8회, 49회, 65회, 74회 및 80회는 판본의 차이로 인해 번역 차이가 생긴 사례들이다.

『홍루몽』 첫 완역본인 낙선재본 『홍루몽』은 회목을 번역하지 않고 한자의 독음만 표기했다. 이주홍이 번역한 『홍루몽』은 회목을 세 글자로 축약했다. 1980년 전후에 중국에서 출간된 『홍루몽』 한글 역본에 이르러서야 비로소 온전한 회목 번역이 시작되었다. 회목은 한 회의 주된 내용을 압축적으로 독자에게 전해줄 뿐만 아니라 작가의 창작능력을 특히 잘 나타낸다. 그래서 회목의 번역은 중요하며, 회목을 잘 번역하기 위해서는 높은 수준의 번역 기술이 필요하다. 『홍루몽』의 회목은 대구와 대조의 형식을 매우 중요시하기 때문에 명사 대 명사, 부사어 대 부사어, 동사 대 동사라는 형식을 엄격히 지킨다. 따라서 회목의 번역도 이런 형식적인 대응을 잘 반영해야 작가의 의도와 원문의 풍채를 독자에게 잘 전달할 수 있을 것이다.

제1회: 甄士隱夢幻識通靈　賈雨村風塵懷閨秀

[예하]: 가우촌, 진사은을 만나다 (소제목)
　　　　진사은은 꿈에서 통령을 알고
　　　　가우촌은 ④뜬세상에서 가인을 그리워하다

[청계]: 진사은은 꿈길에서 기이한 옥을 알아보고
　　　　가우촌은 속세에서 꽃다운 여인을 그리다

[나남]: 석두의 이야기 (소제목)
　　　　진사은은 꿈길에서 통령보옥 처음 보고

제1회부터 네 번역본의 특징이 잘 나타난다. 대체로 청계본은 직역에 가깝고 다른 세 가지 역본은 의역에 가깝도록 번역하는 경향이 있다. 청계본은 좀 더 세련되게 번역했고 한자어를 많이 사용했으며 원본에 충실하게 번역했다. 그리고 두 문장의 구조적인 일치를 중요시했다. 예하본과 나남본은 독자가 쉽게 이해할 수 있도록 대체로 의역했으며 전체 내용을 쉽게 파악할 수 있도록 회목 앞에 소제목을 하나씩 더 추가했다. 다시 말해서 예하본과 나남본의 회목 번역의 경우 먼저 소제목 하나를 제시하고 그 다음에 회목을 온전하게 번역했다. 그리고 앞에 제시한 바와 같이 나남본은 회목의 끝자리에 항상 '-네'라는 어미를 사용하여 '唱'의 느낌을 살리려고 했다.

그리고 제19회 회목 '情切切良宵花解語, 意綿綿靜日玉生香'처럼 '화'와 '옥'은 쌍관의 수사법을 사용하여 각각 가보옥의 시녀 화습인과 사랑하는 여인 임대옥을 가리키는데 예하와 청계본은 쌍관을 밝히지 않고 그저 원문대로 '꽃'과 '옥'으로 번역하는 반면 나남본은 '꽃'과 '옥'이 가리키는 인물을 밝혀 옮겼다. 이것이 또한 직역과 의역의 차이임으로 보인다.

『홍루몽』의 회목이 한 회의 주요 내용을 독자에게 개괄적으로 전달할 뿐만 아니라 회목에만 나와 있는 '單字評'은 인물에 대한 평가까지 나타낸 것이다. 예를 들어 습인에게 '賢'이라는 글자를 주고, 평아에게는 '俏'라는 글자를 주며, 탐춘에게는 '敏'자, 보채에게는 '識'자를 주는 바와 같이 단 하나의 글자로 그 인물의 성격과 특징을 잘 나타내는 것이다. 『홍루몽』에는 보통 情公子, 賢襲人, 俏平兒처럼 한 사람에게 일정하게 같은 글자의 단자평만 주어지는데 번역할 때는 같은 단자평을 다르게 번역하는 경우가 있다. 그러나 일관성 있게 번역하는 것이 낫다.

『홍루몽』에서는 같은 인물을 이름, 별명, 대명사 등 여러 방법으로 부른다. 예를 들어 賈赦와 賈政의 어머니인 '賈母'는 성이 史氏이며 회목에는 '史太君'이라고 불리기도 한다. 청계본은 제3회 회목 '托內兄如海薦西席 接外孫賈母惜孤女'의 '賈母'를 '대부인'으로 번역했고, 제54회 '史太君破陳腐舊套 王熙鳳效戲彩斑衣'의 '史太君'을 '사태군'으로 번역했다. 賈母史太君은 賈代善의 부인이며 임대옥의 외할머니이다. 그리고 청계본 본문에서는 그녀의 호칭을 모두 '사부인'으로 번역했다. 나남본은 회목에서 일관되게 '사태군'으로 번역했지만 본문에서는 '가모'로 번역했다. 솔본은 '태부인'이라고 옮겼다.

賈母뿐만 아니라 『홍루몽』 회목에는 秦鐘을 '秦鯨卿'이라고 부르며 林黛玉을 '林瀟湘, 瀟湘子'라고 부르고 薛寶釵를 '薛蘅蕪, 蘅蕪君'으로 부른다. 옛 중국에서는 남자가 스무 살이 되면 '관례'를 치르고 어른에게서 '자'를 얻는다. 이는 성인이 된다면 뜻이다. 어른만 '명'을 부를 수 있고 동년배 사이에서는 '자'만 부를 수 있다. 설반의 '반'은 명이며 그의 자가 바로 '문룡'이다. 그래서 '呆霸王'과 薛文龍은 모두 '薛蟠'을 가리킨다. 그러면 번역할 때 이 이름들을 어떻게 처리해야 할까? 청계본에는 '秦鯨卿'이라고 나오는 회목을 그대로 '진경경'이라고 번역했지만 나남본과 솔본은 모두 '진종'으로 처리했다. 이와 같이 청계본에는 인명을 회목에 나오는 대로 임대옥을 '임소상' 또는 '소상자'라고 번역했지만 나남본과 솔본에는 모두 '임대옥'으로 옮겼다. 제1회 회목에 제시된 가우촌과 진사은의 이름은 각각 '賈化'와 '甄費'인데 책에서는 거의 '姓+字'의 식으로 불리기 때문에, 청계본과 나남본은 모두 '가우촌'과 '진사은'으로 옮겼다. 단 솔본만 '가화'로 번역했다. 여자는 보통 만 15 세면 '及笄'식을 올려주며 '字'를 만들어준다. 고대 여성이 집 밖으로 나가는 경우가 거의 없고 여자의 이름이 다른 사람의 입에 오르는 것조차 피해야 되니까 여성이 '자'를 짓는 일이 흔치 않다. 단 귀족 여성, 시문이 뛰어난 여성들이면 '字'를 얻는 경우가 많다. 임대옥과 설보채가 바로 이 경우에 속한다.

나남본은 '성+명'의 식으로 일관되게 이름을 밝혀 옮겼고, 솔본은 흔히 부르는 이름대로 옮겼다. 나머지 두 번역본은 회목에 있는 이름 그대로 옮겼다. 그리고 청계본과 나남본은 회목 내용에서 비유법으로 표현한 주인공들이 있다면, 그들의 실제 이름을 밝혀서 옮기는 경향이 있다. 26회, 27회, 41회, 42회 등이 그 대표적인 예이다.

그리고 『홍루몽』 회목에 나온 '癡'는 가보옥이 '癡情'한 특징을 나타내는 글자로서 한국어의 '치정'이나 '어리석다'라는 뜻과 거리가 멀다. '癡情'이 중국어에서는 '자신을 잊을 정도로 사랑에 빠지다'라는 뜻으로 쓰이기 때문이다. 하지만 기존 번역본들에서는 이 글자를 번역할 때 '어리석다' 혹은 '치정'으로 번역하는 경우가 종종 있는데 이는 한국어의 '치정'과 한자가 똑같아 번역자가 오해한 것으로 추정된다. 『홍루몽』 전 80회 회목의 번역 차이를 일목요연하게 보이기 위해 네 번역을 정리하여 〈부록〉으로 제시하였다.

제3장

운문의 번역

중국고전소설 가운데 당·송의 傳奇, 송·원의 平話와 명대의 長篇章回小說은 하나같이 寫景·寫物·故事·情節을 전개할 때, 모두 詩詞를 동원해 포장하고 수식할 뿐 아니라 앞 문장을 받아 뒤 문장을 잇고 있다.

그런데 가령 『수호전』의 宋江이 심양루에 反逆詩를 題書로 올리는 경우는 있었지만, 중국고전소설에서 시사는 대체로 있어도 그만 없어도 그만인 장식적 요소에 불과할 뿐 진정한 의미에서 시사가 작품에 비중 있게 영향을 미치는 일은 드물었다. 이에 비해 『홍루몽』은 시사라는 예술기법을 의식적으로 계승·발전시켜 시사를 통해 작품의 주제를 풍부하게 표현할 뿐만 아니라 인물의 정신적인 면모와 성격 및 특징을 제시하고 미래의 모습과 결말을 암시하는 데 활용했다.[74]

---

74 邢治平, 『紅樓夢十講』, 河南: 中州書畫社, 1983, 175쪽.

『홍루몽』에 나오는 詩詞曲賦와 같은 운문은 소설의 일부분으로서 이야기의 전개, 인물 이미지의 묘사, 주지主旨의 전달에 중요한 역할을 해냈다. 소설『홍루몽』의 내용과 밀접한 관계를 맺고 있는 작품 안의 운문들은 애초부터 소설을 위해 창작된 것이다.75 이 운문 작품들은 인물의 이미지를 부각시키는 데 중요한 기능을 할 뿐 아니라 인생을 바라보는 작가의 태도도 담고 있다.

『홍루몽』은 거의 모든 운문 형식을 망라하고 있다. 그것을 蔡義江은 다음과 같이 기술했다.

> 唐傳奇부터 '文備衆體(모든 형식을 소설에 담다)'가 중국 소설의 특징을 이루었지만, 대부분 사연이 필요하거나 감탄이 나올 때만 시사나 변문을 넣어 효과를 냈을 뿐 '중체'라고 하기에는 부족했다.
>
> 하지만『홍루몽』은 그렇지 않다. 소설의 문장 자체가 '중체'의 장점을 두루 겸비하고 있을 뿐 아니라 시·사·곡·가·요·諺·贊·誄·偈語·詞賦·聯額·書啟·燈謎·酒令·騈文·擬古文 등 있을 것은 모두 있다.
>
> 단지 시만 보더라도 오언절구·칠언절구·오언율시·칠언율시·배율시·歌行시·騷體가 있고, 또 마음에 품은 정서를 읊는 시가 있고 물체를 읊는 시가 있고 회고하는 시가 있고 그때그때의 생각이나 경치를 읊는 시가 있으며 수수께끼를 주제로 하는 시가 있고 해학의 목적을 위해 지은 시도 있다. …76

---

75   李萍,『紅樓夢』詩詞研究綜述」,『河南教育學報』, 제4집, 2005.
76   蔡義江,『紅樓夢詩詞曲賦鑑賞』, 北京: 中華書局, 2004, 1~2쪽.
      "自唐傳奇始, '文備眾體'雖已成為我國小說體裁的一個特點, 但畢竟多數情況都是在故事情節需要渲染鋪張或表示感慨詠歎之處, 加幾首詩詞和一段讚賦騈文以增效果, 所謂'眾體', 實在也有限得很.《紅樓夢》則不然, 除小說的主體文字本身也兼收了"眾體"之所長外, 其他如詩、詞、曲、歌、謠、讚、誄、偈語、辭賦、聯額、書啟、燈謎、酒令、騈文、擬古詩……等等, 應有盡有. 以詩而論, 有五絕、七絕、五律、七律、排律、歌行、騷體, 有詠懷詩詠物詩、懷古詩、即事詩、即景詩、謎語詩、打油詩……"

과연 이러한 특징은 다른 소설 작품에서는 찾아볼 수 없는 새로운 요소라고 할 수 있다. 소설 속에서 시사가 지닌 의미에 관하여 연구자들이 지닌 관점 중의 하나는 "(시사는) 작품과의 유기적 관계가 밀접·절실하여 시가 자체로서의 성공도와 동시에 소설과의 예술적 융합의 정도가 평가의 대상이 될 수 있는 부류인데 바로『홍루몽』의 시사가 그 가장 탁월한 대표적 작품이며 중국소설사상 초유 최대의 예술적 성과라고 정론 되고 있다."[77] 실로 조설근은 史書를 쓰는 필법으로 賈府에 사는 사람들의 모습을 독자에게 제시했고, 시를 쓰는 필촉으로 풍류를 즐기는 미인들의 낭만적인 정서를 그려냈다. 또한 조설근은 시를 빌려 감정이 흘러가는 방향을 좇아가며 소설의 아름다움을 더욱 부각시킬 뿐 아니라 이야기의 방향을 예시하는 복선도 깔아놓았다.

또한 채의강은『홍루몽』에 나온 시사곡부가 인물의 이미지를 부각시키고 이야기가 담고 있는 정서를 풍부하게 표현하는 데 완벽하게 기여하는 동시에 고도의 개성화를 드러낸다는 점을 가장 뚜렷한 특징으로 꼽았다. 한편, 단지 시의 작품성만으로 평가한다면『홍루몽』에 나오는 숱한 시사는 졸렬할 따름이라고 평가하기도 했다.[78] 그러나『홍루몽』에 나오는 시를 모두 훌륭하다고 할 수는 없다 해도, 그것은 인물의 생각, 성격, 수준에 꼭 어울리도록 지은 것이다. 다시 말해 작가의 실력을 자랑하기 위한 것이 아니라 감정의 변화 과정과 인물 성격의 부각을 위한 것이라고 볼 수 있다.

안영리(顏榮利)는『紅樓夢詩詞題詠硏究』에서 시사의 통계를 냈다. 경진본『홍루몽』78회본에 따르면 시는 101수인데, 형식에 따라 분류

---

77   이계주,『홍루몽시사간론』, 도서출판 다운샘, 2005, 97쪽.
78   蔡義江, 앞의 책, 3~18쪽 참조.

하면 다음과 같다.

> 오언절구 7수, 오언율시 5수, 오언배율(即景聯句) 2수, 육언절구 1수,
> 칠언절구 43수, 칠언배율 39수, 칠언고시 4수인데, 이 중 칠언시가 86
> 수로 전체의 6분의 5에 달한다. 이렇게 볼 때 조설근은 칠언시를 선호
> 하는 자신의 취향을 소설을 쓸 때 무의식적으로 드러낸 것으로 보인
> 다.[79]

또한 이계주는 『홍루몽시사간론』에서 『홍루몽』에 나오는 시사의 의
의를 분석했다. 그에 따르면 첫째, 情節이 앞으로 어떻게 발전하는지
암시하는 복선, 이른바 詩讖으로서 기능하는 시사가 있다. 예를 들면
「金陵十二釵曲」 등이 그것이다.

둘째, 현실적으로 인물 성격의 발전을 직접 묘사하거나 정서를 고
조시키는 동시에 그것의 내면적 계기를 이루는 등장인물의 심리 개성
등을 부각시키는 시사가 있다.

셋째, 정서적 변화가 이루어지는 무대 또는 배경의 景物을 歌詠하
여 시적 분위기를 자아내는 시사가 있다.

넷째, 작품 전체를 관통하는 주제, 굳이 말한다면 『홍루몽』의 사상,
나아가 작가의 사상을 상징적으로 드러내주는 시사가 있다.

다섯째, 『홍루몽』 이전의 소설에서 종종 드러난 바와 같이 소설의
정서적 전개와 유기적인 관계가 희박한, 傅孝先의 '시인의 시'가 있다.
말하자면 「姽嫿詞」·「五美吟」 같은 시가 이에 해당한다.[80]

이계주는 중국 소설의 시사를 한국어로 옮기는 어려움을 다음과 같

---

79   顔榮利, 『紅樓夢詩詞題詠研究』, 民 64, 100쪽; 이계주, 앞의 책, 96쪽에서 재인용.
80   이계주, 앞의 책, 100~101쪽.

이 충분히 토로한 바 있다.

중국고전시사의 번역은 근본적인 한계성이 흔히 지적되고 있다. 즉 주지하는 바와 같이 중국고전 시사는 일정한 격식·字數·平仄·協韻외에 또 典故·對偶·承轉·賓主·虛實·假惜·明喩·曲喩·關鍵句·詩眼 등 여러 가지 수법이 있어서 이것들이 결국 그 시의 格調·風韻·滋味·香趣 등을 이루는 것일 터인데 중국어와 다른 언어 조직인 우리말에서 형식의 모방은 처음부터 불가능하고 축어적으로 옮긴다고 충실한 번역 또는 好譯이 될 수 없음을 이미 보는 바와 같다.[81]

『홍루몽』에서 임대옥과 설보채의 문학적 소양과 작품 수준이 높다는 것은 이미 대관원에 사는 여자들도 인정하고 있다. 가보옥은 위의 두 사람보다는 수준이 좀 떨어지지만 그래도 양호한 편이다. 조설근은 등장인물에게 시사 같은 작품을 지어줄 때 각 인물의 성격과 심정뿐 아니라 문학적 수준까지 맞추어 지어주고 있다. 예를 들어 임대옥은 떨어지는 꽃을 보며 아름다운 가사를 읊는 반면, 설반은 술을 마시며 저속한 酒令을 억지로 읊조리기도 한다.

제1절 홍루몽 십이곡

『홍루몽』 제5회를 보면, 꿈에서 警幻仙女를 만나 따라간 가보옥은 금릉 땅의 가장 뛰어난 여자들을 기록해 놓은 '金陵十二釵'의 장부를 보고 『홍루몽』 12가락 仙曲을 들었다. '金陵十二釵'는 『홍루몽』에 나온 열두 명의 여자를 가리킨다. 바로 임대옥, 설보채, 왕희봉, 가원춘, 가영춘, 가탐춘, 가석춘, 사상운, 가교저, 이환, 진가경, 묘옥이다. 조설

---

81 이계주, 앞의 책, 208쪽.

근은 제1회에 자신이 이루어낸 일이 하나도 없다고 스스로 낮추면서 "문득 옛날에 같이 지냈던 여자들을 떠올렸다. 하나하나 곰곰이 살피고 비교해보니 그녀들의 행동거지와 식견이 다들 나보다 한층 뛰어났다는 것을 깨달았다."[82] 『홍루몽』은 한때 제목을 『金陵十二釵』로 정한 적이 있었는데, 이는 조설근이 열두 명의 여자를 주인공으로 삼으려고 했다는 증거라고 볼 수 있다. 조설근은 『홍루몽』을 창작함으로써 당시 옆에서 가까이 지냈던 여자들의 모습을 되살리고, 중국 봉건사회의 대가족이 겪어나가는 운명과 더불어 그녀들의 삶과 운명을 독자에게 보여주려고 한 것이다.

〔紅樓夢引子〕 ①開闢鴻蒙, ②誰爲情種? 都只爲 ③風月情濃. 趁著這奈何天, 傷懷日, 寂寥時, 試遣愚衷. 因此上, 演出這④懷金悼玉的「紅樓夢」.[83]

[예하]: 홍루몽 서곡(紅樓夢 序曲)
　　①혼돈세계 열릴제
　　②그 누가 사랑의 씨앗 뿌렸나?
　　③너나없이 사랑의 정 짙어만 가네.
　　속절없는 날
　　가슴아픈 날
　　쓸쓸한 이 시각에
　　애타는 맘 풀어보려고
　　노래 엮어 부르노라
　　④금과 옥을 슬퍼하는 홍루의 꿈이여.

82　曹雪芹·高鶚 著, 中國藝術研究院紅樓夢研究所 校註, 앞의 책, 제1회, 1쪽.
　　"自又云: '今風塵碌碌, 一事無成, 忽念及當日所有之女子, 一一細考較去, 覺其行止見識, 皆出於我之上. …'"
83　曹雪芹·高鶚 著, 中國藝術研究院紅樓夢研究所 校註, 앞의 책, 제5회, 54쪽.

[청계]: 홍루몽 서곡
①천지만물이 생겨날제,
②그 누가 애정의 씨를 심었던가.
③풍월의 깊은 정 서려만 가네.
하염없는 이 세상, 서러운 날, 쓸쓸한 때에,
마음속의 이 회포 풀어 보려고
그래서 불러 보는 ④금과 옥의 슬픈 사연 홍루몽.

[나남]: 〔홍루몽의 서곡〕
①천지가 개벽되어 하늘땅이 열릴 제,
②그 누가 사랑을 씨앗 뿌려 놓았나?
③모든 것은 깊은 사랑 때문이었네.
하염없이 가슴만 아픈 나날, 외로운 때 깊은 충정 보내나니,
이제, ④금과 옥을 그리워하고 애도하는 홍루몽 열두 곡을
연출하노라.

[솔]: 「홍루몽」 서곡
①태초의 혼돈에서 세상이 열릴 때,
②그 누가 사랑의 씨를 뿌렸나?
③모두가 그저 풍류의 정만 가득할 뿐.
어찌할 수 없는 하늘, 가슴 아픈 나날,
적막하기 그지없을 때, 내 어리석은 마음 달래보려네.
그래서 상연하노라. ④금과 옥을 애도하는 「홍루몽」을.

[중]: 「홍루몽」 서곡
혼돈세상 열린 후, 사랑에 푹 빠진 자가 누구더냐?
모두가 짙은 사랑을 누리려고하네.
하염없는 이 세상, 서러운 날, 쓸쓸한 때에,
마음속의 이 회포 풀어 보려고
그래서 불러보노라. 이 '금'과 '옥'을 애도하는 「홍루몽」.

『홍루몽』 제5회에 녕국부에서 매화가 활짝 피자 賈珍의 아내 우씨가 며느리 秦可卿을 데리고 賈母를 비롯한 영국부의 부인들과 아가씨들, 그리고 가보옥을 모두 초대하였다. 꽃구경을 하다 피곤함을 느낀 보옥이 낮잠을 청하려하자 진가경이 미리 준비된 방으로 그를 안내하였다. 그러나 준비한 방을 보옥이 마음에 들지 아니하자 진가경이 보옥더러 자신의 침실에서 자라고 하였다. 진가경의 침실에서 보옥은 신기한 꿈을 꾸게 되는데 仙境에서 경환선녀를 만나고 금릉 땅에서 제일 뛰어난 여자들을 기록한 책을 보았으며 「홍루몽」 12가락 선곡도 듣게 되었다. 그 곡들은 아래와 같다.

'引子'는 뒤에 주요 내용을 끌어내는 역할을 맡고 있기 때문에 '서곡'으로 번역하는 것이 마땅하다. 중국의 上古 전설에 따르면, 盤古가 하늘과 땅을 갈라내기 전까지는 세상은 혼돈스러운 元氣로 가득 차 있었다. 천지자연의 이와 같은 원기를 鴻濛이라고 부르기에 그 시대를 홍몽시대라고 일컫는다.[84] 그래서 보통 '홍몽'이라는 어휘는 머나먼 상고시대를 가리킨다. 반고가 천지를 개벽하고 난후 여와씨는 자기 자신의 모습을 본떠 황토로 인간을 만들었다고 한다. 홍몽을 개벽하는 것은 겉으로 하늘과 땅이 갈라진 것을 이야기한 것처럼 보이지만, 실은 혼돈의 상태를 벗어난 인간이 인지와 문명이 발전시키고 정과 사랑을 알게 되었다는 것을 말하려는 것이다. ①'開闢鴻蒙'에 대한 각 번역은 크

---

84 상고 전설에 반고는 홍몽에서 태어난 아이로 도끼로 혼돈일체의 천지를 갈라내고 하늘과 땅이 다시 합칠까봐 땅에 서고 팔로 하늘을 지탱했다. 하늘과 땅이 갈라짐에 따라 반고의 몸이 역시 점점 커진다. 하늘과 땅이 다시 합칠 우려가 없어질 때야 반고가 쉴 틈이 생겼다. 그가 너무 피곤해 땅에 누웠는데 눕자마자 그의 숨이 바람과 구름이 되고 그의 땀이 비와 이슬이 되었다. 그의 한 쪽 눈이 해가 되고 다른 한 쪽 눈이 달이 되었다. 그의 피부와 살이 비옥한 토지가 되고 그의 뼈가 돌이 되고 그의 털들이 나무와 풀이 되었다. 그의 피가 흐르는 강물이 되고 그의 다리와 팔이 동, 서, 남, 북의 四極이 되었다고 한다.

게 차이가 없어 보이지만 '천지개벽'보다는 '혼돈 세상이 열린다'는 번역이 작가의 의도에 조금 더 가깝다고 생각한다.

이 노래는『홍루몽』의 주제어인 '情'을 담고 있다. 가보옥과 임대옥, 설보채 세 사람의 슬픈 이야기는 모두 '정'에서부터 시작된다. ②'誰爲情種'에 대해 네 번역은 모두 '누가 사랑의 씨앗을 뿌렸냐?'라고 옮겼는데 이는 한문의 용법에 어긋난 번역이다. '爲'은 '만들다, 베풀다, 간주하다'의 뜻으로 주로 쓰이는데 만약에 '사랑의 씨앗을 뿌리다'는 의미가 되려면 '爲情種'이 아니라 '將情種'이어야 된다.[85] 여기서 '情種'은 '사랑의 씨앗'이라는 뜻이 아니라 '痴情種'의 줄임말로 '사랑에 푹 빠진 사람, 가슴에 사랑만 가득 찬 사람'이라는 뜻이다. 그러므로 ②'誰爲情種'는 '사랑에 빠진 이가 누구더냐?'라고 번역한 것이 더 합당하다고 본다. 따라서 위에 제시한 네 가지 번역은 모두 잘못되었다.

'風月'은 낭만적인 문학요소이기 때문에 으레 남녀 사랑과 연관시킨다. '情濃'은 '정이 짙다'는 뜻인데 '濃情蜜意'(짙고 달콤한 사랑)에도 비슷한 용법이 보인다. ③에 대해 청계와 나남은 모두 '깊은' 정(사랑)으로 옮겼는데 원문과 조금 차이가 있어 보인다. '情濃'은 정이 짙다는 뜻으로, 남녀가 아기자기하게 지내는 상태를 묘사한다. '情深'은 정이 깊다는 말로, 사랑을 마음에 깊이 담고 있는 모습을 묘사하는 데 쓰인다.

④'懷金悼玉'의 '금'과 '옥'은 각각 설보채와 임대옥을 가리킨다. 가보옥이 경환선녀를 따라가서「金陵十二釵正册」을 보게 되었는데, 첫 페이지에 바로 '玉帶林中掛, 金簪雪裏埋'라는 말이 나온다. 물론「홍루몽

85　高大民族文化硏究所 中國語大辭典編纂室 編,『中韓大辭典』, 高麗大學校民族文化硏究所, 1995, 1039쪽.
　　"將: ⑩개사. ……을. ……를. 〔'把'처럼 목적어를 동사 앞에 전치시킬 때 쓰임〕."

」 서곡 가사에 나온 '금'과 '옥'은 쌍관의 수사법을 사용한 것이다. 그렇다고 노래 가사에 쌍관의 의미를 밝혀 '금'을 '설보채', '옥'을 '임대옥'이라고 번역하는 것은 좋은 선택으로 볼 수 없다. 「홍루몽 십이곡」은 주인공들의 운명을 예언하는 讖語이기 때문에 명백하게 밝혀버리면 작가의 의도와 소설의 흐름에 어긋날 수밖에 없다. 따라서 이 대목은 원문대로 번역해야 마땅하다. 그렇지만 필자의 번역처럼 '금'과 '옥'에 작은따옴표를 넣어 독자에게 어렴풋이 힌트를 주는 것도 나쁘지는 않다고 본다.

〔終身誤〕都道是金玉良姻, 俺只念木石前盟.
①空對着, 山中高士晶莹雪; 終不忘, 世外仙姝寂寞林.
歎人間, 美中不足今方信. 縱然齊眉擧案, 到底意難平.[86]

[예하: 한평생을 그르치다〔終身誤〕
　　　금옥의 연분은 누구나 좋다지만
　　　전생에 맺은 목석木石의 연분만 하랴.
　　　①공연히 만났구나.
　　　산속의 선비, 말쑥한 눈〔雪-薛〕.
　　　어찌 잊으랴.
　　　세상 밖의 선녀, 쓸쓸한 숲〔林〕.
　　　인간세상 한탄하노니
　　　옥에도 티 있음을
　　　이제야 알았노라.
　　　아무리 정성껏
　　　님 모신다 하여도
　　　가슴이 터지는 건 어쩔 수 없어라.

---

86 曹雪芹·高鶚 著, 中國藝術研究院紅樓夢研究所 校註, 앞의 책, 제5회, 54쪽.

[청계]: 한평생 신세 망쳤네
　　　금과 옥의 연분이 좋다고 하지만, 전생에 맺은
　　　목석의 연분만 하랴?
　　　①속절없이 산 속의 눈부신 백설 바라고 섰지만
　　　저 세상 선녀의 쓸쓸한 수림 어이 잊으랴?
　　　아아, 뜻대로 안 되는 인생임을 이제야 알았노니.
　　　아내의 정성이야 나무랄 데 없지만 이 가슴 달랠 길 없으니
　　　낸들 어쩌나?

[나남]: 한평생 신세 망친 일
　　　금옥의 인년이라 다들 말해도, 목석의 옛 맹세 잊지 못하네.
　　　①헛된 만남이런가, 산속의 높은 선비 차가운 눈 속에 있고,
　　　끝내 잊지 못하네, 저 세상 고운 선녀 외로운 숲 속에 있네.
　　　슬프다 인간 세상, 옥에도 티가 있는 것을.
　　　정성 다해 밥상 받쳐 모신대도,
　　　돌아서는 그 마음 돌이킬 순 없었네.

[솔]: 평생의 오해
　　　모두들 금과 옥의 아름다운 인연이라 말하지만 난 그저 나무와
　　　돌의 옛 언약만 생각할 뿐.
　　　①공허하게 마주보네, 산속 고고한 선비
　　　의 수정처럼 맑은 눈을.
　　　끝내 잊지 못하리, 세상 밖 선녀가 사는 적막한 숲을.
　　　인간 세상이여! 아름다움 속에도 부족함이 있음을 이제야 믿겠구나!
　　　점잖고 공손한 아내가 있다 해도 이 마음
　　　끝내 평안해지기 어렵구나!

[중]: 〔평생이 그릇됨〕
　　　모두가 금과 옥의 인연이 좋다고 하지만, 난 그저 나무와 돌의
　　　옛 언약만 생각할 뿐.
　　　헛되이 마주보네, 산속 눈처럼 고결한 여인.

끝내 잊지 못하리, 세외 적막한 숲속의 선녀.
슬프구려! 인생에 꼭 뜻대로 안 되는 일이 있다는 걸.
점잖고 공손한 아내가 있다 해도 이 마음 끝내 평안해지기 어렵
구나!

'終身'은 '終身大事'의 줄임말로 '한평생과 관련되는 일'이라는 뜻이
지만 보통 '혼인'을 의미한다. 「終身誤」라는 곡명은 '誤終身'의 倒置임
으로 '한평생을 그르치다'는 뜻인데 이 곡은 가보옥의 시각으로 설보채
와의 혼인을 묘사한 것이다. 가보옥은 설보채와 결혼을 했지만 한평생
임대옥을 잊지 못하며 살았다. '신세'는 주로 '가련하다거나 외롭다거
나 가난하다는 일신상의 처지와 형편'을 가리킨다. 어릴 적에는 부귀
영화를 마음껏 누렸던 가보옥이 가문의 몰락과 더불어 가난한 생활을
영위한 것은 설보채와 맺은 혼인과 아무런 관계가 없다. 따라서 청계
본과 나남본이 '終身誤'를 '신세를 망치다'로 옮긴 것은 작가가 표현하
고자 하는 의미에서 벗어난다. 예하와 솔본이 '종신'을 '평생'으로 옮긴
것이 원문에 더 가깝다고 본다.

이 곡도 해음쌍관의 수사법을 썼는데 이것을 어떻게 번역하느냐가
문제된다. 청계본, 나남본, 솔본은 이 점을 피해 가사의 뜻만 옮기기
로 했고 예하본만 '눈[雪-薛]'의 형식으로 괄호 안에 설명을 넣어 해음
쌍관의 묘미를 독자에게 전달하려고 시도했다. '雪'이 '薛'과 발음이 같
아 '山中高士晶瑩雪'은 바로 성품이 눈처럼 고결한 설보채를 지칭한
다. '世外仙姝寂寞林'은 선녀와 같이 속세에서는 보기 드문 여자 임대
옥을 가리키는 말이다. '晶瑩雪'과 '寂寞林'은 두 여자의 성이 포함될
뿐만 아니라 두 사람의 성품도 함께 묘사되어 있다. 그러나 특별히 설
명을 덧붙이지 않는다면, '산속의 선비'가 '말쑥한 눈[雪-薛]'과 무슨

연관이 있는지, 그리고 '세상 밖의 선녀'가 '쓸쓸한 숲[林]'과 무슨 연관이 있는지, 한국의 독자들이 이해하기는 어려울 것 같다.

솔본은 ①를 의역하였지만 '공허하게 마주보다'의 목적어가 '고결한 여인'—설보채가 아니라 '수정처럼 맑은 눈'이 되었고 '끝내 잊지 못하다'의 목적어가 '세상 밖 선녀'—임대옥이 아니라 '적막한 숲'이 되었다. 이는 솔본이 의역을 하면서 쌍관 용법에 해당하는 '눈-설(薛)'과 '숲-임(林)'을 동시에 전달하려는 시도였던 것 같다. 하지만 이런 방식의 번역 때문에 작가가 표현하고자 하는 요점을 잘못 전달하기에 이르렀다. 청계본은 쌍관 형식의 표현 전달을 포기하고, '晶莹雪'과 '寂寞林'을 '눈부신 백설'과 '쓸쓸한 수림'으로 직역했다. 잘못된 번역이라고 볼 수는 없지만, 가보옥이 백설을 바라며 수림을 못 잊는다는 가사를 독자가 명확하게 이해하기는 어려울 수 있다. 그래서 직역보다는 '백설'과 '수림'이 가보옥과 깊은 관련이 있는 '여인'임을 밝히는 것이 마땅하다고 본다.

〔恨無常〕①喜榮華正好, 恨無常又到. ②眼睜睜, 把萬事全拋. 蕩悠悠, 把芳魂消耗. 望家鄉, 路遠山高. 故向爹娘夢裡相尋告: ③兒命已入黃泉, 天倫呵, 須要退步抽身早.[87]

[예하]: 인생이 무상함을 한탄하다〔恨無常〕
　　①한창 영화를 누리는데
　　사신死神이 찾아오니
　　②애달파도 만사를 버리고
　　고운 넋이 천공만리 사라져간다.
　　바라보니 산은 첩첩 고향길 멀어

87　曹雪芹 · 高鶚 著, 中國藝術研究院紅樓夢研究所 校註, 앞의 책, 제5회, 55쪽.

꿈속에서 부모님께 아뢰옵니다.

③아, 그리운 어버이

속속이 몸을 빼야 하오리다!

[청계]: 한스러운 인생의 불행

①부귀영화도 덧없는 꿈이거니 찾아든 인생의 불행 한스러워라.

②모든 시름 가신 듯 떨어버리고 영혼만 유유히 사라져가네.

바라보면 산은 첩첩 고향 길 먼데 꿈속에서나 부모님을 찾아뵈리다.

③황천길 떠나는 이 몸이어늘 저 세상에서나 만남을 기약하외다.

[나남]: 인생무상의 한탄

①부귀영화 누리던 한창 때는 좋았지만, 인생무상 닥쳐오니 한스럽기 그지없네.

②두 눈을 멀쩡히 뜨고 만사를 팽개치니, 넋 잃은 꽃다운 혼백은 스러져만 가네.

고향을 바라보니 길은 멀고 산 높은데, 꿈속에서 부모님께 하직 인사 올리네.

③이 못난 여식은 벌써 황천에 들어왔으니, 부모님, 하루속히 돌아서 물러나시옵소서!

[솔]: 한스러운 인생무상

①부귀영화가 한창인데 한스럽게도 무상한 운명이 다시 도래하네.

②눈을 크게 뜨고 만사를 내던져버리세. 세월은 유유히 일렁거리고 향기로운 영혼은 스러지네.

고향이 그립지만 길은 멀고 산은 높아라. 부모님 꿈속에 찾아가 말씀드렸지.

③제 목숨은 이미 황천을 건넜사오니 부모님이시여, 어서 빨리

걸음 돌려 몸을 빼내소서!

[중]: 〔한스러운 죽음〕
부귀영화가 한창 일 때인데 한스럽게도 죽음이 닥치네.
빤히 뜬 눈앞에서 모든 것이 사라져버렸고, 혼이 정처없이 떠돌
다가 스러지기만하네.
고향이 그립지만 길은 멀고 산은 높아라. 부모님 꿈속에 찾아가
말씀드렸지.
제 목숨은 이미 황천을 건넜사오니 부모님이시여, 어서 빨리 걸
음 돌려 몸을 빼내소서!

  '無常'은 '태어나 죽고 흥하고 망하는 것이 덧없음'을 이르는 말로
세상사가 정함이 없다는 한스러운 것을 나타내는 표현이다. 또는 죽
은 사람의 영혼을 데려가는 저승사자인 無常鬼를 가리키기도 하여
'죽음'의 의미로도 쓰인다. 이 노래에서는 '喜榮華正好, 恨無常又到'라
는 가사로 賈元春의 인생을 묘사하였다. 가원춘은 귀비가 되어 영화
를 누리며 가문을 더욱 번성하게 하였다. 그러나 그녀의 갑작스런 죽
음으로 모든 부귀영화가 헛것이 되었다. 가원춘이 죽자 가씨 집안도
크게 몰락하여 결국엔 무너지게 되었다. 이 노래의 내용에 따르면 가
원춘이 죽고 난후 그녀의 혼이 부모의 꿈에 나타나 더 이상 권력을
좇지 말고 얼른 발을 빼라는 경고의 말을 전한다. 따라서 여기서의
'無常'은 '죽음'으로 풀이하는 것이 더 적합할 것이다. 예하본만 '사신'
이라고 명확히 밝혔고 나머지 세 가지 번역본은 모두 '무상의 운명이
나 인생의 무상함'이라고 번역을 했다. 이렇게 번역해도 뜻이 통하기
는 하나 실제 이야기와 결합하면 '죽음'으로 번역하는 것이 원작에 더
가깝다고 본다.

'眼睜睜'은 '눈을 뜨다'라는 뜻이 포함되어 있을 뿐만 아니라 보통 눈앞에 벌어지는 일을 말리려 해도 아무런 방법이 없거나 힘이 없어 속수무책으로 그것을 바라만 본다는 의미이다. 가원춘이 자신의 노력과 영국부, 녕국부의 도움으로 귀비가 되어 부귀영화를 누리며 가문에 영광을 가져다주었으나 갑작스런 병으로 이 모든 것이 눈앞에서 사라져 버렸다. 그것으로 인한 한스러움과 미련을 표현하기 위해 '眼睜睜'이란 표현을 사용한 것이다. 예하본은 '눈'에 관한 표현이 없지만 '애달프다'는 표현으로 가원춘의 심정을 표현했다. 청계본의 경우 '眼睜睜'은 '시름 가신 듯'이라고 잘못 번역한 것으로 보인다. 나남과 솔번역본은 '눈을 뜨다'로 번역하여 그 속에 담겨있는 깊은 뜻을 밝혀 내지 못했다.

'兒命已入黃泉, 天倫呵, 須要退步抽身早'은 분명 가원춘의 혼이 부모님의 꿈속에 나타나 '자신이 죽게 되어 더 이상 녕국부와 영국부 두 집안을 보살피지 못하니 일찍 권세의 길에서 발을 빼라'는 당부를 하는 내용인데 청계본은 부모님도 빨리 이승을 떠나 딸과 저승에서 만나자는 의미로 잘못 이해하였던 것으로 보인다. 그래서 청계본은 이 부분을 '저승의 만남을 기약하다'라고 잘못 번역했다. 반면, 나남과 솔본의 경우는 원문에 부합되게 이 부분을 번역하였다.

〔分骨肉〕一帆風雨路三千, 把骨肉家園齊來抛閃. ①恐哭損殘年, 告爹娘, 休把兒懸念. ②自古窮通皆有定, 離合豈無緣? 從今分兩地, 各自保平安. 奴去也, 莫牽連.[88]

---

88 曹雪芹 · 高鶚 著, 中國藝術研究院紅樓夢研究所 校註, 앞의 책, 제5회, 55쪽.

[예하]: 육친과 헤어지다〔分骨肉〕

　　　　비바람 맞으며 뱃길로 삼천리

　　　　육친도 고향도 버리고 가나이다.

　　　　①눈물로 지내시다 신병 얻기 쉬우니

　　　　부모님, 이 딸 걱정 너무 하지 마소서.

　　　　②예로부터 길흉은 정해진 것이오니

　　　　상봉도 이별도 인연인가 봅니다.

　　　　이제부터 멀리멀리 헤어지나니

　　　　부디부디 평안히 계시옵소서.

　　　　이 몸은 가오나 애태우지 마소서.

[청계]: 혈육과의 이별 슬퍼라

　　　　뱃길도 아득한 삼천리 바다, 정든 집, 친혈육 버리고 가면 ①늙
　　　　으신 부모님 눈물로 여생을 보내리.

　　　　이 딸 때문에 너무 슬퍼 마소서. ②잘 되고 못 됨은 팔자 탓이요.
　　　　만나고 헤어짐도 연분입니다.

　　　　 오늘부터 만리 타향 갈려 있어도 부디부디 옥체무강하시옵소서.

　　　　이제 불초자식 떠나가오니, 이 딸 걱정한들 무엇하리오.

[나남]: 가족과의 생이별

　　　　돛단배로 떠나는 풍우 속의 삼천리 길, 그리운 집 가족들을 내던
　　　　지듯 떠났다오.

　　　　①남은 여생 고달플까 그것만이 염려되니, 부모님은, 이 딸 걱정
　　　　아예 하지 마시오.

　　　　②곤궁함과 부귀영달 팔자소관이라 하니, 헤어짐과 만남에 인연
　　　　이 없으리오?

　　　　만리타향 갈라지니, 평안히 지내시고.

　　　　이 몸은 떠나가니, 근심 걱정 거두소서.

[솔]: 혈육이 헤어지네

　　　　비바람 속에 돛단배 하나, 길은 삼천 리.

혈육과 고향을 모두 버리고 떠나야 하나니 ①통곡으로 남은 수명줄어들 것 같구나.

부모님이시여 제 걱정일랑 하지 마소서.

②궁하면 통한다는 것은 예부터 정해진 일이요. 헤어지고 만남에 어찌 인연이 없겠습니까?

이제 서로 헤어지지만 각자 평안하게 살아야지요.

이 못난 딸 떠나더라도 걱정하지 마소서!

[중]: 〔가족과의 생이별〕

돛단배로 떠나는 풍우 속의 삼천리 길, 그리운 집 가족들을 내던지듯 떠났다오.

울음으로 수명이 줄어드실까 하니, 부모님이시여, 이 딸에 대한 걱정은 접으시오.

예로부터 곤궁함과 영달함이 따로 정해져 있다는데 헤어지고 만나는 인연이 또한 정해진 것이 아니겠습니까?

타향으로 떠나 갈라지니 부디 모두 건강하길. 이 딸이 갈 테니 염려 마소서.

이 곡은 賈探春이 가족과 이별하여 멀리 시집가게 된 자신의 신세를 노래한 것이다. '恐哭損殘年'은 딸을 시집보낸 부모님이 가슴 아파 울음을 그치지 못해 행여 건강을 해칠까 염려하는 가탐춘의 마음이 표현된 구절이다. 그래서 부모님을 생각하며 자신은 걱정하지 말라고 안심시키는 내용이 담겨있다. 따라서 '恐哭損殘年, 告爹娘, 休把兒懸念'의 인과관계를 제대로 번역해야 한다. 청계본과 솔본은 '哭損殘年'을 결과로 보았지만 그 이유를 앞의 문장인 '一帆風雨路三千, 把骨肉家園齊來拋閃'으로 보는 것은 잘못 이해한 듯하다. 반면 예하본과 나남본은 이를 정확하게 이해했다. '自古窮通皆有定'의 '窮通'은 빈궁한 것과 현달한 것을 지칭하는데 솔본은 이를 '窮則變, 變則通'라는 말과 혼동하여 잘못 이해한 듯하다.[89] 한편, 예하본, 청계본과 나남본은 모두 정확하게 번역하였다.

〔①喜冤家〕②中山狼，無情獸，全不念當日根由．一味的驕奢淫蕩貪還構．③覷著那，侯門艷質同蒲柳；作踐的，公府千金似下流．歎芳魂艶魄，一載蕩悠悠．[90]

[예하: ①백년원수〔喜冤家〕
②중산의 승냥이는
무정한 짐승
전날의 은혜도 잊어버리고
뽐내고 사치하고
여색만 탐하누나.
③명문의 고운 몸을 개버들로 여기고
귀한 집 아가씨를 들개처럼 짓밟더라.
아, 꽃다운 넋 한 해 만에
허공을 떠도누나.

[청계: ①은혜를 원수로 갚네
②중산의 늑대, 짐승 같은 사나이, 옛날의 은혜도 잊어버리고,
사치와 음탕과 놀음에 빠져,
③명문집 귀한 딸을 천대하면서 종같이 부리고 신짝처럼 짓밟으니
가엾어라 꽃다운 혼백이
황량한 저승길에서 오락가락하네.

[나남: ①기쁜 일이 되레 원수
②중산의 이리는, 무정한 짐승이라, 예전의 은혜는 생각지를 못

---

89 『莊子』讓王篇：“古之得道者，窮亦樂，通亦樂，所樂非窮通也．”
90 曹雪芹·高鶚 著, 中國藝術研究院紅樓夢研究所 校註, 앞의 책, 제5회, 56쪽.

하네.

사치하고 음탕하여 여색만을 욕심내니.

③버들같이 부드럽고 곱디고운, 대갓집의 귀한 딸을 천대하였
다네.

불쌍타, 꽃잎처럼 아름다운 그 혼백을,

어쩔꼬, 일 년 만에 세상 떠나가는 구나.

[솔]: ①원수와 결혼하다

②중산의 이리는

무정한 짐승.

지난날 사연은 모두 잊어버렸네.

오로지

교만하고 음탕하게 여색의 쾌락만 탐할 뿐.

③보아라, 저기

귀한 가문의 규수는 수양버들처럼 여린데,

짓밟혀

귀족 집안 소중한 딸이 천한 종처럼 되었구나.

가련하여라, 꽃다운 영혼이여

만난 지 일 년 만에 정처 없이 저승을 떠도네.

[중]: 〔원수와 혼인하였네〕

중산의 이리 같은 무정한 사나이라. 지난날 은혜는 전혀 생각
치 않고

교만하고 음탕하며 오로지 여색만 탐하네.

보아라, 귀한 가문의 규수를 천한 여자로 다루고,

짓밟았구나, 귀족 집안 소중한 딸을 종처럼 부리네.

가엾어라, 꽃다운 혼백이

시집간 지 일 년 만에 세상을 떠났네.

이 곡은 賈迎春의 불쌍한 신세를 노래한 것이다. 가영춘의 아버지 賈赦가 손씨 집안으로부터 큰돈을 빌린 후 갚을 수 없어 자신의 딸을 팔아넘기듯 손씨 집안과 혼인하게 했다. 그 후 시집간 지 1년 여 만에 그녀는 남편의 학대로 죽음을 맞이했다. 곡명인 ①「喜冤家」는 혼인을 가리키는 '喜'와 원수인 '冤家'를 같이 병렬시킴으로써, 기쁜 마음으로 혼인했지만 오히려 목숨을 빼앗아가는 짐승 같은 남편을 만났다는 것을 독자에게 전달했다. 예하본은 '백년원수'라는 말로 옮겼는데, 여기에서 '백년'은 분명히 '백년해로'라는 말에서 따온 것으로 '혼인'이라는 말을 대신한다. 하지만 이렇게 쓰면 원수가 백년까지 간다는 뜻으로 잘못 이해하게 만들 수도 있다.

손씨 집안은 처음에 가부의 도움을 많이 받았고 가영춘과 혼인하기를 적극적으로 희망했지만, 가부의 형세가 무너지려는 기미를 보이자 바로 외면하고는 심지어 가영춘을 학대까지 했다. 청계본은 곡명을 '은혜를 원수로 갚네'라고 옮겼다. 이 번역은 손씨 집안의 배은망덕한 행위를 전달했을 뿐, 가영춘이 孫紹祖가 결혼했다는 사실을 빠뜨렸다. 틀렸다고 보기는 어렵지만, 원문이 담고 있는 뜻을 일부만 전달하는 아쉬움을 남겼다고 본다. 나남본은 곡명을 '기쁜 일이 되레 원수'라고 옮겼고, 솔본은 '원수와 결혼하다'로 옮겼다. 이 둘은 원문이 전달하고자 했던 두 가지 메시지를 모두 포함시켰다고 볼 수 있다. ②'中山狼, 無情獸'은 동곽선생과 늑대의 이야기를 빌어 가영춘의 남편 손소조를 배은망덕한 늑대로 비유한 것이다. 직역하면 예하본, 나남본과 솔본처럼 '중산의 늑대, 무정한 짐승'이라고 해도 별 문제는 없어 보인다. 하지만 청계본처럼 '중산의 늑대, 짐승 같은 사나이'로 옮겨 '늑대'와 '짐승'의 비유 대상을 밝혀도 좋다고 본다.

③'蒲柳'는 수양버들인데 가을에 잎이 일찍 떨어져 보통 몸이 허약하거나 지위가 낮은 사람을 비유하며, '蒲柳之姿'는 여성이 자신의 외모를 낮춰 말하는 표현이다.[91] 그래서 '虧著那, 侯門艶質同蒲柳'라는 구절은 영춘의 남편 孫紹祖가 귀족 집안 규수인 영춘을 천한 여자와 같이 본다는 뜻이다. 나남과 솔번역본은 모두 '蒲柳'를 일반 버드나무로 '생각해 '부드럽고 여리다'라고 번역하였는데 이는 잘못된 것이다. 여기서 '蒲柳'는 다음 문장의 '下流'와 대구를 이루어 모두 '천한 여자'라는 뜻이다. 예하본과 청계본은 직역대신 의역을 하여 이와 같은 오류를 범하지 않았다. 그리고 원문에 '虧著那', '作踐的' 뒤에 쉼표가 있는데 이는 그 뒤에 오는 내용을 강조하기 위해서 쓴 것이다. 다른 세 번역본은 의미의 전달에만 집중하여 형식적인 면에 소홀한 경향이 있는데 솔본은 '보아라', '짓밟혀' 같은 짧은 문장과 행 바꿈으로 원문의 형식까지 살렸다. 단 ③의 원문은 손소조의 시각으로 가영춘의 경력을 묘사했지만 솔본은 주어를 영춘으로 바꿔 독자의 동정심을 일으키려고 시도한 노력이 보인다.

〔留餘慶〕留餘慶, 留餘慶, 忽遇恩人; 幸娘親, 幸娘親, 積得陰功. 勸人生, 濟困扶窮, 休似俺那愛銀錢忘骨肉的狠舅奸兄! ①正是乘除加減, 上有蒼穹.[92]

---

91 劉義慶(南朝宋) 撰, 劉孝標(南朝梁) 註, 余嘉錫 箋疏, 『世說新語箋疏』上册, 北京: 中華書局, 2015, 128쪽.
　　上卷 上, 「言語」57: "顧悅이 簡文과 나이가 같은데 머리가 일찍 하얘졌다. 簡文이 그에게 물었다. '당신이 어째서 먼저 하얘졌는가?' 顧悅이 대답하길: '버들잎이 (푸르러도) 가을이 되면 떨어지지만 솔잎은 서리를 맞아 (하얘져도) 더욱 무성해집니다.'"
　　"顧悅與簡文同年, 而髮早白. 簡文曰:'卿何以先白?' 對曰:'蒲柳之姿, 望秋而落; 松柏之质, 経霜弥茂.'"
92 曹雪芹·高鶚 著, 中國藝術研究院紅樓夢研究所 校註, 앞의 책, 제5회, 56쪽.

[예하]: 음덕을 입다(留餘慶)

　　　음덕 입어 음덕 입어
　　　우연히 은인을 만났네.
　　　다행히도 다행히도
　　　어머니가 쌓은 음덕 입었네.
　　　권하노니 사람들아
　　　궁한 사람 건져주라.
　　　본받지 말아라,
　　　금전에 눈 어두워 혈육도 모르는
　　　흉악한 백부와 오라비를!
　　　①하늘에 신령이 있어
　　　모든 선과 악을 다스리니
　　　가감승제하듯 에누리 없더라.

[청계]: 음덕을 쌓은 보람이었네

　　　남에게 착한 일을 많이 했더니 마침내 은인을 만났네
　　　그것은 어머니의 덕분 생전에 음덕을 쌓은 보람이었네
　　　권하노니 가난한 사람을 구제하라
　　　금전에 눈이 어두워 혈육도 모르는 야속한 삼촌들은 본받지 말라
　　　①어찌하랴 인생의 사주팔자 하늘에 달린 것을

[나남]: 남겨주신 은덕으로

　　　남겨주신 은덕으로, 남겨주신 은덕으로, 좋은 은인 만났네요.
　　　고마우신 어머니, 고마우신 어머니, 음덕을 쌓으셨대요.
　　　살면서 불쌍한 자, 곤궁한 자 많이 돕고,
　　　돈만 보고 골육을 팔아먹는 못된 외삼촌과 오빠처럼 되지 마세요!
　　　①하늘의 가감승제, 상과 벌이 분명하지요.

[솔]: 음덕을 남기시어

　　　음덕을 남기시어, 음덕을 남기시어, 우연히 은인을 만나게 하
　　　셨네.

다행히도 어머니께서, 다행히도 어머니께서, 생전에 공덕을 쌓아놓으셨네.
권하노니, 사람으로 태어나거든 곤궁한 사람들 도와 구제하라.
돈만 밝히며 혈육의 정 잊은 못된 외숙과 오빠들 닮지 마라!
①인생의 영화와 쇠락은 바로 푸른 하늘에 달려 있으니!

[중]: 〔음덕을 입다〕

음덕 입어 음덕 입어
우연히 은인을 만났네.
다행히도 다행히도
어머니가 쌓은 음덕 입었네.
권하노니 사람들아
궁한 사람 건져주라.
본받지 말아라,
금전에 눈 어두워 혈육도 모르는
흉악한 백부와 오라비를!
뿌린대로 거두리니
하늘에 신령이 있음이라!

이 노래는 왕희봉의 딸 巧姐의 신세를 표현하고 있다. 劉姥姥가 가부에 와서 도움을 청했을 때 왕희봉은 유모모를 업신여겼으나 그래도 금전적 도움을 주었다. 후일에 왕희봉이 비참하게 죽고 홀로 남은 딸 교저가 돈에 눈먼 외삼촌과 오빠들로 인해 팔려갈 뻔했을 때 그녀는 유모모의 도움으로 비참한 신세를 면하게 되었다. 곡명「留餘慶」은 바로 교저가 어머니 왕희봉이 쌓은 덕을 입었다는 것을 표현을 담아 지은 것이다. 왕희봉은 능력이 있는 사람이지만 하인에게 자비심이 없다. 또, 남편의 첩 유삼저를 죽음의 지경까지 내몰아친 적도 있었고, 돈을 받아내기 위해 남의 혼인에 간섭했다가 사랑하는 연인을 자살하도록 몰아붙인 일도 있었다. 그래도 유모를 도와준 일로 인해 자기 딸에게는 은덕이 미치게 한 것이니 이 노래에는 작가가 권선징악의 교훈을 전하려는 의도가 담겨 있다.

노래 마지막의 '乘除加減'은 인간의 음덕을 말하는 것이며 '蒼穹'은 '하늘'이라는 뜻이다. 표면적으로는 푸른 하늘이지만 여기서는 상을 주고 벌을 내리는 인격신의 의미로 사용되고 있다. 좋은 일을 하든 나쁜 일을 하든 하늘이 다 지켜보고 있으니 좋은 일을 하라는 권선징악의 의도를 담고 있다. 청계본과 솔본은 그저 운명이 팔자이나 하늘에 달려있다고 해석하였는데 이는 가난한 자를 도와 음덕을 쌓으라는 이 노래의 취지와는 맞지 않다. 나남본의 경우는 '하늘의 가감승제'라고 직역하여 본래의 뜻을 전달하기에는 부족하지만 뒤에 '상과 벌이 분명하지요'라는 말이 따라와서 의미가 전달된다. 예하본은 하늘에 선과 악을 다스리는 신령이 있다고 설명을 더 넣어 독자가 오해하는 가능성을 대폭 줄게 했다.

〔晩韶華〕鏡裡恩情，更那堪夢裡功名！ ①那美韶華去之何迅！ 再休提繡帳鴛衾．只這帶珠冠，披鳳襖，也抵不了②無常性命．③雖說是，人生莫受老來貧，也須要陰騭積兒孫．④氣昂昂頭戴簪纓，氣昂昂頭戴簪纓；光燦燦胸懸金印；威赫赫爵祿高登，威赫赫爵祿高登；昏惨惨黃泉路近．問古來將相可還存？ 也只是虛名兒與後人欽敬．93

[예하: 만년의 봄빛〔晩韶華〕
    거울 속의 은정도 허무하거늘
    꿈속의 공명이야 말해 무엇하랴!

---

93 曹雪芹·高鶚 著，中國藝術研究院紅樓夢研究所 校註，앞의 책，제5회，57쪽.

①화사한 봄철도 잠깐이니

원앙금침 단꿈은 다시 찾아 무엇하리.

주옥으로 단장한 관을 쓰고

비단옷을 몸에 감아도

②황천길 어이 피하랴.

③누구는 말하더라.

인생 늘그막에 고생을 면하려거든

자손 위에 음덕을 쌓아야 하리라고.

의기도 양양하다

④머리에 잠영簪纓 달고

그 빛도 휘황하다.

가슴에 금인金印 차고

위세도 당당하다

관직이 높으니.

그러나 눈앞에 보이는 침침한 황천길이여!

묻노니 고금의 장상 어디 있느냐?

빈 이름만 남아서 뒷사람의 존경받네.

[청계]: 무르녹는 봄의 하소연

거울 속의 사랑도 허무하거니, 꿈속의 공명을 말해선 무엇하나?

①아아, 무르녹는 봄도 잠깐이어라. 원앙의 옛이야긴 하지도 말라.

머리에 구슬관 쓰고 몸에는 비단옷 걸친대도 피치 못할 ②운명이어늘.

③늙어서 가난이 싫음은 내남의 심정. 자손을 위해서도 덕을 쌓으라.

④반짝이는 금비녀 머리에 찔러 꽂고, 눈부신 금도장 가슴에 차고,

호기롭게 벼슬길에 올라는 가도 침침한 황천길이 눈앞에 있다.

묻노니, 옛날의 영웅호걸 어디로 갔나?

허망하게 이름만 남아 후세 사람들 입에 오르내릴 뿐.

[나남]: 너무 늦은 만년의 영광

　거울 속의 사랑이 허무한 이때에, 꿈속의 공명인들 그 무슨 소용이오!

　①꽃다운 고운 시절 야속히도 흐르는데! 수놓은 휘장 속 원앙금침 말도 마소.

　구슬 달린 예관과, 봉황 새긴 예복도, ②덧없는 인생이야 막을 수가 있겠소.

　③사람은 늙어서 궁색하면 못 견디니, 음덕을 많이 쌓아 자식손자 주시오.

　④번쩍이는 머리 장식 비녀 잠영, 번쩍이는 머리 장식 비녀 잠영, 눈부신 황금 도장 가슴에 차고,

　위세등등 고관대작 높은 자리, 위세등등 고관대작 높은 자리, 날 저문 황혼녘에 황천길만 가깝소.

　고금의 장상이 어디 남아 있으리오?

　허망하게 이름 남겨 남의 입에 오를 뿐.

[솔]: 저무는 세월

　거울 속의 사랑이여, 꿈속 같은 공명은 또 어찌 감당하랴!

　①저 아름다운 세월은 어쩌나 빨리 흘러가는지! 비단 장막 원앙금침은 다시 말하지 말지니.

　이렇듯 고운 구슬 달린 모자에 봉황 무늬 수놓은 저고리 걸치고 있어도

　②무상한 목숨은 어쩔 수 없네.

　③비록, 늘그막에 가난은 견딜 수 없다지만 그래도 자손 위해 음덕을 쌓아야지.

　④기세도 드높아 머리에 비녀 꽂고 갓끈 매고, 영광은 찬란하여 가슴에 금 도장 걸고

　위세도 당당하여 높은 벼슬 지냈건만 눈앞이 캄캄하구나 황천길이 가까워졌으니!

　물어보세, 옛날의 어느 장군이 아직 살아있는가?

그저 허망한 이름만 남아 후손들이 흠모할 뿐이네!

〔 중 〕:〔너무 늦은 만년의 영광〕

거울 속의 사랑도 허무하거니, 꿈속의 공명을 말해선 무엇하나?
좋은 시절이 어찌나 빨리 끝났는지! 더 이상 원앙 같은 삶을 염
두도 못 내네!
구슬 달린 예관을 쓰고, 봉황새 수놓은 예복을 입고 있어도, 황
천길은 피할 수 없네.
비록 늘그막에 가난은 제일 불쌍하다지만
(이런 불행을 피했더라도) 자손을 위해 음덕을 쌓아야 한다.
기세가 등등하게, 기세가 등등하게, 비녀와 갓끈 머리에 하고,
눈부신 금도장 가슴에 차고,
위세도 당당하여, 위세도 당당하여, 벼슬길에 올라는 갔지만
침침한 황천길이 눈앞에 왔네.
묻노니, 옛날의 어느 장상이 아직 살아있는가?
허망한 이름만 남아 후세 사람들 입에 오르내릴 뿐.

이 곡은 李紈의 신세를 노래한 것이다. 이환은 가보옥의 형수인데 남편 賈珠가 일찍 죽어 그녀에게 아들 하나만 남겼다. 이환이 젊은 나이에 과부가 되어 "마음이 죽은 나무와 다 타버린 재와 같다"(心如槁木死灰) 하여 젊은 여성의 활력과 매력을 모두 감춰 누르고 아들 賈蘭을 키우는 일에만 심혈을 기울였다. 다행히 아들이 성공해서 만년에나마 아들 덕으로 잠깐 영광을 누리게 된다. 하지만 잠시만 누린 부부사랑과 아들로 인해 잠깐 얻은 영광과 비교하면 외롭게 지낸 세월이 너무나 길었다. 이 노래 역시 이환의 신세를 한탄하며 영화와 인생의 무상함을 서술하였다. '韶華'는 봄의 아름다운 경치를 뜻하기도 하지만 좋은 시절을 뜻하기도 한다. 제목에 쓰인 '韶華'는 이환에게 늦게 찾아온 영광의 날을 뜻한다. 청계본의 번역은 원문의 숨은 뜻을 깊이 파내

지 못하였고 술본도 노래의 전체 내용을 파악하지 못하여 번역을 제대로 하지 못한 것으로 보인다. 나남본만 노래의 전체 내용에 맞게 제목을 번역하였다. 하지만 노래구절 '那美韶華去之何迅'에 쓰인 '韶華'는 '좋은 시절'을 뜻한다. ①'那美韶華去之何迅! 再休提繡帳鴛衾'는 이환이 가주와 함께 지낸 짧은 부부생활을 감탄하는 내용이다. '繡帳鴛衾'은 부부간의 사랑을 암시한다. 가주가 젊은 나이에 별세하자 이환이 누렸던 달콤한 결혼생활도 함께 종결되었다. '鏡裡恩情'도 같은 뜻이다. 잠깐만 누린 부부간의 정이란 마치 거울에 비친 그림자처럼 실속이 없는 것이다. 부부의 정도 이렇다면 하물며 꿈꿔왔던 공명이랴. '鏡中花, 水中月(거울 속의 꽃, 물속의 달)'처럼 다 손에 쥘 수 없는 헛것이다. ①에 대해서 네 번역본이 모두 직역을 했는데 그 깊은 뜻을 밝히려면 의역으로 하는 것이 더 타당하다고 본다.

「留餘慶」라는 노래에서 작가는 가난한 자를 돕는 것을 극히 칭찬하고 권하였다. 이환을 위해 쓴 「晚韶華」에는 ③'也須要陰騭積兒孫'이라는 권고가 다시 나왔다. 이 말을 통해 생각해보면 가부가 무너져 모두가 가난한 생활을 하게 되었으나 이환은 아들이 관직을 얻어 만년의 빈곤을 면했다. 그러나 다른 가족을 돕는 일에는 신경을 쓰지 않은 것 같다. 그래서 조설근이 이환에게 '자손을 위하더라도 음덕을 쌓으라'는 권고를 한 것이다. 네 번역본이 작가의 이런 의도를 제대로 전달하지 못한다고 본다.

②'無常性命'은 운을 맞추기 위해 '性命無常'을 도치한 것인데, 인간은 누구나 황천길을 피할 수 없으니 인간의 목숨이 참으로 무상하다는 것을 나타냈다. 이 곡 제목 '晚韶華'처럼 이환이 부귀영화를 누린 지 얼마 안 돼 바로 황천길을 떠나지 않을 수 없었다. 그래서 이때 '무상'

의 함의는 '덧없다, 무상하다'기보다는 평생 虛名만 지키다가 그토록 바랐던 부귀영화도 잠깐 누렸을 뿐인데 죽음 앞에서는 모든 것이 허무해진다는 것을 풍자하고, 한탄의 마음을 나타내려던 것이었다. 다른 세 번역보다는 예하본의 번역이 원문의 의미와 더 가깝다고 본다.

'氣昂昂頭戴簪纓'과 '威赫赫爵祿高登'는 모두 두 번을 반복해 이환이 영화와 부귀를 누린 모습을 뚜렷하게 강조해서 드러내주었다. 하지만 나남본 빼고는 나머지 세 번역이 모두 이 부분의 번역문을 반복하지 않았다. 역자가 이 문구들의 번역문을 반복하지 않아도 의미 전달에 큰 지장이 없다고 판단한 것으로 보인다. '簪纓'은 관원이 쓰던 비녀와 갓끈을 가리키는데 벼슬의 별칭이기도 하다. '氣昂昂頭戴簪纓, 光燦燦胸懸金印'과 '威赫赫爵祿高登'는 모두 가란이 벼슬 얻은 이후 이환이 기세등등해진 모습을 표현한 것이다. 물론 머리에 簪纓을 꽂고 가슴에 금인을 차는 높은 벼슬에 오른 사람은 賈蘭이지만, 그의 어머니 이환도 아들 덕에 晚福을 누릴 수 있었다. '氣昂昂頭戴簪纓'과 '威赫赫爵祿高登'은 원문에서 문구 전체를 두 번 반복했는데, 역자는 문구 전체를 반복하면 문장이 너무 길어져 리듬을 끊기는 나머지 문장의 가독성을 떨어뜨릴 것을 우려하여 "기세가 등등하게, 기세가 등등하게, 비녀와 갓끈 머리에 하고", "위세도 당당하여, 위세도 당당하여, 벼슬길에 올라는 갔지만"과 같이 부귀영화를 얻은 이후의 자태를 묘사한 문구만 반복해서 옮겼다.

예하본은 '簪纓'을 풀어서 번역하지 않고 한자어 그대로 사용했다. 예하본은 ④를 무난하게 번역했음에도 구두점을 잘못 찍은 듯하다. 원문에 따르면 "의기도 양양하다, 머리에 잠영 달고. 그 빛도 휘황하다, 가슴에 금인 차고. 위세도 당당하다, 관직이 높으니. 그러나 눈앞에 보이는 침침한 황천길이여!" 하고 옮겨야 한다. 그러나 예하본은 "의기도 양양하다, 머리에 잠영 달고, 그 빛도 휘황하다. 가슴에 금인 차고, 위세도 당당하다, 관직이 높으니. 그러나 눈앞에 보이는 침침한 황천길이여!" 하고, 구절을 잘못 나누어 마치 빛이 휘황한 것이 잠영인 것처럼 보이게 했다. 이러한 실수로 원문의 의미 전달과 독자의 이해에 지장을 초래했다.

청계본은 '금비녀'라고 했는데 원문은 사실 비녀의 재질을 밝히지 않았다. 나남본은 '머리 장식 비녀 잠영'이라고 했는데 '잠영'에는 비녀도 포함되기 때문에 비녀를 두 번 언급하는 것이 어색하다. 그리고 두 번역이 모두 '氣昻昻'를 번역하지 않는 대신 '비녀'에 '반짝이는/번쩍이는'이라는 형용사를 붙였다. 이것은 원문과 일치하지 않은 번역이다.

제2절 임대옥의 작품

문학작품은 작가의 성격, 심리, 인생관과 깊이 관련되어 있다. 대관원에 사는 여성들 가운데 임대옥은 몸도 연약한데다 어머니를 잃은 후 홀로 남은 부친을 두고 고향을 멀리 떠나 외조모 집에 얹혀 살다보니, 성격이 더욱 예민해진다. 가보옥과 서로 사랑하는 사이인데도 설보채가 대관원에 들어온 뒤로 상황도 변하고 오해까지 생겨 애태우는 일이 많아졌다. 그래서 임대옥은 꽃이 지거나 버들솜이 바람에 휘날리는 것을 보면 절로 자신의 처지를 떠올리고는 의지할 곳 없는 부평초 같은 신세를 한탄하기 마련이다. 임대옥이 지은 숱한 시와 가사 중에 「葬花吟」과 버들개지를 읊는 「唐多令」 등이 유명하다. 임대옥은 평소에 책 읽기를 좋아하고 시와 가사 등을 짓는 실력도 대관원에서 으뜸으로 뽑힐 정도로 뛰어나다. 다만 훌륭한 작품임에는 틀림없지만, 그녀의 처지와 성격, 그리고 가보옥과 나누는 사랑에 크게 영향을 받아 신세 한탄과 우울한 정서가 짙게 배어 있다.

『홍루몽』에 나온 운문은 詩讖이라고 일컬어지듯, 주인공의 결말을 암시하는 경우가 많다. "아직 시대적으로는 멸망하지 않았지만 쇠락과 붕괴에 이르고 있는 자들이 멸망에 대한 예감에 물들어 있는 비애의 미, 그리고 인생의 어린잎과 같은 시기에 경험한 애절한 애련의 미를 그들이 산출한 詩詞를 통하여" 찾아볼 수 있다.[94] 「장화음」과 「당다령」이 바로 이런 종류의 대표적인 시사들이라고 할 수 있다. 시 번역에 대해 중국의 번역평론가 許淵沖은 三美이론을 제시했다.[95] 즉 뜻의 아름다움(意美), 음의 아름다움(音美), 구조의 아름다움(形美)을 모두 전달해야 좋은 시 번역이라고 할 수 있는 것이다. 시를 번역할 때 청나라 말기 사상가 嚴復이 말한 '信達雅' 기준도 적용된다. 시어의 본래 뜻을 정확히 알아야 할 뿐만 아니라 그 안에 담긴 속뜻도 제대로 이해해야 하며 작가가 표현하고자 하는 사상, 감정, 취지 등을 밝혀내야 한다.

1) 葬花吟

「葬花吟」은 『홍루몽』의 제27회에 나온 古體詩다. 임대옥이 그 전날 가보옥을 보러 갔을 때 시녀가 대옥의 목소리를 알아 듣지 못해 문을 열어주지 않았다. 하필 보채가 대옥보다 조금 일찍 와서 가보옥과 이야기 나누고 있었다. 두 사람의 웃는 소리가 들리자 임대옥이 더욱 상

---

94   이계주, 앞의 책, 237쪽.
95   許淵沖, 『翻譯的藝術』, 北京: 中國對外翻譯出版公司, 1981, 74쪽.

심하였다. 이 일로 임대옥은 가부에 얹혀 사는 자기의 비참한 신세가 떠올라 눈물이 그치지 않았다. 다음 날은 芒種節이었다. 망종절이 되면 봄이 거의 다 가고 꽃들도 떨어지기 시작했다. 대옥은 꽃잎이 휘날리는 모습이 자신의 신세와 같아 슬픔을 감추지 못했다. 그녀는 떨어진 꽃잎을 모아 땅에 묻으면서 이 노래를 불렀다.

「葬花吟」은 모두 52행으로 제16행의 '卻不道人去梁空巢也傾'과 제39~40행 '天盡頭, 何處有香丘'를 제외하고 모두 七言으로 구성되어 있다. 4행마다 한 절로 이루어지는데 앞 8절은 'aaba'의 식으로 운을 맞추었고 뒤 5절은 'abab'식과 'aabb'식 등 변체로 운을 이루었다. 중국의 한시를 한국어로 번역할 경우 운과 글자 수를 맞추기가 어렵기 때문에 청계, 나남, 솔 세 가지 번역본은 이 시를 번역할 때 모두 산문시의 형식을 선택했다.

(1) 의미의 처리

「葬花吟」에서 임대옥은 떨어진 꽃의 비참한 처지를 빌어 자기 신세를 탄식했고 미래에 대한 걱정도 토로했다. 본서는 「葬花吟」의 세 가지 번역을 살피면서 타당하지 않은 부분을 골라 검토하고자 한다. 「葬花吟」은 이렇게 시작한다.

花謝花飛花滿天, 紅消香斷有誰憐?
<u>游絲軟係飄春榭</u>, 落絮輕沾撲繡簾.[96]

[예하]: 꽃은 떨어져 온 하늘에 날리네, 끊는 향기, 지는 색깔 슬퍼할
　　　이 누구인가?

96　曹雪芹·高鶚 著, 中國藝術研究院紅樓夢研究所 校註, 앞의 책, 제27회, 240쪽.

봄빛 어린 정자에는 아지랑이 아물아물, 비단문발 위에는 버들 꽃이 사뿐사뿐.

[청계]: 꽃이 져 우수수 하늘 가득 흩날릴 때, 빛깔 잃고 향기 멎은들 그 누가 슬퍼하랴?
실버들 하늘하늘 난간새에 나부끼고, 버들꽃솜 몽실몽실 비단발에 서려붙네

[나남]: 꽃 지는 하늘 가득 꽃잎으로 휘날리니, 붉은 꽃 지는 향을 그 누가 슬퍼하랴?
봄날의 정자에는 아지랑이 가물가물, 비단의 장막에는 버들 솜이 달라붙네.

[솔]: 꽃 지면서 온 하늘에 꽃잎 날리는구나. 붉은색 사라지고 향기 끊어지는데 누가 슬퍼해줄까?
봄날 정자에는 아지랑이 부드럽게 걸려 있고 수놓은 주렴에는 떨어진 버들 솜 가볍게 들러붙네.

[중]: 꽃잎이 떨어져 하늘 가득 흩날리네, 끊는 향기, 지는 색깔 슬퍼할 이 누구인가?
봄빛 어린 정자에는 거미줄이 아물아물, 비단문발에는 버들 솜이 달라붙네.

이 시의 첫 번째 절은 시 전체의 분위기를 보여준다. "花謝花飛花滿天, 紅消香斷有誰憐?"은 꽃을 사람에 비유하여 임대옥의 비참한 결말을 암시한다. '紅'과 '香'은 꽃을 가리킬 뿐만 아니라 여자를 상징하기도 한다. 임대옥은 꽃이 지는 모습을 보고 자신의 불쌍한 신세를 연상하여 슬퍼하면서 인정의 메마름도 함께 탄식했다.

'游絲軟係飄春榭, 落絮輕沾撲繡簾'은 대구를 이루며 소녀가 규방에

서 바라본 봄의 경치를 묘사했다. '游絲'의 본래 뜻은 '흩날리는 거미줄'을 말한다. 南朝 때 梁나라의 沈約이 지은 시 「三月三日率爾成章」에 "거미줄이 하늘에 흩날리고 버들가지가 땅으로 내려간다."(游絲映空轉, 高楊拂地垂)라는 시구가 있다.97 元나라 王實甫가 지은 『西廂記』 제1회에도 "동풍이 버들가지를 흔들고 거미줄이 도화 꽃잎을 건드리네"(東風搖曳垂楊線, 游絲牽惹桃花片)라는 시구가 나온다.98 또한 明나라 胡文煥이 편찬한 『群音類選』 「驚鴻記」에 '游絲飛絮'라는 성어가 나오는데 이는 정처 없이 바람에 흩날리는 거미줄과 버들 솜으로 자신을 주체 못하는 사람을 비유한다.99 임대옥이 바람에 휘날리는 거미줄과 버들 솜 보고 자기의 신세를 연상한 가능성이 크다. 물론 '游絲'도 杜甫의 시 「宣政殿退朝晚出左掖」의 "허리 굽히니 옥패가 어린 풀을 닿고 향로에서 나온 연기가 가물가물하여 거미줄 같구나"(宮草微微承委佩, 爐煙細細駐游絲)라는 시구처럼 거미줄로 아주 미약한 연기를 비유할 수 있지만 여기는 '落絮'와 대구가 이루어 '거미줄'로 해석할 수 있다.100 게다가 游絲는 아지랑이보다 거미줄이 되어야 뒤에 나온 동사 '繫(매달다)'와 더 부합한다. 청계본이 '游絲'를 '실버들'이라고 잘못 해석했고, 예하본, 나남본과 솔본은 '아지랑이'라고 하는데 '거미줄'이라고 하는 번역본이 하나도 없었다. 이는 여러 가지 해석을 충분히 고려하지 못한 것으로 보인다.

임대옥은 가지에서 떨어져 바람에 휘날려 어디로 갈지 모르는 꽃잎을 보며 미래가 불투명한 자신의 신세가 떠올라 더욱 슬퍼진다. 그래

---

97 蕭統(南朝梁) 編, 『昭明文選』, 北京: 華夏出版社, 2000, 1191쪽.
98 王實甫(元) 著/許淵衝 許明 譯, 『西廂記』, 北京: 五洲傳播出版社, 2018, 239쪽.
99 胡文煥(明) 編, 『群音類選』, 北京: 中華書局, 1980, 667쪽.
100 杜甫 著, 『杜甫詩集』, 長春: 吉林出版社, 2011, 152쪽.

서 호미를 들고 꽃잎을 위해 무덤을 만들어주려고 한다. 꽃들이 가지 위에서 예쁘게 필 때는 잘 보이지만 떨어지고 나서는 다시 찾기가 어렵다. 꽃의 불쌍한 결말이 마치 자기의 결말을 암시하는 것 같아 임대옥은 또다시 눈물을 흘렸다

(중략) 花開易見落難尋, 階前悶殺葬花人,
　　　　獨倚①花鋤淚暗灑, ②灑上空枝見血痕。

[예하]: 피는 꽃은 눈에 보이나 지는 꽃은 못 찾나니 섬돌 앞에 꽃 묻는 이 서러움에 숨지누나.
외로이 ①호미 들고 눈물을 뿌리나니 ②빈 가지에 맺힌 눈물 핏 방울이 아니더냐!

[청계]: 피는 꽃은 보기 쉬워도 지는 꽃은 찾기 어려워 뜰 앞에서 서러워하는 꽃장례 지내는 사람이여
①꽃갈퀴 홀로 들고 눈물을 짓더니 ②꽃가지에 뿌려 올려 핏자국 새겨 놓네.

[나남]: 꽃피면 잘 보여도 지고나면 못 찾나니, 뜰 앞에서 서럽게 꽃을 묻는 여인이여,
외로이 혼자서 ①꽃괭이 들고 눈물지으니, ②빈 가지에 뿌린 눈물 피눈물이 그 아닌가.

[솔]: 꽃 피면 잘 보여도 떨어지면 찾기 어려우니 계단 앞에서 꽃 묻는 이 마음 너무 울적하네.
①꽃 묻는 호미 들고 남몰래 눈물 흘리나니 ②빈 가지에 떨어진 눈물 핏자국 같구나.

[중]: 피는 꽃은 눈에 보이나 지는 꽃은 못 찾나니 섬돌 앞에 꽃 묻는 이 서러움에 숨지누나.

외로이 꽃삽 들고 눈물을 뿌리나니 빈 가지에 맺힌 눈물 핏자국
같구나.

이 구절에서는 중국의 典故가 인용되었는데 바로 湘妃의 이야기
다.101 임대옥의 호가 '瀟湘妃子'인 것도 그녀가 눈물을 자주 흘린다는
뜻이 담겨있다. 그래서 ②'灑上空枝見血痕'라는 구절은 정말로 핏자국
이 아니라 이 전고를 빌어 그 속상함을 표현하는 것이다. '血痕'은 과
장한 수법으로 임대옥의 슬프고 애통한 심정을 잘 나타냈다. 예하본과
나남본은 반문으로 임대옥의 슬픈 감정을 표현했고, '血痕'은 한국의
언어 습관대로 '핏눈물/핏방울'로 옮겼다. 솔본은 "눈물(이) 핏자국 같
구나"라는 탄식으로 임대옥의 심정을 묘사했다. 청계본은 "핏자국 새
겨 놓네"라고 과장의 수법으로 옮겼는데 '새겨 놓다'라는 말은 원문의
뜻에 비해 지나친 과장으로 보인다. '血痕'에 대한 네 번역은 다 무난
하지만, 그래도 솔본의 번역이 원문과 더 가깝고 의미 전달이 제일 명
확하다고 본다.

꽃들이 가지에서 떨어졌으니 나무에게는 빈가지만 남겼을 뿐이다.
조설근이 '空枝'라는 표현으로 번화함이 무너지고 난 뒤에 따라오는
공허함을 표현하고자 한 것이다. 예하본, 나남본과 솔본은 '빈 가지'라
고 그대로 옮겼고 청계본만 '꽃가지'라고 했다. 틀린 것은 아니지만 번
성했던 꽃들이 활짝 피었다 떨어진 것(마치 부귀영화가 한창이었다가
무너지는 것)의 처량함과 '꽃이 떨어져 남겨둔 가지'에 담겨있는 슬픔
과 서러움을 충분히 표현하지 못했다고 본다.

---

101 舜帝가 나라를 순시하는 도중에 병으로 죽자 그의 두 아내가 울면서 순제가 있는 곳으로
달려간다. 湘江을 건너려는데 강물이 너무 깊고 배도 없어 두 여인이 속상해 펑펑 울었다.
그녀들의 눈물이 대나무에 떨어졌는데 나무줄기에 흔적을 남기게 되었다.

①'花鋤'에 대해서 네 가지 번역본이 각각 '갈퀴, 괭이, 호미'라고 번역했는데 '갈퀴'와 '괭이'는 모두 크고 무거워 여린 임대옥에게는 어울리지 않은 도구들이다. 이에 따라 세 가지 번역 중에 솔본의 '호미'는 작고 가벼워 아가씨 손에 쥐일 만하다고 본다. 자신을 꽃과 동일시한 임대옥은 꽃의 슬픔에 동감하여 무덤을 만들어준다. 깨끗하게 왔으니 또한 깨끗하게 이 세상을 떠나야 한다고 하며 시궁창에 빠지지 않기를 기원한다. 이 구절이 바로 임대옥의 고결한 품격이 표현된 부분이다.

(중략) 未若錦囊收艷骨，一抔102淨土掩風流。
質本潔來還潔去，強於污淖陷渠溝。

[예하]: 차라리 향낭에다 고운 뼈를 담아 <u>깨끗한 흙으로 절세가인 묻으</u>
<u>리라.</u>
깨끗하게 살던 너는 깨끗하게 가야 하니 더러운 시궁창에 빠지게는 못하리라.

[청계]: 차라리 꽃잎을 비단 주머니에 담아 <u>한 무더기 정한 흙에 바람</u>
<u>속에 묻어 주지</u>
깨끗이 피었다 깨끗이 가야 할 너를 내 어찌 더러운 시궁창에 썩혀버리냐

[나남]: 차라리 비단 주머니 꽃잎 유골 담아내어, <u>한 줌 정토 꽃 무덤에</u>
<u>풍류자질 묻어주리.</u>
깨끗이 태어나서 깨끗하게 가야할 몸, 더러운 시궁창에 어찌 그냥 버릴 수야.

[솔]: 차라리 비단 주머니에 고운 유골 담아 <u>한 움큼 정결한 흙으로</u>

---

102 청계본은 『戚蓼生序本石頭記』를 저본으로 했기 때문에 원문에는 '抔'대신 '堆'로 되어 있다.

고운 자태 덮으리.

바탕이 본디 깨끗하게 왔으니 깨끗하게 떠나는 것이 더러운 때 묻어 도랑에 빠지는 것보다 나으리라.

[중]: 차라리 비단 주머니에 떨어진 꽃잎을 담아, 한 줌 깨끗한 흙으로 풍류자질 묻어주리.

깨끗이 태어났으니 깨끗하게 가야할고, 더러운 시궁창에 어찌 그냥 버릴 수야.

이 구절은 임대옥이 꽃의 결말에 대한 바람뿐만 아니라 자신의 결말에 대한 바람도 보여준다. 자신도 꽃처럼 깨끗한 존재라 죽고 나면 깨끗한 정토에 묻기를 바라는 것이다. 이 구절에 대한 세 가지 번역이 크게 다르지는 않으나 '풍류'에 대한 이해에서는 좀 차이가 있다. 조설근이 임대옥의 모습을 묘사할 때도 "타고난 풍류의 자질이 있다"(有一段自然的風流態度)라고 그녀의 아름다운 자태를 칭찬했다. 그래서 여기의 '풍류'도 나남본과 솔본처럼 '풍류자질'이나 '고운 자태'로 번역하는 것이 타당하고 본다. 청계본은 '풍류'를 '바람'으로 잘못 이해하여 옮긴 듯하다. 예하본은 '풍류'를 아예 '절세가인'이라고 번역했다. 임대옥이 꽃을 보면서 자신의 신세를 한탄하는 것이 맞지만 이 시의 주체가 '꽃'이라는 것이 틀림없다. 예하본은 여기서 작가의 의도를 지나치게 표현했다고 본다.

'淨土'라는 말이 불교와 관련되는 어휘로 많이 쓰이는데 '부처나 보살이 사는, 번뇌의 굴레를 벗어난 아주 깨끗한 세상'을 가리킨다.[103] 여기서 쓰인 '정토'는 깨끗하다는 뜻을 취한 것이 틀림없지만 글자 그

---

[103] 국립국어원 표준국어대사전(https://stdict.korean.go.kr/main/main.do. 2020.5.2.)

대로 '정토'라고 번역하면 불교 용어와 헷갈릴 수 있는데 '깨끗한 흙'으로 풀어서 번역하면 원문의 뜻을 잘 전달할 수 있을 뿐만 아니라 오해의 여지를 줄일 수도 있다. '一抔淨土'를 솔과 나남본은 '한 줌'이나 '한 움큼'의 정토로 옮겼는데 청계본만이 '한 무더기'라고 번역한 것은 청계본의 저본 『戚蓼生序本石頭記』에는 '抔'가 아닌 '堆'로 되어 있기 때문이다. '抔'는 '堆'보다 양이 적으니까 임대옥의 허약한 이미지에 더 어울릴 뿐 아니라 작품의 분위기에도 더 걸맞다. '堆'는 문학성이 떨어지는 표현인 것으로 보아 필사하는 과정에 피하지 못한 誤寫로 보인다.

(2) 구절 나눔의 오차

이 시가 길기 때문에 청계본이 구절 나누지 않고 번역하는 방법과 달리 예하본, 나남본과 솔본은 독자의 이해를 돕기 위해 구절을 나누어 옮겼다. 하지만 구절을 나눌 때 앞뒤의 의미 연결을 끊고 나누는 경우가 생겼다. 이 시는 원래 52구인데 4구를 한 절로 나누어 모두 13절로 나눌 수 있다. 그러면 의미의 연결이 크게 끊어지지 않는다. 하지만 나남본은 시의 33~52구을 4-6-4-4-2로 나눴고 예하본과 솔본은 33~52구을 6-6-4-4로 나눴다. 이렇게 잘못 나누게 된 이유는 39~40행 '天盡頭, 何處有香丘'가 매우 짧아 한 구로 착각했기 때문이다. 그 결과 시의 원래 흐름이 끊겼고 따라서 시의 운율적인 아름다움과 의미의 전달에 문제가 생길 수 있다.

[나남]: 昨宵庭外悲歌發, 知是花魂與鳥魂.　　[예하]/[솔]: 昨宵庭外悲歌發, 知是花魂與鳥魂

花魂鳥魂總難留, 鳥自無言花自羞./

愿奴肋下生雙翼, 隨花飛到天盡頭.
天盡頭, 何處有香丘? / (39~40구)
未若錦囊收艷骨, 一抔淨土掩風流.

質本潔來還潔去, 強於污淖陷渠溝./
爾今死去儂收葬, 未卜儂身何日喪?

儂今葬花人笑癡, 他年葬儂知是誰?/
試看春殘花漸落, 便是紅顏老死時.

一朝春盡紅顏老, 花落人亡兩不知./

花魂鳥魂總難留, 鳥自無言花自羞/
愿奴肋下生雙翼, 隨花飛到天盡頭

天盡頭, 何處有香丘 /(39~40구)
未若錦囊收艷骨, 一抔淨土掩風流
質本潔來還潔去, 強於污淖陷渠溝/

爾今死去儂收葬, 未卜儂身何日喪
儂今葬花人笑癡, 他年葬儂知是誰/

試看春殘花漸落, 便是紅顏老死時
一朝春盡紅顏老, 花落人亡兩不知/

표시했듯이 '/'가 있는 데에서 끊어지면 "未若錦囊收艷骨, 一抔淨土掩風流. 質本潔來還潔去, 強於污淖陷渠溝."처럼 의미 전달이 끊어지지 않고 완전한 표현이 이루어질 수 있다. 그리고 "爾今死去儂收葬, 未卜儂身何日喪. 儂今葬花人笑癡, 他年葬儂知是誰."는 임대옥이 자신의 미래에 대한 비관적인 예상을 하는 것이다.[104] 이에 따라 틀림없이 이 네 행이 한 절로 나눠야 한다. 나남본은 뒷부분의 절을 모두 잘 못 끊었고 솔본은 그래도 마지막 2절을 제대로 나눴는데 대신에 의미

---

104 임대옥이 자신을 '儂'라고 하는데 '儂'은 임대옥이 살던 남부지방의 방언으로 주로 일인칭 여성을 의미한다.

의 완전함을 맞추려고 33~44행을 억지로 6-5로 나눈 듯하다. 33~52구의 정확한 구절 나눔은 아래와 같다.

昨宵庭外悲歌發, 知是花魂與鳥魂.
花魂鳥魂總難留, 鳥自無言花自羞.

願奴肋下生雙翼, 隨花飛到天盡頭.
天盡頭, 何處有香丘?

未若錦囊收艷骨, 一抔淨土掩風流.
質本潔來還潔去, 強於污淖陷渠溝.

爾今死去儂收葬, 未卜儂身何日喪?
儂今葬花人笑癡, 他年葬儂知是誰?

試看春殘花漸落, 便是紅顔老死時.
一朝春盡紅顔老, 花落人亡兩不知.

2) 唐多令[105]

「장화음」의 네 번역본이 큰 차이나 오역이 없는 데에 비해 「柳絮詞」의 번역은 차이가 난다. 제70회에서는 대관원에 사는 아가씨들이 桃花社를 세우고 버들솜을 주제로 각각 가사를 짓는데, 그중 임대옥이 「당다령」이라는 曲牌에 맞춰 지은 시사를 흔히 「류서사」라고 부른다.

唐多令
①粉墮②百花洲,

---

105 당다령은 곡패명이다. 쌍조(雙調, 上下 두 闋로 이루어지는 詞)로서 전체 글자 60자다. 두 闋로 나누어 闋마다 30자다.

香殘燕子樓.

一團團逐對成毬.

漂泊亦如人命薄,

③空繾綣, 說風流.

草木也知愁,

④韶華竟白頭!

歎今生誰舍誰收?

嫁與東風春不管,

憑爾去, 忍淹留.106

[예하: 당다령

　　②*백화주百花州엔 ①꽃 날려 떨어지고

　　*연자루燕子樓*엔 향기만 남았네.

　　몽글몽글 뭉쳐서

　　둥근 공이 되었구나.

　　떠도는 그 신세 인생처럼 박명하니

　　③갈라지기 아쉬워도 헛된 일인데

　　풍류를 말해선 무엇 하나!

　　초목도 시름할 줄 아는가

　　④곱던 그 얼굴 백발이 되었구나.

　　아, 이 생을

　　누가 던져주고 누가 거두는가!

　　동풍에 맡긴 몸을 봄은 돌보지 않아

　　네 갈 데로 날려가라

　　잡아두긴 어렵나니.

106　曹雪芹·高鶚 著, 中國藝術研究院紅樓夢研究所 校註, 앞의 책, 제70회, 620쪽.

* 百花州: 산동성山東省 제남시濟南市 대명호 남쪽에 위치한 백화제百花堤를 지칭한다. 여기서는 백화만발한 섬이라는 뜻이다. -역자 주석
* 燕子樓: 강소성 서주시 서북쪽에 있는 정자. 당대唐代 정원년간에 상서로 있던 장음 張愔이 이 누각을 지어 애첩 관반반關盼盼을 거기에서 살게 했다. 장음이 죽은 뒤 관반반은 15년 동안이나 그 곳에서 홀로 살다가 죽었다고 한다. 여기에서는 '제비가 깃든 누각'이라는 뜻이다. -역자 주석

[청계]: 당다령
　　②*(百花洲)에 ①꽃분이 날려 내리고
　　*연자루(燕子樓)에 향기 또한 남아도네
　　동글동글 어울려 공이 되었나
　　박명한 사람같이 떠도는 그 신세
　　③부질없이 정답게 굴며
　　풍채 좋단 평판 들어 무엇하나

　　초목도 시름할 줄 아는가
　　④꽃 시절에 백발이 어인 말인가
　　아아, 이 생을 그 누가 주제하느뇨
　　봄바람에 맡긴 몸 봄도 아랑곳 않고
　　네 갈 데로 날려가라
　　붙들 생각 하지 않네

[나남]: 버들개지 · 당다령
　　②백화주에 떨어진 ①꽃잎,
　　연자루에 남은 향기.
　　둥글게 몽쳐 공이 되었네.
　　③떠도는 신세는 박명한 삶,
　　그리움도 풍류도 다 헛일.

　　풀이라도 슬픔은 아는 듯,
　　④푸른 청춘은 백발이 되네!
　　버들개지 인생 그 누가 거두는지?

춘풍에 맡긴 몸 봄조차 아랑곳 않고
그대 뜻대로 가는 길, 잡아두긴 어려워라.

[솔]: 당다령
②백화주*에 ①꽃가루 떨어지고
연자루*에 향기 남았네.
동글동글 짝 맞춰 공이 되었구나.
팔자 사나운 사람처럼 떠도는데
③부질없이 사랑하고
풍류를 논하는구나!

초목도 시름을 아는지
④아름답던 얼굴 끝내 백발이 되었구나.
이 생에서 누가 버리고 누가 거두는가?
봄바람에게 시집가도 봄은 아랑곳하지 않네.
그대 떠난다 해도
차마 오래 붙들어둘 수 없구나!

* '백화주'는 옛날 고소성姑蘇城(지금의 쑤저우 시)안에 있는 것으로, 전설에 따르면 오나 라
  왕 부차夫差가 종종 서시를 데리고 이곳에 놀러왔다고 한다. ─역자 주석
* '연자루'는 지금의 장쑤성(江蘇省) 쉬저우(徐州) 서북쪽에 있던 누대이다. 당나라 태 종의 정
  관貞觀 연간에 상서尚書 자음張愔이 아끼던 기생 반반盼盼이 이곳에서 살았는데, 장음이 죽
  은 뒤 반반은 옛정을 잊지 못해 다른 곳에 시집가지 않고 이 누대에서 10여 년 동안 살았다고
  한다. ─역자 주석

[중]: 청계본 따름

①'粉'에 대한 번역이 각기 다르다. 예하본과 나남본은 단지 '꽃'이
나 '꽃잎'으로 옮긴 반면, 청계본과 솔본은 '꽃분'과 '꽃가루'로 옮겨
원문의 '粉'을 살렸다. 이렇게 네 번역이 서로 다른 번역어를 선택했
지만, 모든 번역이 '분'을 꽃과 연관시켜 번역했음을 알 수 있다.

'粉'에 대하여 채의강과 劉之杰은 "버들개지의 꽃가루"라고 했고, 文冰은 "버들개지가 가루 모양으로 흩날려 떨어진다"고 했다. 또 다른 주석에서는 "버들개지의 흼을 비유한다"(喻柳絮之白)이라고 해서 버들가지의 흰색을 강조하려고 한 것이라 한다.[107] 馮其庸과 李希凡이 함께 편찬한『홍루몽대사전』에는 "粉墮百花洲, 香殘燕子樓"가 버들개지가 바람에 휘날려 흩어진 모습을 묘사함으로써 임대옥의 불쌍한 신세를 반영했다고 한다. 중국의 학자가 모두 '粉'을 버들개지라고 생각한 반면에 한국어 번역은 모두 이를 '꽃'이나 '꽃가루'로 옮겼다. '粉墮百花洲' 뒤에 바로 '香殘燕子樓'가 따라온 것을 보면, 버들개지가 가루처럼 휘날릴 수 있더라도 향이 없는 것이 분명하다. 이 점 때문에 네 번역이 모두 '粉'을 '꽃'으로 옮긴 듯하다.

이 시에 나오는 '百花洲'는 임대옥의 고향인 姑蘇城에 있는데 외로운 곳을 지칭한다. 백화주는 솔본의 주석에서 설명한 바와 같이 姑蘇에 있는데, 夫差가 西施를 데리고 자주 이곳에 놀러왔다는 전설이 있다. 명나라 高啟가「百花洲」라는 제목으로 시도 지었다.[108] "吳王在時百花開…吳王去後百花落"라는 시구와 같이 흔히 처량하고 외로운 심정을 표현한다. 또한 '연자루'도 외로움을 견디며 사는 여성을 암시한

---

107 이계주, 앞의 책, 221쪽.
108 高啟(明) 著, 『高太史大全集』第3册, 上海: 上海涵芬樓, 民國八年(1919), 84쪽.
　　"오왕이 계실 때 백 가지 꽃이 피고 아름답게 꾸민 배가 음악을 실려 섬을 지나갔다. 오왕이 죽고 백화가 지고 섬은 또한 외로워졌다. 꽃이 피고 또 지고 해마다 봄이 오지만 매번 와서 꽃 보는 사람이 몇 명 있을까? 단지 흐른 물에 가지의 그림자 보이지만 떨어지고 먼지 묻은 꽃잎들은 보이지 않는다. 해마다 비바람 맞은 황무한 토성 옆에 해질 무렵 꾀꼬리가 피가 나도록 울구나. 세상에 꽃 보는 사람이 적어진 것 아니라 그 후부터 여기 볼 꽃이 없어졌기 때문이다."
　　"吳王在時百花開, 畫船載樂洲邊來；吳王去後百花落, 歌吹無聞洲寂寞. 花開花落年年春, 前後看花應幾人？但見枝枝映流水, 不知片片墮行塵. 年年風雨荒臺畔, 日暮黃鸝筋欲斷；豈惟世少看花人, 從此此地無花看."

다. 이 시의 첫 구가 백화주와 연자루의 고사를 빌어 가엾은 여자의 운명을 암시하며 비슷한 신세한탄을 표현할 뿐, '분'과 '향'은 꼭 버들개지라고 번역할 필요가 없다고 본다. 네 가지 번역이 모두 이를 '꽃'이나 '꽃가루'로 처리한 것도 이렇게 고려한 것으로 보인다. 예하본의 주석에 '백화주'를 산동성 제남시에 위치한다고 설명했는데 이는 잘못이다. 임대옥의 고향이 고소성이다. 일반적으로 자기가 잘 알고 그리워하는 고향의 경치를 넣는 것이 자연스러운 반면, 알지도 못하는 제남성의 경치를 작품에 넣는 경우는 드물다.

③'空繾綣, 說風流'는 '정답게 사랑을 나누는 것도 헛될 따름, 풍류의 자질을 칭송받는다고 한들 무엇 하나?'의 뜻으로, 임대옥이 가보옥과 나누는 사랑에 비관적인 예감을 느끼는 심정을 나타냈다. '繾綣'은 헤어지기 싫은 마음으로 정답게 사랑하는 모습을 형용하는 어휘이고, '풍류'는 풍치 있고 학식 높은 임대옥이 자신을 가리키는 말이다. 예하본은 '繾綣'을 '갈라지기 아쉽다'로 옮겨서 남녀의 사랑이라는 함의를 명백히 전달하지 못했다. 나남본은 ③'空繾綣, 說風流'를 '그리움도 풍류도 다 헛일'처럼 두 문구를 한 문구로 줄여서 번역했다. 의미 전달에는 별로 지장이 없다고 해도, 가사의 형식을 깨드렸고 마지막 문구의 번역('그대 뜻대로 가는 길, 잡아두긴 어려워라')과 대구를 이루지도 못했다. 솔본의 번역은 '說風流'를 '풍류를 논하다'로 옮긴 것이 원문과 의미 차이가 조금 있다. 다른 세 번역본과 비교하면 청계본 번역이 원문에 따라 무난하게 잘 번역한 것으로 보인다.

④'韶華竟白頭'는 버들개지의 색깔에 빗대어 수심이 깊다는 것을 암시한 말이다. '韶華'는 청춘의 대명사이기 때문에 이 시구는 '젊은 나이에 벌써 백발이 되었네'라는 뜻이다. 청계본과 나남본은 모두 '젊은

여자가 상심 때문에 백발이 되었다'는 작가의 의도에 맞게 옮긴 반면, 예하본과 솔본의 번역은 '곱던/아름답던 얼굴 (끝내) 백발이 되었구나' 라고 옮겨 단지 머리카락만 흰머리로 변한 주인공 소녀가 정말 늙은 것으로 의미를 왜곡시켰다. 이 시를 통해 임대옥은 의지할 데 없는 불행한 신세에 대한 깊은 哀愁와 더불어 가보옥과 사랑을 이루지 못할 것이라는 슬픈 예감을 호소하고, 자신이 비참한 결말에 이를 것이라는 불길한 예감도 드러내고 있다.

제3절 설보채의 작품

『홍루몽』 제4회에 나오듯, 설보채가 도성으로 오는 이유는 황제가 공주公主나 왕자와 함께 공부할 동무를 선발한다고 했기 때문이다. 그러나 설보채가 간택에서 떨어지자 그녀의 모친은 가보옥과 딸을 혼인시키려는 계획을 세우고, 시녀의 입을 통해 '金玉良緣'이라는 이야기를 賈府에 널리 알렸다. 설보채는 모친의 계획에 처음에는 반대하는 기색이 없었다. 하지만 나중에 가보옥의 잠꼬대를 듣고는 모친의 계획에 반감을 품고 임대옥과 자매지간처럼 친한 사이가 되었다.

사정이 이렇다 보니 설보채의 심정이나 포부는 임대옥의 사정과 다를 수밖에 없다. 늦봄의 어느 날, 봄바람에 날리는 버들개지를 보고 시사를 지을 때, 임대옥과 설보채는 각각 서로 다른 情節에 따라 전혀 다른 詩想을 펼친다. 임대옥은 善感工愁, 즉 하늘에 떠도는 버들개지에도 눈물 짓는 반면, 설보채는 봄바람을 타고 靑雲 위로 날아가는 심상을 노래하는 것이다. 다음으로 설보채가 지은 「臨江仙」의 번역을 검토해보겠다.

臨江仙

白玉堂前春解舞,

東風捲得均勻.

蜂團蝶陣亂紛紛.

①幾曾隨逝水, 豈必委芳塵.

萬縷千絲終不改,

任他隨聚隨分.

②韶華休笑本無根.

好風頻借力, 送我上青雲!109

[예하]: 임강선

　　백옥당 앞에서 너울너울 춤추나니

　　동풍에 휘감겨 골고루 퍼졌구나.

　　뭇나비인 양 벌떼인 양 분주히 날아드는데

　　①몇 번이나 흐르는 물에 몸 맡겼더냐?

　　어찌 반드시 꽃다운 먼지로 가라앉으랴!

　　천실이나 만실이나 한결 같은데

　　뭉쳤다 흩어지고 흩어졌다 뭉치는구나.

　　②봄이여, 뿌리없다 비웃지 마라.

　　산들바람에 몸을 싣고

　　청운까지 오르리라.

[청계]: 임강선

　　백옥당 앞에서 봄이 너울너울 춤추나니

　　동풍에 휘말려 버들꽃 골고루 퍼졌구나

　　뭇벌인 양 나비인 양 어울려 날며

　　①몇 번이나 흐르는 물에 몸을 맡겼더냐

　　구태여 꽃먼지로 가라앉을 것도 없다네

109　曹雪芹·高鶚 著, 中國藝術硏究院紅樓夢硏究所 校註, 앞의 책, 제70회, 621쪽.

천 가닥 만 가닥 그 모양 한결같은데
모였다 흩어졌다 제멋대로 흐느적이네
②한창때인 그를 뿌리 없다 웃지 마라
고운 바람 부지런히 힘을 빌려주어
저 푸른 구름 위로 날아오르리

[나남]: 버들개지 · 임강선
　　　 백옥당 앞에서 너울너울 춤을 추니,
　　　 봄바람에 휘감겨 골고루 퍼지누나.
　　　 벌과 나비처럼 어지러워라.
　　　 ①물 따라 흐르기도 하지만,
　　　 먼지처럼 가라앉지도 않네.
　　　 천 갈래 만 갈래 한결같아서,
　　　 뭉쳐지고 흩어지고 멋대로라네.
　　　 ②뿌리 없다고 비웃지 마라,
　　　 청운의 높은 하늘로 날아오르리!

[솔]: 임강선
　　　 백옥당앞, 봄이 춤을 알아서
　　　 봄바람으로 곱고 가지런히 휘감았네.
　　　 벌떼 나비 무리처럼 어지러이 나는데
　　　 ①몇 번이나 흐르는 물 따라 떠났던가?
　　　 어찌 꼭 떨어진 꽃잎에만 쌓이랴!

　　　 천만 가닥 실은 항상 바뀌지 않나니
　　　 마음대로 모였다 흩어지게 내버려두지.
　　　 ②봄이여, 본래 뿌리 없다 비웃지 마오,
　　　 산들바람이 자주 힘을 빌려주어
　　　 이 몸을 하늘 높이 실어다 준다오!

[중]: 임강선

　　백옥당 앞에서 너울너울 춤추나니
　　동풍에 휘감겨 골고루 퍼졌구나.
　　뭇나비인 양 벌떼인 양 어지러이 나는데
　　언제 흐르는 물에 몸 맡겼더냐?
　　어찌 반드시 먼지로 가라앉으랴!

　　천 가닥 만 가닥이나 한결 같은데
　　뭉쳤다 흩어지고 흩어졌다 뭉치는구나.
　　봄이여, 뿌리 없다 비웃지 마라.
　　산들바람에 몸을 싣고
　　청운까지 오르리라.

　앞에서 임대옥이 슬픈 노래를 짓자, 설보채는 뿌리 없고 의지할 데
도 없는 버들개지를 의도적으로 밝게 노래하려고 「임강선」이라는 곡
패에 맞춰 가사를 짓는다. 작가는 이 가사를 통해 임대옥보다 설보채
가 긍정적이고 적극적인 성격을 지녔다는 것을 나타냈다. 이 가사의
上闋은 버들개지가 바람에 실려 춤을 추는 모양을 묘사하고, 下闋은
버들개지의 마음을 묘사하고 있다. 따라서 표면적으로는 버들개지의
모습과 심리를 드러내지만, 실제로는 버들개지의 입을 빌려 신분 상승
을 꿈꾸는 설보채의 의중을 이야기하고 있다. 여기에서 버들개지가 춤
추는 '백옥당'은 부귀영화를 누리는 귀족 집안이고, 버들개지가 뭉치
는 모습도 벌떼나 나비 떼가 명랑하게 날아다니는 봄 경치를 나타낸
다. 임대옥의 가사가 뿜어내는 슬픈 정조와는 전혀 다르다. '幾曾'과
'豈必'로 시작되는 구는 뿌리 없는 버들개지에 담겨 있는 소극적인 모
습을 뒤집어 운명을 자기 손에 움켜쥐겠다는 의지를 반문의 형식으로
표현하고, 下闋 첫 구의 '萬縷千絲終不改, 任他隨聚隨分'은 설보채의

다부지고 굳센 마음을 표현한다. 마지막에는 바람을 타고 하늘로 올라가겠다는 설보채의 포부를 토로했다.

앞에서도 언급했듯이 '幾曾'과 '豈必'은 반문을 나타낸다. 따라서 ①번 '幾曾隨逝水, 豈必委芳塵'은 버들개지가 흐르는 물에 떠내려가거나 먼지에 묻히지 않겠다는 표현을 통해 자신의 운명을 좌우할 수 있다는 자신감을 보였다. 이런 점은 운명에 휘말려 어떤 결말을 맞이할지 모르겠다는 슬픈 심정을 노래한 임대옥의 가사와 완연히 다르다. 여기에서 '幾曾'은 '몇 번이나 했더냐'보다는 '언제 그랬더냐(何曾)'는 뜻에 더 가깝다. 유감스럽게도 기존의 네 번역은 거의 다 이를 '몇 번'으로 옮겼고 반문의 뜻을 제대로 전달하지 못했다.

②의 '韶華休笑本無根'에 대한 번역은 주로 두 가지로 나뉜다. 하나는 '韶華'를 '웃다'의 주어로 보고 '봄(春)'으로 번역하는 것이다. 예하본과 솔본의 번역이 그렇다. 또 하나는 '韶華休笑'가 倒置되었다고 보는 것이다. 즉, '韶華'는 '웃다'의 목적어로서 '봄 계절의 버들개지'지칭한다고 보고 '한창때인 그'로 번역하는 방식이다. 청계본이 여기에 해당한다. 한편, 나남본은 두 번역 중 어느 것이 더 정확한지 판단하기 어려웠는지, 오역을 피하기 위해 '韶華'를 아예 번역하지 않고 나머지 내용만 전달했다.

제4절 가보옥의 작품

가보옥은 임대옥에 비하면 문학적 재능이 출중하지는 않지만, 그래도 귀공자답게 시사에 능하다. 『홍루몽』 제23회를 보면 가보옥과 누이들은 대관원에 들어가 살게 되었다. 대관원에 들어간 가보옥은 마음이 매우 흡족해 더 이상 바랄 것이 없다. 매일 누이들이나 시녀들과 함께 책을 읽고, 글씨를 쓰고, 거문고를 타고, 바둑을 두고, 그림을 그리고, 시를 읊었다. 즐거운 삶에 흥이 겨운 가보옥은 사계절의 정서와 경치를 담고자 시를 네 수 지었는데 여기서 첫 번째 시를 보기로 한다.

　　春夜即事
　　①霞綃雲幄任鋪陳
　　隔巷②蝦更聽未真
　　枕上③輕寒窗外雨
　　眼前春色夢中人
　　盈盈燭淚因誰泣
　　④點點花愁爲我⑤嗔
　　自是⑥小鬟嬌懶慣
　　⑦擁衾不耐笑言頻110

[예하: 봄밤에
　　①노을빛 비단휘장 안에 이부자리 펴노라니
　　길 건너 ②개구리의 울음소리 어렴풋이 들려오네.
　　베갯머리의 ③서늘한 기운은 창 밖의 비 때문이런가
　　눈앞에 피는 봄빛 꿈이 정든 이를 생각게 하네.
　　글썽글썽 눈물짓는 초는 뉘 때문에 우는 거냐
　　④묵묵히 시름하는 불꽃은 나를 위해 ⑤화내는가.
　　원래 ⑥어린 시녀는 아양과 게으름에 젖었으니
　　⑦잦은 웃음 꺼리어 비단이불 덮어쓰네.

[청계: 봄밤에 느낀 바 있어
　　①비단 휘장 둘러친 침방에 누워 있으려니
　　멀리 골목에서 ②딱따기소리 들리는 듯 마는 듯

110　曹雪芹·高鶚 著, 中國藝術研究院紅樓夢研究所 校註, 앞의 책, 제23회, 203쪽.

베갯잇 ③차거움은 창 밖의 비 탓이런가?
눈앞의 봄빛 꿈 속이런 듯 어렴풋한데
저 촛불 누구 때문에 눈물짓는 거냐?
④말없는 꽃도 수심겨워 나를 ⑤탓하는데
응석받이, 게으름동이 ⑥어린 아가씨
⑦이불 속에서 키득키득 웃고 떠드네

[나남]: 봄밤 이야기
①노을빛 비단휘장 구름 이불 펴내니,
길 건너 ②야경소리 어렴풋이 들려오네.
베개는 ③싸늘하고 창밖에는 비가 오니,
눈앞엔 봄빛이요 꿈길에는 정든 님.
촛농은 그렁그렁 누굴 위해 눈물짓고,
④점점이 지는 꽃잎 나로 인해 ⑤노하였나.
응석받이 ⑥아가씨는 게으름에 젖어,
⑦이불 안고 웃으면서 떠들기를 못 참네.

[솔]: 봄밤에
①노을인 듯 구름인 듯 이불과 휘장 마음대로 펼치나니
길 건너 ②*두꺼비 울음소리 환청처럼 들려오네.
베갯머리 ③조금 서늘한 건 창밖의 비 때문이고
눈앞의 봄 풍경은 꿈속의 임 떠올리게 하네.
넘실넘실 눈물 흘리는 촛불은 누구 때문에 우는가?
④점점이 시름겨운 꽃들은 나 때문에 ⑤화를 내네.
⑥어린 하녀는 예쁘게 게으름 피우는 데 익숙해서
⑦이불 끌어안고 종종 우스갯소리 종알대네.

---

* 원문의 '蝦更'은 '蝦蟆更'을 가리킨다. 명나라 때 郎瑛이 편찬한『七修續稿「辨證類」의 '六更考'에서 인용한『蟬精雋』에 따르면, 궁궐에서 새벽 6시가 될 때 북을 쳐서알리는 것을 '하마경'이라고 하는데, 그때 궁궐 문을 열어 신들이 조회하러 들어오도록 한다고 했다. 일설에 의하면 강남 지역에서 밤에 夜警을 돌 때 딱따기를 치는 것을 '하마경'이라고도 한다. -역자 주석

[중]: 봄밤에

노을인 듯 구름인 듯 이불과 휘장 마음대로 펼치나니
멀리 골목에서 딱따기소리 들리는 듯 마는 듯
베갯머리의 서늘한 기운은 창밖의 비 탓이런가?
눈앞의 봄빛은 꿈 속 임 때문일 것이다.
저 촛불 누구 때문에 눈물 가득 짓는 건가?
꽃도 나 때문에 점점이 수심 겨워 뾰로통하네.
어린 시녀는 본래 아양을 떨고 게으름에 젖어
잦은 웃음 꺼리어 비단이불 속에 들어가네.

위 시는 가보옥이 깊은 봄밤에 지은 것이다. 노을 같은 비단 이불을 덮고 구름 같은 휘장을 친 침대에 누워있는데 잠이 오지 않는다. 비 때문에 베개가 좀 차가워지고 봄의 경치가 꿈속에 나오는 임을 떠올리게 한다. 눈물 같은 촛농도 점점한 꽃의 시름도 '나' 때문에 생긴 것이다. 어린 시녀가 게으름 피우는 데 익숙해서 주인이 아직 취침하지 않고 담소하고 있어도 자기는 이미 이불을 끌어안고 졸고 있었다.

가부가 부귀영화를 실컷 누리는 집안이라 가보옥과 자매들이 입는 옷뿐만 아니라 쓰는 이불과 휘장도 비단과 깁으로 만들었다. ①'霞綃雲幄'이 바로 노을 같은 비단 이불과 구름 같은 가벼운 휘장을 말한 것이다. 솔번역본만 ①을 정확히 옮겼고 나머지 세 번역본은 모두 ①을 '(노을빛)비단 휘장'으로만 옮겼다. 솔본의 번역이 시적 느낌 살리고 내용도 원문에 가깝다. '마경'의 딱따기소리가 들리는 것을 보면 실은 이른 아침에 더 가깝다. 궁궐에서는 五更을 알리고 다시 딱따기를 치는데 이것을 蝦蟆更이라고 한다. 그 다음에야 궁궐 문을 열어 백관이 들어오게 한다. 이것을 육경이라고 부른다.[111] 다시 말해 마경은 사

---

111 程大昌(宋) 撰, 『演繁露』, 呼和浩特: 遠方出版社, 2001, 194쪽.

실은 민간의 오경에 해당한다. ②'마경'에 대해 예하본과 솔본은 '개구리의 울음소리'나 '두꺼비의 울음소리'라고 옮긴 반면, 청계본과 나남본은 '딱따기소리'나 '夜警소리'라고 했다. 솔본은 '마경'을 육경 때 치는 딱따기라고 저본에 나와 있는 설명대로 주석을 달아 설명했지만, 번역문에는 엉뚱하게도 '두꺼비의 울음소리'라고 옮겼다. 위 시는 봄밤에 느낀 정서를 그리는 시인데 외로운 자기의 정서로 인해 '輕寒'을 느끼게 된다. 때가 봄이니 지나친 추위는 아닐 것이다. 예하본과 솔본이 ③을 '서늘한 기운'이라고 제대로 전달했지만 청계본의 '차거움'과 나남본의 '싸늘하다'는 지나친 표현이다.

'盈盈燭淚因誰泣, 點點花愁爲我嗔'는 여기서 모두 '夢中人', 즉 임대옥을 가리킨다. 『홍루몽』 제1회에 소개했듯이 임대옥은 원래 서방 靈河강가의 絳珠仙草였다. 神瑛侍者가 매일 甘露水를 뿌려줬더니 오래 살 수 있게 됐고 나중에 하늘과 땅의 精華를 받아 여자의 모습으로 바뀌었다. 신영시자가 凡心이 생겨 인간 세상에 내려갔더니 강주선초도 그에게 감로수를 뿌려준 은혜를 보답하기 위해 평생의 눈물로 답하겠다고 뒤따라 내려갔다. 그래서 임대옥은 항상 수심이 많으며 가보옥과의 사랑 때문에 많이 울기도 했다. 두 사람이 깊이 사랑하지만 '金玉良緣'이라는 이야기 때문에 임대옥은 항상 걱정을 하며 설보채 때문에 질투가 나 가보옥을 말로 쑤시곤 했다.

④'點點'은 판본 차이로 인해 네 번역이 서로 다르게 옮겼다. 경진본에는 '점점'으로 되어 있지만 有正書局에서 출판한 '유정본'과 '척료생

육경: "명나라 궁궐에는 오경 외에 한 경이 더 있다. 사실 궁궐에서는 민간의 사경을 오경으로 세기 때문에 오경이 끝나는 때는 바깥보다 일러 육경을 넘은 것이 아니다." 卷十五 六更: "……明宮殿五更之外更有一更, 其實宮鼓以外間四更促爲五更, 故五鼓終竟 時, 蚤於外間耳, 鼓節未嘗溢六也."

서본'에는 모두 '默默'으로 되어있다. 이러한 차이는 수사본을 베껴 쓰는 과정에 가끔 생긴다. 나남본과 솔본이 ④를 '점점이'라고 음역해도 시의 느낌으로는 통한다. 『戚蓼生序本石頭記』를 저본으로 한 청계본은 원문 '默默'을 '말없는'으로 옮겼다. 예하본도 '묵묵히'라고 옮겼지만 저본 程乙本에는 분명히 '점점'으로 되어있다. 이것은 역자의 의도적인 선택을 나타낸다. 여자애가 애교를 부리면서 뾰로통한 모습을 표현한 것이 '嬌嗔'이라고 하는데 화내는 모습과는 거리가 있다. '嗔'을 할 수 있다면 '말없이'라는 뜻이 되는 '默默'과는 좀 어긋난 표현이다. '點點'은 애교 많은 여자와의 이미지와 더 잘 부합한 것으로 보인다. ⑤ '嗔'을 청계본은 '탓하다'로 옮겼고 나머지 세 번역이 '화내다'나 '노하다'로 옮겼는데 모두 본래의 의미보다 강하게 처리하였다.

중국에서 시녀를 '丫鬟'이라고 부르는데 ⑥'小鬟'이 시녀인 것은 틀림없다. 청계본과 나남본이 ⑥을 '아가씨'로 옮겼는데 이것은 오역이다. 그리고 '응석받이, 게으름동이' 같은 어휘는 집안 자녀에게나 맞는 표현이니 여기서는 다소 어색하다는 느낌이 든다. '蟆更'의 딱따기소리가 들리니 실은 이른 아침에 더 가깝다. 그러니까 사실 시녀가 게으른 것이 아니라 주인이 하도 자지 않아서 자기가 졸음을 못 견디는 것이다. 앞 구와 결합해 이해하면 ⑦은 시녀가 주인과 같이 웃음소리 내면서 떠들 리가 없다. 이미 밤이 깊은데 어린 시녀가 조는 것은 당연하다. 밤이 너무 깊어 주인이 웃으면서 이야기하고 있어도 시녀가 졸음을 못 이긴다. 하지만 주인이 아직 자지 않으니 자기가 먼저 잘 수 없기에 이불을 끌어안고 졸 수 밖에 없는 것이다. '不耐'는 '꺼리다'나 '참아내지 못하다'라는 뜻인데, 여기서 '不耐笑言頻'은 '웃고 떠드는 것을 꺼리다'로 옮기는 것이 더 낫다고 본다.[112] 청계본과 나남본, 솔본은 비록 7, 8구의 주어를 모두 시녀로 번역했지만 '불내'의 의미를 전달하지 않고 오히려 시녀가 이불을 끌어안고 웃고 떠든다고 옮겼다. 예하본만 시녀가 잦은 웃음 꺼리어 이불속으로 들어간다고 번역했다.

참고로 영어 번역도 살펴볼 필요가 있다. David Hawkes가 영역한 『*The Story of the Stone*』에서는 마지막 두 구를 "By uncouth din of giggling maids distressed(낄낄거리는 계집종의 상스런 소리에 시달려), He burrows deeper in his silken nest(그는 더욱 깊숙이 자기의 비단이불 속으로 파고든다.)"고 옮겼고 楊憲益과 戴乃迭 (Gladys Yang)이 번역한 『*A Dream of Red Mansions*』에서는 "My maids are indolent from long indulgence(시녀들은 오래 멋대로 둔 탓에 게을러지고), Wearied by their laughter and prattle, I snuggle down in my quit(그녀들의 웃음과 수다에 지쳐서 나는 누비이불 속으로 들어간다.)"고 옮겼다.[113] 두 영어 번역이 모두 제 8구의 주어를 'I'나 'He', 즉 시의 작자인 '가보옥'으로 보았다. 이는 원문을 한국 번역자와 다르게 이해하여 번역한 결과이다.

제5절 소결

중국의 詩詞歌賦는 『詩經』「離騷」부터 몇 천 년의 시간을 거쳐 수많은 작품이 산출되었으며 그 작품들이 한국과 일본으로 전해져 많은

---

112   漢典(https://www.zdic.net, 2021.1.20.) "不耐: 不能承受; 不願意; 不能."
113   David Hawkes, *The Story of the Stone*, Penguin Books, VolumeⅠ, 1986, 460쪽.
       Yang Xianyi and Gladys Yang, *A Dream of Red Mansions*, Peking: Foreign Language Press, VolumeⅠ, 2015, 333쪽.

사랑을 받았다. 고려와 조선 시대 시인들이 지은 한시도 높은 수준에 달한다. 조설근이『홍루몽』에 200여 수의 시사가부 및 대련 등을 지었는데 이것을 모두 번역하는 것은 큰 작업이다. 특히 조설근은 여러 인물의 학식, 성격, 생각 등에 따라 서로 다른 격조의 작품을 지어야 하며 이야기의 전개에 따라 작품의 주제와 내용도 다르게 해야 했고 인물의 운명을 암시하기 위해 讖語도 넣었다. 그리고 운문 지는 장면을 짓는 장면에 대한 묘사를 통해 귀족 청년들의 생활상을 잘 보여줬다. 하지만 현대에 사는 독자들에게 한시는 일상과 거리가 멀며 생소할 뿐이다. 게다가 조설근은 문학조예가 깊으며 그가 쓴 운문에 전고가 많이 담겨있다. 중국 문학에 대해 깊이 알지 못하면 오역하기 쉽다. 그리고 조설근은 인물의 성격에 따라 서로 다른 분위기를 지니는 운문을 창작하는데 이러한 분위기를 연출하는 것도 번역자에게 주어진 난제다.

운문 번역의 어려운 데는 우선 운문에 담겨있는 작가가 표현하고자 하는 감정과 생각을 독자에게 전달하는 것이다. 이에 역자의 뛰어난 언어 실력이 요구된다. 예하, 청계, 나남, 솔 네 가지 번역 중에 예하본의 번역이 의역의 경우가 더 많으며 작가의 의도를 비교적 더 잘 전달한 편이다. 다른 세 번역본은 직역의 경향을 더 보이며 오역이나 원문의 뜻을 제대로 전달하지 못한 부분이 있다. 그리고 예하본은 해음쌍관 기법을 사용한 가요를 번역할 때 '눈(雪-薛)'의 형식으로 쌍관의 두 가지 의미를 모두 제시해 독자가 원작의 묘미를 제대로 맛보게 했다.

운문의 다른 한 가지 특징은 바로 운율이다. 중국 絶句시를 예로 들면 보통 1,2,4구가 押韻한다.[114] 운을 재현하기 거의 불가능하지만 청계본이「好了歌」를「도다타령」으로 번역함으로 중국의 시를 한국의 전통 문학 형식인 '타령'으로 전환시켜 운문의 번역에 좋은 시범을 보였다.「호료가」는『홍루몽』의 제1회에 나오며『홍루몽』전반의 기조를 깔아놓은 가사이다.「호료가」가 4절로 나뉘는데 각각 공명, 금은, 미인 및 후손 등 연기같이 금방 사라져버린 것에 미련 남는 인간을 풍자하였다. 이 노래를 들은 진사은은 속세의 헛됨을 깨달아 승려와 도인을 뒤따라 출가하였다. 아래 번역문에 보이듯이 다른 세 번역본도「호료가」를 시가의 형식으로 번역하는 데에 힘들였지만 청계본만큼 형식적인 정렬함을 갖추지 못했다.

[청계]:	신선이 좋은 줄은 번연히 알면서도	世人都曉神仙好
	오로지 공명출세 잊지 못한다	惟有功名忘不了
	고금의 재상 장수 어디를 갔나	古今將相在何方
	거친 무덤에 풀만 덮었다	荒塚一堆草沒了
	신선이 좋은 줄은 번연히 알면서도	世人都曉神仙好
	오로지 금은보화 잊지 못한다	只有金銀忘不了
	해종일 아글타글 돈을 벌어도	終朝只恨聚無多
	돈푼이나 모았을 땐 흙에 묻힌다	及至多時眼閉了 …115

[예하]:	신선이 좋은 줄은 세상사람 다 알건만	世人都曉神仙好
	부귀와 공명만은 잊지 못하네.	惟有功名忘不了
	고금의 장상은 어디로 갔나	古今將相在何方
	쓸쓸한 무덤에 잡초만 무성하네.	荒塚一堆草沒了
	신선이 좋은 줄은 세상사람 다 알건만	世人都曉神仙好
	금은과 보화만은 잊지 못하네.	只有金銀忘不了

---

114 압운은 시가를 짓는 데 시행의 일정한 자리에 같은 운을 규칙적으로 다는 일, 또는 그 운을 가리킨다.

115 曹雪芹 · 高鶚 著, 中國藝術研究院紅樓夢研究所 校註, 앞의 책, 제1회, 11쪽.

저물도록 모아대도 부족함을 탓하다가	終朝只恨聚無多
마침내 부자 되면 흙속에 묻히누나.	及至多時眼閉了…

[나님]: 세상사람 모두 신선 좋은 줄은 알면서도,　世人都曉神仙好
오로지 부귀공명을 잊지 못한다네!　　　惟有功名忘不了
고금의 장수재상 지금은 어디에 있나?　　古今將相在何方
황량한 무덤 위엔 들풀만 덮여 있다네.　　荒塚一堆草沒了
세상사람 모두 신선 좋은 줄은 알면서도,　世人都曉神仙好
오로지 금과 은을 잊지 못한다네!　　　　只有金銀忘不了
하루 종일 모자라다 원망만 하다가는,　　終朝只恨聚無多
돈 많이 모여지면 두 눈 감고 만다!　　　及至多時眼閉了…

[솔]: 세상 사람들 모두 신선 좋은 줄은 알지만　世人都曉神仙好
공명을 추구하는 마음만은 잊지 못하네.　　惟有功名忘不了
고금의 장군과 재상들은 지금 어디 있나?　古今將相在何方
황량한 무덤은 풀숲에 묻혀버렸다네.　　　荒塚一堆草沒了

세상사람들 모두 신선 좋은 줄은 알지만　世人都曉神仙好
금은 같은 재물만은 잊지 못하네.　　　　只有金銀忘不了
아침저녁으로 오로지 많이 모으지 못해 안달하다가
　　　　　　　　　　　　　　　　終朝只恨聚無多
많이 모았다고 여길 즈음엔 눈을 감게 되지.
　　　　　　　　　　　　　　　　及至多時眼閉了…

　중국 운문의 또 한 가지 특징은 바로 함축성이다. 운문에 전고가 많이 들어있는 것이 또한 큰 특징이다. 때문에 번역할 때 만난 어려움이 적지 않다. 함축적인 의미를 잘 전달하려면 운문에 숨겨있는 깊은 뜻을 제대로 이해해야 할 뿐만 아니라 원문의 감정과 표현하고자 하는 사상에 제일 가까운 목표 언어(target language) 어휘를 선택해야 한다. 운문에는 비유도 많이 쓰인다. 특히 시인들이 당시의 심정에 따라 자신을 초목이나 동물로 비유하는 경우 매우 많다. 그리고 바람 불고 비가 내리는 것, 해 지거나 달이 가려지는 것, 새가 울고 꽃이 지는 것 등 자연 현상들에 시인이 자기의 마음대로 새로운 형상이나 지시 의미를 부여할 수 있고 자기의 속마음을 대변하게 한다. 이런 운문을 이해하는 것이 역자에게 주어진 큰 난관이다. 이로 인한 오역이 피할 수 없는 것이다. 운문 번역에는 許淵冲의 '三美'이론이 적용될 만 하다. 의미, 형식, 음운 세 가지 요소의 전달을 동시에 만족시킬 수 있으면 좋은 운문 번역이라고 할 수 있을 것이다.

제4장

속어와 쌍관의 번역

제1절 속어의 번역

俗語는 중국 언어학상 이미 하나의 특별한 언어체계가 되어 그 표현이 살아 있고 함축성이 있으며 짧지만 뜻은 완벽하다. 내용은 철학적이기도 하고 도덕적이기도 하며, 일상생활의 지혜 등이 담겨져 있다. 창조 과정은 주로 일반인에 의해 재련, 가공되어져 오랜 기간 전해져 내려온 것이다.[116]

'언어의 寶庫'라고 불리는『홍루몽』에는 다량의 속어가 사용되었는데 이를 통해 조설근이 당시 사람들의 언어문화와 생활 양상을 실감나게 보여줬고 인물들을 부각시키고 그들의 성격을 생생히 묘사하는 데에 큰 역할을 하였다.

『홍루몽』에 속어의 범위는 넓으며 그 수량은 매우 많다. 헐후어·성

---

116   최광순, 「『홍루몽』 숙어 연구」, 대구가톨릭대학교 중어중문학과 박사논문, 2013. 30쪽.

어·고인들의 시구를 속어의 범위에 포함된다.117 예로 성어 '月滿則 虧, 水滿則溢'나 두보의「前出塞」에서 "적을 잡으려면 반드시 먼저 왕 을 생포한다"(擒賊必先擒王), 또는 헐후어 "긴 진상대가 천리까지 이 어져도 끝나지 않는 잔치는 없다"(千里搭長棚─沒有不散的筵席) 등은 『홍루몽』 속에서는 모두 속어다.118 조설근이 사용한 속어는 비교적 광 범위한 개념으로 민간의 諺語, 成語, 格言, 古言, 歇后語 등을 응용하 여 사용하였다. 『홍루몽』에 나온 일부분 속어는 아래 〈표3〉과 같이 정 리했다.

〈표4〉 속어

번호	회	속어	의미
1	2	百足之蟲, 死而不僵	직역: 노래기는 죽어도 굳어지지 않는다.119 의역: 권세가 있던 사람이나 집단은 몰락 후에도 　　　여전히 위세와 영향력이 남아 있다.120
			예하: 백족지충은 죽어도 뻐드러지지 않는다. 청계: 왕지네는 죽어도 굳어지지 않는다. 나남: 다리 백 개 달린 벌레는 죽어도 꿈틀한다. 솔: 지네는 죽어도 굳어지지 않는다.
2	4	貴人多忘事	직역: 지위가 높은 사람은 건망증이 심하다. 의역: 건망증이 심하다.
			예하: 옛 고향을 잊으셨다.121 청계: 귀인들은 지나간 일을 곧잘 잊어버리신다. 나남: 귀하게 되신 분은 옛일을 많이 잊어버린다. 솔: 높으신 나리들은 (옛 친구를 잊는 일이) 　　　잦으시다.

117　高大民族文化研究所 中國語大辭典編纂室 編,『中韓大辭典』, 高麗大學校民族文化研究 所, 1995, 2419쪽.
　　　"歇後語: 숙어의 일종으로 앞뒤 두 부분으로 나뉘어져 있는데, 앞부분은 수수께끼 문제처럼 비유하고 뒷부분은 수수께끼 답안처럼 그 비유를 설명한다. 보통 뒷부분은 드러내지 않고 앞부분만으로 뜻을 나타내는데 앞뒤 부분 모두를 병렬할 수도 있다."
　　　예를 들어 '外甥打燈籠─照舊(舅)'는 표면적으로는 "생질이 삼촌을 위해 등불을 켜다"라는 의미이지만 舊와 舅는 동음이어서 실제로는 "여느 때와 같다"는 뜻이 된다.
　　　"긴 진상대가 천리까지 이어져도 끝나지 않는 잔치는 없다"(千里搭長棚─沒有不散的筵席) 에서는 앞부분은 부귀영화를 비유하고 뒷부분은 그것의 종말을 뜻한다.
118　馬經義,『中國紅學概論』上册, 四川大學出版社, 2008, 39쪽.

번호	회	속어	의미
3	6	朝廷還有三門子窮親戚	직역: 천자한테도 가난한 친척 세 집은 있다. 의역: 귀한 집에도 가난한 친척은 있다. 예하: 천자도 가난한 친척 세 집은 있다. 청계: 만승천자한테도 가난한 친척이 서너 집은 있다. 나남: 임금한테도 가난뱅이 친척이 세 집은 있다. 솔: 황제도 가난한 친척 집안이 셋이나 있다.
4	〃	侯門深似海	직역: 고관대작의 저택은 바다처럼 광대하고 경비가 삼엄해서 일반 백성이 출입하기 힘들다.[122] 의역: 잘 알던 사람이 지위 차이로 인하여 소원해지다. 예하: 대가집은 바다 같다. 청계: 궁전같이 뜨르르한 대갓집엘 드나들자면 용궁에 드나드는 것만큼이나 어렵다. 나남: 부잣집 안마당은 바다보다도 깊다. 솔: 귀족집안은 바다처럼 깊다.
5	〃	守多大碗兒吃多大的飯	직역: 주어진 그릇만큼 밥 담아야 한다. 의역: 가진 것만큼 먹고 살다. 예하: 생기는 대로 먹고 살다. 청계: 있으면 있는 대로 없으면 없는 대로 지내다. 나남: 큰 사발에 고봉밥 먹는 사람이 아니다. 솔: 가진 것만큼 먹고 살다.
6	〃	謀事在人成事在天	직역: 일의 계획은 사람이 하지만, 그 성패는 하늘에 달려 있다.[123] 의역: 진인사 대천명 예하: 일은 사람하기 나름이고, 생사여부는 하늘에 달려 있다. 청계: 일만 옳게 파고들면 하느님도 한몫 봐준다. 나남: 모사謀事는 사람이 하고 성사成事는 하늘에 달렸다. 솔: 일은 사람이 꾸며도 성사 여부는 하늘에 달렸다.
7	〃	與人方便, 自己方便	직역: 남에게 편리를 주면 그것이 자기에게 되돌아온다.[124] 의역: 인정은 베풀면 되돌아온다.[125] 예하: 남에게 베풀면 자기도 그 덕을 입다. 청계: 남한테 이로우면 자기한테도 이롭다. 나남: 남을 이롭게 하는 것은 자기를 이롭게 하는 것이다. 솔: 덕을 베풀면 자기한테도 이롭다.
8	〃	瘦死的駱駝比馬大	직역: 말라죽은 낙타도 말보다는 크다. 의역: 썩어도 준치. 부자는 망해도 삼년 먹을 것이

번호	회	속어	의미
			있다.126
			예하: 말라 죽은 약대라도 말보다는 크다.
			청계: 낙타는 여위어 죽어도 말보다는 크다.
			나남: 말라죽은 낙타도 말보다는 크다.
			솔: 굶어죽은 낙타라도 말보다 크다.
9	7	胳膊折了往袖子裡藏	직역: 팔이 부러지면 소매로 덮는다.
			의역: 팔은 안으로 굽는다.
			예하: 팔이 안으로 굽는다.
			청계: 곰배팔을 소매로 덮어준다.
			나남: 팔 부러지면 소매로 덮는다.
			솔: 팔은 안으로 굽는다.
10	〃	白刀子進去紅刀子出來	직역: 흰 칼이 들어갔다 붉은 칼이 나온다.
			의역: 목숨을 걸고 해 보다.
			예하: 내 칼에 피를 물들 줄 알라.
			청계: 칼부림이 날 줄 아오.
			나남: 붉은 칼이 들어갔다 허연 칼날 나온다.127
			솔: 칼로 확 쑤셔버릴 것이다.

속어의 사용이 소설의 현실성과 독자들과의 공감을 높였으며 소설에 생동감을 부여하였다. 가령 다른 나라이더라도 비슷한 지혜와 교훈을 담은 속어가 많을 것이다. 하지만 이럴수록 번역할 때 더 신경 써야 된다. 겉으로는 비슷하지만 따져보면 차이가 있는 사자성어나 속어도 종종 있기 때문이다.

〈표4〉에 제시한 바와 같이 중국의 속어는 직역을 해도 무관하지만, 깊이 숨어 있는 뜻을 밝히려면 의역을 하는 편이 더 낫다. 1번 '百足之

119　高大民族文化研究所 中國語大辭典編纂室 編, 앞의 사전, 56쪽.
120　高大民族文化研究所 中國語大辭典編纂室 編, 위의 사전, 56쪽.
121　번역문에는 대화 형식인데 여기서 속어를 번역한 부분만 빼냈다. 아래는 모두 같다.
122　高大民族文化研究所 中國語大辭典編纂室 編, 위의 사전, 883쪽.
123　高大民族文化研究所 中國語大辭典編纂室 編, 위의 사전, 1501쪽.
124　高大民族文化研究所 中國語大辭典編纂室 編, 위의 사전, 2716쪽.
125　高大民族文化研究所 中國語大辭典編纂室 編, 위의 사전, 2716쪽.
126　高大民族文化研究所 中國語大辭典編纂室 編, 위의 사전, 1994쪽.
127　나남본의 저본에는 '紅刀子進去白刀子出來'라고 되어 있는데 이는 취한 사람의 말버릇을 일부러 흉내 낸 것으로 추정된다.

蟲, 死而不僵'은 제2회에 나오는데 냉자흥이 가우촌에게 가부에 대해 이야기해줄 때 사용했다. 가부 주인들은 가문의 번성을 위한 일에는 아랑곳없이 오직 여색과 유흥에만 관심이 있다. 그래서 가부가 점점 쇠락해졌다. 하지만 워낙 기반이 튼튼했던 만큼 가부는 짧은 시간에 쉽게 무너지지는 않을 것이다. 이 속어는 "노래기는 죽어도 굳어지지 않는다"고 옮겨도 좋지만, 중국의 속어를 잘 모르는 외국 독자는 이 속어가 표현하고자 하는 의미를 파악하기 어려울 수 있다. 만약 중국 속어를 그대로 외국 독자에게 제시하려고 한다면 직역을 하되 각주를 달아주거나 "노래기는 죽어도 굳어지지 않듯이 부잣집은 망해도 위세가 남아 있다"처럼 직역과 의역을 결합하는 것도 시도할 만한 방법이다.

4번 '侯門深似海'는 제6회에 유모모의 사위 입에서 나왔다. 유모모의 딸과 사위가 형편이 좋지 않다고 한탄할 적에 유모모는 사위에게 가정의 부인 왕씨에게 가서 도움을 좀 받으라고 권했다. 유모모 사위의 부모님이 왕씨 집안과 친분이 좀 있었기 때문이다. 사위는 이 속어를 말하면서 가부에 가는 것을 꺼렸다. 하는 수 없이 유모모는 손자 판아를 데리고 가부를 찾아갔다. 이 속어를 직역하면 예하본처럼 "대갓집은 바다 같다"고 직역을 할 수 있는데 '바다'의 비유적인 의미나 왜 '바다' 같다고 하는지 이유는 알기 어렵다. 나남본과 솔본은 모두 이 속어를 '귀족 집안은 바다처럼 깊다'고 옮겨 귀족 집안과 바다의 공통점인 '深'을 전달했지만, 역시 귀족 집안에 대해 왜 '깊다'는 말을 썼는지, 그 이유를 밝히지는 않았다. 청계본은 "궁전같이 뜨르한 대갓집엘 드나들자면 용궁에 드나드는 것만큼이나 어렵다"고 번역해 이 속어의 의역을 시도했다. 하지만 이 속담은 사실 귀족의 저택 구조가 지나치게 복잡해서 드나들기 어렵다는 것만 이야기하는 것이 아니다. 주인과 신분 격차가 큰 일반인은 문지기부터 하인까지 몇 단계를 거쳐야 주인을 만날 수 있는데, 이 과정이 마치 육지에 사는 사람이 깊은 바다로 나아가는 일만큼이나 어렵다는 뜻이다. 또는 귀족 집안의 생활 습관과 규칙이 일반 백성과 다른 점이 많기 때문에 귀족 집안에 발을 들여놓으면 일거수일투족이 자유롭지 못하고 마치 온몸이 묶인 것 같다는 뜻이다. 이것도 인간이 바다로 들어갔을 때 느끼는 바와 유사하다. 그래서 이 속어에 대한 네 번역이 모두 부족한 면이 있다. 오히려 "대갓집에 드나드는 것은 깊은 바다로 들어가는 만큼 어렵다"고 옮기는 것이 더 타당할 것 같다. 5번 '守多大碗兒吃多大的飯'도 6회에 유모 사위가 한 말인데, 원래는 '가진 그릇만큼 먹어라'는 뜻으로 신분과 분수에 맞는 삶을 살자는 말이다. 예하, 나남, 솔본은 위 번역과 비슷하게 옮겼지만, 유독 청계본만 "있으면 있는 대로 없으면 없는 대로 지내다"로 옮겼다. 청계본의 번역은 원문의 의미에서 분명히 어긋나 있는데, 이 속어를 잘못 이해한 것으로 보인다.

제7회에 가부의 하인 중에 焦大라는 사람이 있는데 젊을 때 賈政의 할아버지를 구해준 적이 있어 가부에서 남보다 높은 영광을 누렸다. 하지만 焦大는 자만하여 주인의 분부를 듣지도 않고 매날 술만 퍼먹었다. 제7회에 진가경의 동생 秦鐘을 집으로 보내라고 집사가 焦大에게 시켰는데 焦大가 가기 싫어 술 취한 김에 한바탕 욕을 했다. 그러다 賈蓉이 참지 못해 焦大을 묶으라고 지시했더니 焦大가 賈蓉을 욕하면서 죽일 거라고 협박했다. 그리고서 가부에서 일어나는 불륜을 모두 털어냈다. 그 말들 중에 가부의 체면을 위해 그동안 쭉 감싸줬다고 한 이야기가 있다.

咱們'胳膊折了往袖子裏藏'！128

[예하]: 그래도 난 팔이 안으로 굽는다고 다 눈을 감아주었단 말이다!

[청계]: 그래도 내가 지금까지는 곰배팔을 소매로 덮어 주듯 잠자코 있
       었다. 원, 죽일 놈들 같으니!

[나남]: 우린 말이야 그래도 '팔 부러지면 소매로 덮는다'고 그렇게 덮어
       주었을 뿐이라고!

[솔]: 그래도 우린 '팔은 안으로 굽는다[胳膊折了往袖子裏藏].'고 다
       모른 척해줬단 말이다!

焦大는 젊었을 때 세운 공으로 술만 먹으며 자기 직무를 수행하지
않을 뿐만 아니라 가부의 어린 주인들까지 눈에 보이지 않았다. 가용
의 증조할아버지를 구한 은혜를 항상 입에 붙어 다녔다. 焦大에게는
제일 유력한 보호자가 바로 죽은 지 오래된 가용의 증조할아버지이다.
자기가 형벌을 받게 생겼으니 꺼낼 만한 사람이 太爺밖에 없다. 그래
도 효과 없으면 자기의 불만을 풀려고 궁한 쥐같이 가부의 불륜을 모
두 털어냈다. 焦大는 자기가 공이 높고 다른 하인보다 항렬이 위에 있
다고 하여 가용의 증조할아버지 대신하여 가부의 주인들까지 혼내도
된다고 착각을 하고 있다.

焦大가 말한 "咱們'胳膊折了往袖子裏藏'"에서의 '咱們'은 사실상 자
기의 주인들과 자신을 지칭하는 것이다. 자기가 가부와의 일체감을 돋
보이려고 한 말이다. '내가 모를 줄 알고'라는 말 뒤에 하여 자신이 알
면서도 가부의 명예과 주인들의 체면을 위해 이것을 모두 덮어줬다는

---

128 曹雪芹·高鶚 著, 中國藝術研究院紅樓夢研究所 校註, 앞의 책, 제7회, 76쪽.

뜻을 표현하였다. '胳膊折了往袖子裏藏'은 '팔이 부러졌더라도 남에게 흠집을 보이지 않도록 자기 스스로 소매로 덮는다'는 뜻이다. 예하본과 솔번역본이 이 말을 '팔은 안으로 굽는다'고 번역한 것이 원문과 의미적으로 상통하는 부분이 있으나 원문보다 의미의 강도가 약해져 예하본, 청계본과 솔번역본처럼 직역해도 한국 독자에게 의미 전달이 충분히 되니 굳이 한국 관용표현으로 바꾸지 않아도 된다.

또는 〈표3〉의 8번 '瘦死的駱駝比馬大'라는 속어에 대해 네 번역이 모두 원문 그대로 직역의 방식을 택했다. '썩어도 준치'와 같이 의역할 수도 있지만 직역을 해도 내용 이해에 지장을 주지 않을 경우에 직역하여 목표언어 독자에게 신선함을 주는 것도 나쁘지 않다. 속어가 한 나라 백성의 생활습관과 사고방식이 담겨있고 소설 인물에게 생동감을 부여하였다. 중국과 한국의 속어는 상통할 부분도 있지만 4 번역본이 약속이나 한 듯이 모두 직역을 했다. 의미 전달이 잘 되며 청나라 때 중국 백성의 언어 실태까지 잘 보여줄 수 있어서 직역의 방법을 선택한 것이다.

제2절 쌍관의 번역

쌍관현상은 해음쌍관과 語義雙關으로 구분된다. 해음쌍관은 말하고자 하는 의미는 숨기고 같은 음이나 비슷한 음의 단어를 빌려서 말하고자 하는 의미를 대신 전달하게 하는 표현 기법이며 어의쌍관은 의미의 연계를 이용하여 단순한 표면의 뜻 외에 숨겨져 있는 다른 뜻이 있다. 숨겨진 본래의 뜻이 한 단계 높게 전의되어 하고자 하는 말의 의미를 전달하는 표현기법이다.129

쌍관은 중국 전통의 수사방법으로 2천년 넘은 역사를 가지고 있다. 고대의 시사가부 및 소설에 쌍관 표현도 많이 보이는데 특히『홍루몽』에는 적형적인 쌍관이 집중적으로 나타나고 있다.『홍루몽』에는 해음 쌍관이 특히 많이 쓰였다. 인명, 지명에 쓰였을 뿐만 아니라 숙어, 수수께끼, 시사가부 등에도 종종 보인다.『홍루몽』은 쌍관을 이용해 인물의 이미지를 강화시키고 대화의 유머적이거나 풍자적인 특징을 한층 더 높인다. 우선 인명과 지명의 해음쌍관을 간단히 통계를 하면 다음과 같다.

〈표5〉 인명, 지명의 해음쌍관

인명, 지명	뜻
甄士隱 (zhen shiyin[130])	眞事隱 (zhen shi yin, 진실을 숨기다)
賈雨村 (jia yu cun)	假語存 (jia yu cun, 거짓을 남기다)
甄英蓮 (zhen yinglian)	眞應憐 (zhen ying lian, 정말 가련하다)
嬌杏 (jiao xing)	僥倖 (jiao xing, 운이 좋다)
元(yuan)(春), 迎(ying)(春), 探(tan)(春), 惜(xi)(春)	原應嘆息 (yuan ying tan xi, 탄식할 만하다)
馮淵 (feng yuan)	逢冤 (feng yuan, 억울함을 마주쳤다)
霍啓 (huo qi)	禍起 (huo qi, 재앙이 일어나다)
詹光 (zhan guang)	沾光 (zhan guang, 남의 덕을 보다)
單聘仁 (shan pin ren)	擅騙人 (shan pian ren, 사람 잘 속다)
卜固修 (bu gu xiu)	不顧羞 (bu gu xiu, 수치심이 없다)
卜世仁 (bu shi ren)	不是人 (bu shi ren, 사람 아니다)
仁淸巷 (ren qingxiang)	人情巷 (ren qing xiang, 정이 있는 골목)
葫蘆廟 (hu lu miao)	糊塗廟 (hu tu miao, 흐리멍덩한 절)

甄士隱은『홍루몽』첫 회에 제일 처음 등장하는 인물이다. 이 인물의 역할은 자신의 인생사를 통해『홍루몽』의 基調를 세우는 것이다.

---

129   최광순,『『홍루몽』숙어 연구』, 대구가톨릭대학교 중어중문학과 박사논문, 2013, 117쪽.
130   이는 앞 단어의 중국어 독음이다. 아래는 모두 같다.

姑蘇城에 사는 부자 진사은은 슬하에 영련이라는 딸 하나만 두었고 그녀를 매우 사랑했다. 뜻하지도 않게 정월 대보름 날 딸을 유괴당하고 화재가 나 집도 타버렸다. 살 곳이 없어진 진사은은 아내와 함께 장가에 가서 얹혀 살았는데, 설상가상으로 갖고 있던 돈조차 장인에게 속아 잃고 말았다. 재앙을 몇 번이나 겪은 진사은은 드디어 부귀영화가 무상하다는 것을 깨닫고는 도사와 승려를 따라 출가해버렸다. 그의 인생담에는 마치 『홍루몽』이 독자에게 전하고 싶은 사상이 담겨 있는 듯하다. 『홍루몽』은 첫 회를 시작할 때 "지은이는 꿈같은 일을 한 번 겪었는데 (이를 기록하려 할 때) 진실을 숨기고 '통령'의 이야기를 빌려 『석두기』라는 책을 썼기 때문에 이름을 진사은이라 지었다"고 밝히고 있다. 조설근은 이와 같이 이 인물에게 '甄士隱－眞事隱(사실을 감추다)'이라는 이름을 지어준 유래를 설명해놓았다.131

진실을 감추려면 당연히 허위의 언어로 독자에게 이야기를 전해야 하는데, "비록 내가 배운 것이 없고 글 솜씨는 형편없지만, 꾸며낸 속된 말로 이야기를 써내면 그 규중의 이야기가 세상에 전해져 마땅히 세상 사람을 즐겁게 하고 번민을 덜어주지 않겠는가? 그래서 '賈雨村－假語存'(거짓을 남기다)라고 했다." 조설근은 이처럼 첫 회에 설명하고 있다.132 제2회에 가우촌이 진사은의 장인 봉숙이 사는 동네의 지방관이 되어 자기한테 은혜를 베푼 진사은을 초대하려고 포졸을 보내었는데 봉숙이 이미 출가한 자기 사위를 찾는 것이 맞는지를 묻자 포

---

131 曹雪芹 · 高鶚 著, 中國藝術研究院紅樓夢研究所 校註, 앞의 책, 제1회, 1쪽.
"因曾歷過一番夢幻之後, 故將真事隱去, 而借'通靈'之說, 撰此《石頭記》一書也. 故曰'甄士隱'云云."

132 曹雪芹 · 高鶚 著, 中國藝術研究院紅樓夢研究所 校註, 앞의 책, 제1회, 1쪽.
"雖我未學, 下筆無文, 又何妨用假語村言, 敷演出一段故事來, 亦可使閨閣昭傳, 復可悅人 之目, 破人愁悶, 不亦宜乎?故曰'賈雨村'云云."

졸들이 이렇게 대답하였다.

"我們也不知什麼'真''假', 因太爺之命來問, 他既是你女婿, 便帶了你去親見太爺面稟, 省得亂跑。"[133]

[예하]: 진眞가고 가假가고간에 우린 알바가 아니오. 당신의 사위라니 우리와 같이 가서 태야태야님께 직접 여쭈면 될 것이오.

[청계]: 누가 진선생이건 그건 알바 아니오. 부사님의 영을 받고 주인 장을 찾아왔으니 진씨가 당신의 사위라면 지금 우리와 같이 가서 직접 부사님께 제세히 아뢰시오. 공연히 우리 걸음만 축내지 말고.

[나남]: "우린 누가 진짜고 가짜고 간에 알 바 없고, 사또 나리의 명을 받고 찾아 온 것일 뿐이오. 그 사람이 당신 사위였다니까 좌우지간 당신이라도 나리 앞에 데려가야겠소. 헛걸음할 수는 없는 일이잖소!"

[솔]: "우리도 무슨 '진짜[진]'인지 '가짜[가]'인지 하는 것은 모르겠고, 그저 사또 나리의 명령으로 왔을 뿐이네. 당신 사위가 진가라니 같이 가서 사또 나리께 아뢰어야겠네. 그러니 도망갈 생각일랑은 말게."

앞에 검토한대로 '진사은'과 '가우촌'이라는 이름은 각각 '진실은 숨기고', '거짓을 남기다'는 뜻에서 지은 이름들이다. 나졸들이 하는 말 "我們也不知什麼'真''假'"도 일부러 작가의 의도를 밝히는 것이다. 예하본, 나남본과 솔번역본은 모두 작가의 의도를 그대로 번역해 냈는데 청계본만 '진선생'이라고 번역했다. 청계본의 처리는 독자들의 이

---

133 曹雪芹 · 高鶚 著, 中國藝術研究院紅樓夢研究所 校註, 앞의 책, 제2회, 14쪽.

해를 도울 수 있지만 작가의 의도와 창작 기교를 독자에게 전달하지 못하였다.

『홍루몽』인명, 지명의 해음쌍관에 대해서 네 번역본이 보통 일반 인명, 지명으로 취급해 한자음+한자의 형식으로 했다. 『홍루몽』인명 번역하기에 David Hawkes의 번역이 참고할 만하다. 그는 쌍관 의미를 가지는 이름을 음역+각주 설명의 '법 외에는 '嬌杏'을 'Lucky', '霍啓'를 'Calamity'라고 번역해 음의 유사성을 포기하고 쌍관의 의미만 전달하기를 선택했다. 이처럼 David Hawkes의 번역은 독자가 중간에 연상하는 과정을 빼주고 독서의 리듬을 끊지 않으며 작가의 의도를 전달했기에 좋은 효과를 얻었다. 이와 같은 방법으로 한역하기가 탐색할 만하다고 본다. 한국은 중국처럼 두 글자나 세 글자로 된 이름이 많으며 모두에게 한자 이름이 익숙했기 때문에 David Hawkes의 방법을 사용해 번역하려면 영어 이름처럼 긴 단어를 선택할 수 없고 '嬌杏'을 '행운', '霍啓'를 '화근'이라고 번역하는 것처럼 두 글자나 세 글자의 명사만 선택할 수 있어 어려움을 겪게 되며 이렇게 이름 짓는 것이 동양의 함축적인 표현 방식과 어긋난 면이 있기도 하다.

『홍루몽』에는 인명, 지명뿐만 아니라 해음쌍관이 들어있는 숙어와 수수께끼도 많다.

人家給個棒槌, 我就認作'針'[134]

[예하]: 남들이 망치를 들이대도 전 바늘처럼 여기고······

[청계]: 남이 주는 방망이도 바늘로만 알거든요.

---

[134] 曹雪芹 · 高鶚 著, 中國藝術研究院紅樓夢研究所 校註, 앞의 책, 제16회, 135쪽.

[나남]: 남들이 저한테 몽둥이를 주면 저는 그걸 바늘이라고 생각하지요.

[솔]: 남들한테 몽둥이를 맞아도 '침'이나 한 대 맞은 정도로 여겼지요.

[중]: 남이 방망이를 주면서 이것이 '바늘'이라고 해도 나는 그 말을
진실로 믿지요.

이 말은 왕희봉이 자기의 성격이 고지식하고 남을 잘 믿기를 돋보
이기 위해 덧붙인 말이다. 여기는 바늘 '針'자와 진실 '眞'자 한자 발음
이 같음을 이용한 해음雙關이다. 위에 제시한 네 번역 중에 솔본은 남
들한테 방망이를 받는 것을 '몽둥이를 맞다'고 잘못 이해했다. 다른 세
번역본은 표면적인 의미를 번역했지만 해음雙關의 숨긴 의미를 전달
하지 못해 독자들은 이 말을 제대로 이해 못할 수 있다. 이런 경우면
직역 말고 의역의 방법이 더 적합할 것이다.

宋徽宗的鷹, 趙子昂的馬, 都是好畵兒[135]

[예하]: '좋은 말'은 무슨 '좋은 말'?

[청계]: 뭐가 굉장한 이야기라는 거야? 휘종황제(徽宗皇帝)의 매더냐,
조자앙(趙子昂)의 말이더냐?

[나남]: 도대체 뭐가 좋은 얘기話라는 거야! 송나라 휘종徽宗이 그린
매야, 조맹부趙孟頫가 그린 말이야? 그런 것이 정말로 좋은 그
림畵이라고 할 수 있지.

---

135 曹雪芹 · 高鶚 著, 中國藝術硏究院紅樓夢硏究所 校註, 위의 책, 제46회, 398쪽.

[솔]: 퍽이나 '좋은 얘기'겠다! 송나라 휘종徽宗의 매 그림이나 조맹
부趙孟頫의 말 그림이야 다 좋은 그림이지.

이 말은 그림 '畵'와 말 '話'가 발음이 같다는 점을 이용해 이루어진
해음쌍관이다. 한국어는 표음문자이며 중국어는 표의문자이기 때문에
한국어로 중국의 해음쌍관을 전달하기가 여간 어려운 일이 아니다. 여
기서는 4가지 번역이 모두 의역을 선택했으며 청계, 나남과 솔본은 원
문에 나온 그림 이야기까지 전달하기 위해 添譯까지 했다. 그리고 나
남본은 각주에, 솔본은 미주에 해음쌍관의 수사법을 설명했지만 '얘기'
와 '그림'은 한국어에서 연관시키기 어려워 쌍관의 묘미를 전혀 느끼지
못할 뿐만 아니라 오히려 독자들을 혼란케 할 수 있다. 이런 경우에는
예하본처럼 쌍관을 포기하여 단순히 화자가 표현하고자 하는 의미만
전달해도 괜찮다고 본다.

猴子身輕站樹梢-打一果名[136]

[예하]: "원숭이가 몸이 가벼워 나무 우듬지에 오똑 서 있다. 자, 과실
이름을 대게."

[청계]: 원숭이는 몸이 날래서 나무 끝에 달랑 서 있네
(과일 가운데 하나임)

[나남]: 가모는 곧 '과일이름 알아맞히기'의 수수께끼 문제를 냈다.
원숭이는 몸도 가볍게 나무 끝에 서 있네.

[솔]: 원숭이가 몸이 가벼워 나무 꼭대기에 서 있다.
"자, 이게 의미하는 과일 이름을 대보게."

---

[136] 曹雪芹·高鶚 著, 中國藝術研究院紅樓夢研究所 校註, 위의 책, 제22회, 196쪽.

이 수수께끼는 가모가 아들 가정에게 낸 것이다. 원숭이가 나무 꼭대기에 서있으면 '立枝'하는 것이니까 과일 '荔枝'와 발음이 똑같다. 해음 수사법을 이용한 수수께끼를 외국어로 번역하려니까 음을 포기하고 뜻만 옮기고 주석을 달아 설명하는 것이 일반적인 방법이다. 위에 제시한 네 번역이 바로 이렇게 했다.

David Hawkes는 이 방법을 선택하지 않고 이 수수께끼를 "The monkey's tail reaches from tree-top to ground"로 변조를 했다. 그러면 답이 'long one-long an' (고대 영어에 'one'과 'an'은 같은 단어로 쓰임)이 된다.[137] 'long an', 즉 龍眼은 여지와 같이 중국 방에 출산된 달고 과육이 말랑한 과일이다. David Hawkes의 번역은 해음쌍관의 음과 의미를 동시에 전달한 훌륭한 예라고 할 수 있다.

어의쌍관의 번역이 해음쌍관 못지않게 어려움이 많다. 어의쌍관 때문에 원문은 짧은 문구로 두 가지 의미를 동시에 표현할 수 있게 된다. 하지만 두 가지 의미를 제대로 전달하려면 번역문이 길어지기 마련이다. 『홍루몽』에 '多姑娘'라는 여자가 나오는데 그녀의 이름이 바로 어의쌍관의 전형적인 예다.

多姑娘

[예하]: 다색시

[청계]: 모둠여편네

[나남]: 너도 나도 재미 보는 기생

---

137   黎志萍,「霍譯『紅樓夢』中雙關語的等效翻譯探析」,『蘭州教育學院學報』, 제10집, 2017, 142쪽.

[솔]: 예비 아가씨

多姑娘은 가부 하인의 아내인데 남편의 성이 '多'이라 사람들이 그녀보고 '多姑娘'라고 부르기도 하지만 또 한 층의 뜻은 그녀와 간통하는 사람이 많다는 뜻이다. 왕희봉의 딸 巧姐가 마마를 걸리자 희봉이 딸을 간호하기 위해 12일 동안 자기 침실에 안 들어갔다. 가련은 이 틈을 타 多姑娘과 엮이게 되었다. 多姑娘는 지칭어이자 호칭어이다. 지칭어이면 좀 길어도 상관없지만 호칭어가 길면 우리의 언어 습관에 어긋나다. '多姑娘'을 부르기 편하고 숨겨있는 뜻까지 전달해야 되는데 예하본의 번역이 이를 충분히 해냈다고 본다. '다색시'라는 짧은 단어로 입에 오르기 쉬우며 '모두에게의 색시'라는 뜻도 함께 담겨있어 작가의 의도를 잘 표현했다. 다른 세 번역이 지칭으로는 괜찮지만 호칭으로는 어색해 적합한 번역이 되지 못했다.

쌍관의 번역 특히 해음쌍관의 번역은 유난히 어렵다고 할 수 있다. 의미의 전달은 쉬워도 한국어의 동음이의어를 사용해 쌍관을 번역하기가 거의 불가능하기 때문이다. 이러한 경우에는 주석을 통해 부연 설명할 필요가 있으며 소리보다 의미의 전달을 우선으로 해야 한다.

제5장

문화 요소에 대한 번역

소설은 작가의 상상력을 통해 탄생한 또 하나의 세계로 소설에서는 작가가 속한 사회와 문화, 그리고 언어의 특징이 배어난다. 소설 속에 자연스럽게 녹아있는 모든 사회 문화적 배경과 원천 텍스트에 드러나는 그 언어적 특징은 '문화 요소(cultural elements)'의 개념을 통해 이해할 수 있다.[138] 번역은 언어 간의 전환일 뿐만 아니라 문화교류에도 중요한 역할을 담당하고 있다. 이근희(2005)는 문화 요소를 출발언어를 사용하는 사회 공동체의 역사, 사회, 정치 경제, 언어, 관습을 둘러싼 고유하거나 특정 문화에서 비롯되는 어휘라고 정의 내렸다. 『홍루몽』이 중국문화의 백과전서로 불릴 만큼 중국 문화를 여러 면으로 반영했다. 일상생활에 인간에게 제일 필요한 세 가지 요소는 바로

---

138   朱玉, 「『홍루몽』 문화요소에 대한 한일 번역 양상 연구」, 『중국어문논총』, 제91집, 2019, 159쪽.

'衣, 食, 住'다. 가부에 사는『홍루몽』의 주인공들이 누리는 영화부귀도 역시 이 세 가지 면에서 잘 볼 수 있다. 본서는 일상생활과 매우 가까운 관계를 하고 있는 음식, 복식, 器物, 건축물 등 면에서 각 유형의 문화 요소에 대한 번역 양상을 구체적으로 살펴보고자 한다.

제1절 음식의 번역

중국은 음식의 대국이라 할 수 있다. 음식은 으레 삶에 제일 중요한 부분을 차지하고 있고 오래전부터 '民以食爲天'이라는 말도 있다. 『홍루몽』에 언급한 음식은 180여 가지가 있으며 전 80회에 거의 회마다 음식에 관한 묘사가 있다. 조설근이 음식에 대한 묘사를 통해 조씨 집안의 사치함과 부유함을 나타냈다. 가부의 주인들이 연와, 인삼 등 귀중한 食材를 매일 먹을 수 있을 뿐만 아니라 쌀도 御米만 먹는다. 닭, 오리, 거위, 양, 돼지, 소, 메추라기, 생선, 죽순, 버섯 등은 수시로 먹을 수 있고 계절에 따라 사슴, 꽃게 등도 먹을 수 있다. 가부에서 꽃게 잔치를 열었는데 한 번 쓴 돈이 유모모 집 모든 식구의 1년 생활비와 같다고 한다. 가부 하인의 음식도 일반 백성보다 더 좋다. 쌀은 백미를 먹고 계란, 고기 등 달라고 하는 대로 준다. 가부에 사는 식구는 천 명 정도 되는데 음식에 쓰는 돈이 만만치 않을 것이다.[139] 53회에 農庄 관리자가 수확을 바치러 올라왔는데 그 물품목록이 아래와 같다.

큰사슴 30마리, 노루 50마리, 고라니 50마리, 태국 돼지 20마리, 삶

---

[139] 曹雪芹·高鶚 著, 中國藝術研究院紅樓夢研究所 校註, 앞의 책, 제52회, 459쪽. "家裡上千的人…"

은 돼지 20마리, 긴 털 돼지 20마리, 멧돼지 20마리, 절인 돼지 20마리, 산양 20마리, 영양 20마리, 영양 20마리, 삶은 양 20마리, 말린 양 20마리, 심황어 2마리, 각종 잡어 200근, 산 닭과 오리와 거위 각각 200마리, 말린 닭과 오리와 거위 각각 200마리, 꿩과 토끼 각각 200쌍, 곰발바닥 20쌍, 사슴 힘줄 20근, 해삼 50근, 사슴 혓바닥 50개, 소 혓바닥 50개, 말린 가리맛 20근, 개암과 잣과 호두와 은행 각각 2포대, 참새우 50쌍, 마른 새우 200근, 은상연탄 최고급으로 1,000근,[140] 중급으로 2,000근, 숯 3,000근, 어전연지미 2섬, 푸른 찹쌀 50곡, 흰 찹쌀 50곡, 멥쌀 50곡, 잡곡 각각 50곡, 하등품 보통미 1,000섬, 각종 건채 1수레, 그밖에 양곡과 가축판매 대금으로 은 2,500냥.[141] [142]

가부의 주요 수입은 토지에서 나온다. 녕국부가 소유하는 농장이 여덟아홉 개가 있는데 위에 제시한 것은 한 농장만이 바친 것이다. 이 물품들을 바치느라 길에 소용되는 시간이 한 달 이상이다. 바친 물품 중에 각종 식재료가 제일 많다. 곰 발다닥, 사슴, 노루, 고라니, 꿩, 해삼, 심황어 등 산해진미가 있을 뿐만 아니라 가축, 쌀과 은전도 있다. 그래도 가진은 수입이 너무 적다고 짜증을 냈다. 영국부는 녕국부보다 토지가 몇 배 더 많고 수입도 더 많다.

이 물품목록에 대한 번역은 서로 다른 양상이 보이기도 한다. 여기 나온 暹豬, 湯豬, 龍豬 등 전유명사에 대해 나남본과 청계본은 의역을

140 銀霜炭은 또 銀骨炭이라고도 불리는데 겉면이 회백색을 띠어 서리 맞은 것 같아 이런 이름을 얻었다.

141 曹雪芹·高鶚 著, 中國藝術研究院紅樓夢研究所 校註, 앞의 책, 제53회, 463쪽.
"大鹿三十只, 獐子五十只, 狍子五十只, 暹豬二十個, 湯豬二十個, 龍豬二十個, 野豬二十個, 家臘豬二十個, 野羊二十個, 青羊二十個, 家湯羊二十個, 家風羊二十個, 鱘鰉魚二個, 各色雜魚二百斤, 活雞,鴨,鵝各二百只, 風雞,鴨,鵝二百只, 野雞,兔子各二百對, 熊掌二十對, 鹿筋二十斤, 海參五十斤, 鹿舌五十條, 牛舌五十條, 蟶乾二十斤, 榛,松,桃,杏穰各二口袋, 大對蝦五十對, 乾蝦二百斤, 銀霜炭上等選用一千斤, 中等二千斤, 柴炭三萬斤, 御田胭脂米二石, 碧糯五十斛, 白糯五十斛, 粉粳五十斛, 雜色粱穀各五十斛, 下用常米一千石, 各色乾菜一車, 外賣粱穀,牲口各項之銀共折銀二千五百兩."

142 조설근·고악 지음/최용철·고민희 옮김, 『홍루몽』, 나남출판사, 2009, 313쪽.

하여 글의 가독성을 높이는 반면 예하본은 '샴돼지, 탕저, 용저'와 같이 직역했으며 별다른 주석도 없었다. 솔본도 똑같이 번역을 했지만 미주에 설명을 하여 이국성을 돋보이면서 독서의 어려움을 줄였다. 목록에 鱘鰉魚도 나오는데 이는 몸통 길이가 3~5 미터가 되는 큰 물고기이며 진귀한 식재료다. 예하본은 1974년 인민문학출판사가 간행한 程乙本『홍루몽』을 저본으로 했기 때문에 원문에 따라 '심황어 이백 마리'라고 옮겼는데 나머지 세 번역본은 모두 '심황어 2 마리'로 옮겼다. 이는 판본 차이로 인한 번역 차이지만 심황어의 크기를 생각하면 아무래도 '2 마리'가 현실과 더 부합할 것이다.

가부에서는 신분에 따라 음식의 份例가 다르다. 신분이 제일 높은 가모는 제일 귀한 음식을 먹고 아래 왕부인, 부인 등은 그 다음이며 가보옥과 아가씨들은 또 그 다음이다. 하인들도 등급에 따라 음식이 다르다. 그리고 가부 사람들이 음식의 조화를 매우 중요시하며 신분, 나이, 건강 상태, 개인 취향 등에 따라 다른 음식을 준비해준다. 49회에 가보옥이 가모와 같이 식사하게 됐는데 가보옥이 너무 배고파 새삼 음식을 재촉했다. 하지만 첫 번째 나온 음식은 우유에 태어나지 않은 새끼 양을 찐 것이다. 가모는 바로 "이것은 햇빛을 미처 보지도 못한 것이라 우리 늙은이한테는 약이지만 너희들은 먹으면 안 된다."라고 하여 가보옥과 손녀들이 이 요리를 먹는 것을 말렸다.

頭一樣菜便是牛乳蒸羊羔[143]

[예하]: 맨 먼저 들어온 것은 우유로 양의 태를 찐 것이었다.

143 曹雪芹 · 高鶚 著, 위의 책, 제49회, 425쪽.

[청계]: 맨 처음 나온 음식은 우유에다 <u>양의 태</u>를 넣어서 찐 것이었다.

[나남]: 처음 나온 요리는 우유를 넣어 찐 <u>양의 태반</u>이었다.

[솔]: 맨 처음 나온 요리는 바로 아직 <u>태어나지 않은 새끼 양</u>을 우유
에 찐 것이었다.

가모만 먹는 이 요리에 대해서 두 가지 번역이 있다. 하나는 '양의
태(반)', 하나는 '아직 태어나지 않은 새끼 양'이다. 만약에 양의 태반
이면 '羊羔'라고 한 것이 이상할 것이다. 그리고 가모가 입는 옷 중에
'珍珠毛'로 만든 저고리가 있는데 이것은 바로 아직 태어나지 않은 새
끼 양의 털가죽으로 만든 것이다.144 가죽으로 옷을 만들고 고기는 요
리로 만든 것이다.

가부 주인공들이 차를 마시는 것도 보통 사람과 다르다. 식사 후에
차로 입을 가셔야 할 뿐만 아니라 나이, 체질, 취향 등에 따라 차도
다른 것을 마신다. 찻물 색깔이 가을 단풍과 같아서 이름 얻은 '楓露
茶', 나이 많은 가모가 즐겨마시는 '老君眉',145 安徽省 六安 지역에서
나온 '六安茶', 여성에게 걸맞은 '女兒茶' 등이 있다. 『홍루몽』에 언급
한 차는 8가지이며 차를 끓이는 물은 두 가지를 언급했다. 41회에 가
모가 가보옥, 임대옥, 설보채 등을 데리고 유모모에게 대관원을 구경
시키다가   묘옥이 사는 용취암에 가서 차 좀 끓여달라고 했다. 묘옥
이 신분에 따라 가모와 유모모에게 각각 등급이 다른 찻잔으로 차를
담아 올렸다. 마시기 전에 가모가 무슨 물로 끓였느냐 묻는데 묘옥이

---

144 새끼 양 가죽의 털이 곱슬곱슬하여 마치 진주처럼 보이는 데서 이름 얻었다. 또 '一 斗珠'라고
    한다.
145 洞庭湖의 君山에서 나는 차로, 향기가 고아하고 맛이 진하며 모양이 긴 눈썹 같아서
    '노군미'라고 부른다.

작년에 받아둔 빗물이라고 대답했다. 가모와 유모모가 차를 마시는 동안에 묘옥이 슬며시 가보옥, 임대옥과 설보채를 자기의 방으로 불러와 특별히 좋은 차를 끓여준다. 가보옥이 마시더니 과연 '차 맛이 비할 데 없이 산뜻해서 칭찬을 그치지 않았다.' 임대옥이 이 차도 작년의 빗물로 끓인 줄 알았는데 묘옥에게서 차가운 말을 들었다. 이 물이 바로 梅花雪이다.

陸羽가 『茶經』에서 "차를 끓이는 물은 산에서의 물이 제일 좋고 강물이 그 다음이며 우물의 물이 제일 낮다"고 하여 차를 끓이는 물에 대해 검토한 바가 있다.[146] 또는 명나라 許次紓가 쓴 『茶疏』에 차는 좋은 물을 빌어야 향을 충분히 발산할 수 있다고 했다.[147] 산수, 강수 외에 고대 사람들이 비와 눈이 하늘에서 내린 것이니 땅에 흐르는 물보다 더욱 깨끗하다고 보고 빗물과 눈을 차를 끓이는 제일 좋은 물이라고 여긴다. 특히 매화에 쌓인 눈은 매화의 향기가 품겨있어 차를 끓이면 차향에 매화의 향기를 더할 수 있어 묘옥이 항상 아껴 쓴다. 앞서 검토했듯이 예하본과 청계본은 판본이 달라 매화설이 회목에 나오지 않았고 나남본과 솔본은 매화설을 매화차나 '눈 같은 매화가 피다'고 옮겼는데 이것이 또한 중국 차 문화에 대한 이해 부족으로 일으킨 오역이다.

제2절 복식에 대한 번역

중국문화의 백과전서로 불릴 만큼 『홍루몽』은 당시 사회의 여러 면

---

146 陸羽(唐) 著, 『茶經』, 哈爾濱: 黑龍江美術出版社, 2017, 158쪽.
　　　　五之煮: "其水, 用山水上, 江水中, 井水下."
147 許次紓(明) 著, 『茶疏』擇水: "精茗蘊香, 借水而發, 無水不可與論茶也."

을 보여주고 있으며, 특히 저자가 겪은 귀족생활이 묘사되어 있다. 이러한 기록은 보기 드문 것이다. 『홍루몽』은 청나라 귀족 생활의 소중한 기록이라고 할 수 있다. 『홍루몽』이 중국 문화의 백과전서로 불리는 이유는 주인공의 삶에 둘러싼 모든 세부적인 양상까지 묘사했기 때문이다. 예를 들어 입고 있는 옷, 쓰고 있는 장신구, 먹는 음식 등 일상적인 것이다. 복식도 정치의 영향을 많이 받는다. 만주족의 복식은 말타고 화살 쏘기 편리하게끔 명나라 때의 복장과 달리 소매가 좁고 옷이 짧다. 청나라 통치자가 권력을 강화하기 위해 剃髮令을 반포하고 복장까지 만족복장으로 바꾸라고 했다. 하지만 이 법령은 여성에게는 실행하지 않았다. 복식의 변화도 일방적인 것이 아니라 서로 영향을 주는 것이 특징이다. 청나라 통치자들이 무력으로 정권을 잡았지만 중원의 문화에 동경하는 마음을 품고 있다. 귀족들이 특히 경제와 문화가 높은 수준에 달하는 강남 지역의 생활을 동경해 강남지역 사람들이 입는 옷, 쓰는 기구를 많이 가져와 쓴다. 황제와 귀족들의 이런 요구를 충족하기 위해 강녕직조라는 부문을 설치해 강남지역에서 방직물, 도자기, 차, 공예품 등을 북경으로 운송하게 했다. 조설근의 집안이 몇 십 년 동안 강녕직조를 도맡아 관리했기 때문에 당시 귀족들이 즐겨 입는 옷과 쓰는 기물을 잘 안다.

『홍루몽』에 400여명의 인물이 나와 있는데[148] 대부분 인물의 복식에 대해서는 언급하지 않았다. 단 왕희봉, 가보옥, 임대옥, 설보채 등 주인공의 복식을 자세하게 묘사한 적이 있다. 이는 복식이 몸을 감싸는 실용적인 역할만 있는 것이 아니라 그 사람의 지위, 성격, 경제 상황 등을 충분히 나타내기 때문이다. 복식은 服과 飾을 통틀어 이야기

---

148 啟功 著, 『啟功給你講紅樓』, 中華書局, 2006, 8쪽.

하는 말이다. 복은 윗몸에 입는 衣와 아래 몸에 입는 裳, 그리고 모자, 신발, 양말 등을 지칭한다. 식은 머리 장식과 몸에 차는 반지, 귀걸이, 팔찌, 목걸이, 金鎖, 念珠 및 香囊, 扇墜, 玉佩, 손수건 등을 가리킨다. 그 외에 의상에 넣은 자수, 주름, 加緝 등이 역시 장식에 속한다.[149]

『紅樓夢』속 복식의 귀중함이 주로 고급스럽고 품종이 다양한 옷감, 정교하고 복잡한 공예, 보기 드물고 종류가 많은 장식물, 그리고 다양하고 사계절이 분명하게 구분되는 복식의 양식 등으로 나타난다. 복식의 옷감만으로도 가부의 사치함을 충분히 나타낼 수 있다. 가부 주인들이 입는 옷은 각종 비단, 각종 여우 가죽, 공작 털, 담비 가죽 등 귀중한 옷감으로 만든다. 공예도 매우 번거롭고 어렵다. 가보옥이 입은 공작 털 피풍에 구멍이 났는데 그 많은 하인들 중에 청문 하나만 꿰맬 줄 안다.

가보옥이 가부 모든 사람의 총애를 한 몸으로 받을 만큼 그 조설근이 가보옥의 복식에 筆墨을 아끼지 않았다. 그의 복식은 매우 화려하며 온갖 귀중한 장식품들을 몸에 차다.『紅樓夢』제3회에 가보옥이 외출하다 들어왔는데 임대옥과 처음 만났다. 소설의 매우 중요한 장면이며 가보옥과 임대옥 두 사람 간의 첫 만남이니 조설근이 가보옥의 복식 및 생김새를 자세하게 묘사했다. 가보옥이 임대옥과 처음 만날 때 입는 옷은 밖에서 입는 禮服이다.

頭上戴著①束髮嵌寶紫金冠, 齊眉勒著二龍搶珠金抹額; 穿一件二色金百蝶穿花大紅②箭袖, 束著五彩絲攢花結長穗宮條, 外罩③石

---

149 加緝은 옷 따위의 가장자리를 다른 헝겊으로 가늘게 싸서 돌린 선이다.

青起花八團倭緞排穗褂；登著青緞粉底小朝靴. 面若中秋之月，色
如春曉之花，鬢若刀裁，眉如墨畫，面如桃瓣，目若秋波. 雖怒時
而若笑，即瞋視而有情. 項上金螭瓔珞，又有一根五色絲條，繫著
一塊美玉.[150]

[예하]: 머리에는 ①속발감보束髮嵌寶의 자금관紫金冠을 쓰고 이마에
　　　는 두 마리 용이 여의주를 갖고 노는 장식을 단 머리띠를 눈썹
　　　까지 내려둘렀고, 붉은 바탕에 짙고 옅은 두 가지 금실로 백접
　　　도百蝶圖를 수놓은 ②소매 좁은 저고리를 입고, 오색실로 꽃모
　　　양을 수놓고 거기에 긴 술이 달린 궁초허리띠를 두르고, 겉에
　　　는 ③곤색바탕에 여덟 개의 동그라미가 수놓여 있는 비단에 술
　　　이 달린 웃옷을 걸치고, 검정비단에 하얀 바닥의 의례용 신을
　　　신고 있었다. 얼굴은 추석 달 같고 낯빛은 봄새벽에 피는 꽃 같
　　　고 수염은 칼로 벤 듯, 눈썹은 먹으로 그린 듯, 코는 담낭담낭
　　　같고 눈동자는 가을 물결 같으며 화를 내도 웃는 듯하고 눈을
　　　부릅떠도 정이 넘쳐흐를 것만 같았다. 목에는 뿔없는 용을 아
　　　로새긴 금목걸이와 오색 비단실로 매단 아름다운 옥 하나를 걸
　　　고 있었다.

[청계]: 머리에는 ①속발 위에 보석을 상감한 자금관(紫金冠)을 쓰고
　　　이마에는 용 두 마리가 구슬을 서로 빼앗고 있는 그림을 새긴
　　　황금빛 머리띠를 동여매고 있었다. 그리고 붉은 바탕에 진한
　　　금실과 연한 금실로 꽃밭에서 노니는 나비들을 수놓은 ②소매
　　　가 좁은 비단 도포를 입었는데, 오색실로 꽃모양을 엮은 술이
　　　달린 허리띠로 허리를 가뿐히 동이고 그 위에 ③석청색 바탕
　　　에 여덟 개의 동그란 무늬가 있는 일본 비단에 술을 드리운
　　　마고자를 입고 있었다. 발에는 흰 바닥을 댄 검정 비단 장화를
　　　신었다.
　　　얼굴은 팔월 보름달 같고 살결은 봄날 새벽녘에 피는 꽃과 같

150　曺雪芹·高鶚 著, 中國藝術研究院紅樓夢研究所 校註, 앞의 책, 제3회, 31쪽.

고 귀밑머리는 칼로 살짝 도려낸 것 같고 눈썹은 먹으로 그린
것 같고 볼은 복숭아꽃잎 같고 눈동자는 가을날의 호수 같았
다. 성낼 때도 웃는 듯하고 눈을 부릅뜰 때도 인정이 넘쳐흘
렀다. 또 목에는 금룡을 새긴 목걸이와 오색의 술에 옥돌을
매달아 차고 있었다.

[나남]: 머리에는 ①상투를 묶어 칠보로 상감한 자색 금관을 쓰고, 눈
썹 위로 두 마리 용이 여의주를 희롱 하는 모양으로 이마띠
를 둘렀으며, 백 마리의 나비가 꽃밭을 나는 그림이 두 가지
금실로 수놓인 붉고 ②소매가 좁은 긴 저고리를 입었다. 허리
엔 오색 꽃모양 매듭이 달린 수술이 긴 허리띠를 매고, 겉에는
③올록볼록 여덟 송이 둥근 꽃을 새기고 끝단에 채색 술을 단
왜단(倭緞) 석청색 마고자를 걸쳤으며, 발에는 하얗고 두꺼운
바닥에 검은 비단으로 만든 신발을 신고 있었다.
얼굴 모습은 가을밤 둥근 달과 같고 얼굴빛은 봄 새벽의 이슬
머금은 꽃잎 같으며 귀밑머리는 칼로 자른 듯하고 눈썹은 먹
으로 그린 듯하며 얼굴은 봉숭아 꽃술이요 눈빛은 가을 물결
이라, 성을 내도 웃는 듯하고 눈을 부릅떠도 정이 넘치는 듯하
였으며, 목에는 금빛 교룡의 작은 구슬 꿴 영락을 걸고, 또 오
색영롱한 색실 끈에는 아름다운 구슬이 하나 달려있었다.

[솔]: 머리에는 ①옥을 박아 넣은 자금관(紫金冠)을 쓰고
이마에는 두 마리 용이 여의주를 두고 다투는 모습을 장식한
두건을 둘렀구나.
꽃밭에서 노니는 수많은 나비를 금실로 수놓은 붉은 ②전의(箭
袖)를 입고
오색 실로 꽃무늬를 장식하고 매듭에 긴 술이 달린 허리띠를
매고
③여덟 개의 짙푸른 꽃무늬를 수놓고 아랫단에 일본 비단으로
술을 단 마고자〔褂〕를 걸치고
검푸른 비단에 바닥 희고 통 높은 작은 가죽 장화(朝靴)를 신었

구나.

중추절 보름달 같은 얼굴에

봄날 새벽 꽃 같은 안색

칼로 벤 듯한 귀밑머리에

먹으로 그린 듯한 눈썹

복사꽃 같은 볼

가을 호수 같은 눈동자

화를 낼 때도 웃는 듯하고

성이 나 노려봐도 정이 넘치는구나.

뿔 없는 규룡으로 장식한 황금 영락瓔珞을 단 목걸이를 걸고

오색 비단실을 꼬아 만든 끈에

아름다운 옥을 매달아 걸었구나.

①'束髮嵌寶紫金冠'는 머리를 묶는 보석을 상감한 관인데 예하본은 한자어 '독음+한자'의 형식으로 표기했는데 ①'束髮嵌寶' 같은 어려운 어휘조차 해석이 없어 현재 독자에게 안겨준 어려움이 적지 않을 것이다. 이는 예하본이 처음 대상으로 삼은 독자군이 중국에 사는 조선족이었던 데다, 당시 한국의 독자는 한자를 비교적 잘 아는 세대였기 때문이다. 청계본은 북한의 독자들을 대상으로 삼았기 때문에 속발감보 같은 어려운 단어를 "속발 위에 보석을 상감한"처럼 풀어서 번역하고 紫金冠처럼 비교적 이해하기 쉬운 어휘는 한자만 병열하고 다른 설명은 없었다.[151] 그리고 耳房(본채에 붙여 지은 방)과 같은 형식으로 괄호 안에 한자와 어휘의 뜻까지 설명해 독자의 이해에 도움 주었다. 문장의 흐름을 끊길 단점이 있겠지만 문장 이해에 큰 도움 줬다. 나남본

---

151 조설근·고악(저)/안의운·김광렬(역), 대돈방 그림, 『홍루몽』, 청계출판사, 2007, 11쪽. "당시 중국은 한국과 미수교 상태였기 때문에 조선어판 『홍루몽』의 발행 대상은 물론 북한이었다. 따라서 번역에서도 북한 말투가 표준어로 사용되었다."

은 독자의 이해를 돕기 위해 속발과 감보를 모두 한국어로 풀어서 옮겼다. 관에 상감할 수 있는 보석은 여러 가지가 있으며 옥도 물론 포함된다. 하지만 솔본처럼 보석을 단지 '옥'으로 번역하면 사실 그 범위를 줄인 셈이다. 청계와 나남본처럼 '칠보'나 '보석'으로 옮기는 것이 더 정확하다.

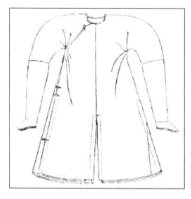 

그림1 袍子[152]　　　　　　그림2 綠地喜相逢八團粧花緞棉袍[153]

②箭袖는 물론 좁은 소매가 있는 옷의 代稱이다. 화살 쏠 때 소매가 넓으면 불편하기 때문에 이런 옷을 입게 된다. 또는 겨울에 화살 쏘면 손이 시리니까 소매 끝을 길게 만들어 손등까지 덮어주게 한다. 그 모양이 바로〈그림1〉과 〈그림2〉의 소매와 같다. 청나라 때 이런 도포가 예복이 되었다. 솔본은 紫金冠과 箭袖 같은 고유명사의 기원, 모양, 쓰임새 등에 대해 따로 부록을 편집해 독자에게 설명했을 뿐 아니라 朝靴와 瓔珞 같은 어휘를 미주로 붙인 역주를 통해 설명해주었다. 독

152　(日)中川忠英 編著, 方克·孫玄齡 譯, 『清俗紀聞』, 中華書局, 2006, 234쪽.
153　故宮博物院(https://www.dpm.org.cn, 2020.9.20.)

자에게 중국의 고유문화를 최대한 제대로 전달하기 위해서는 어쩔 수 없이 문장의 흐름을 손상시키고 가독성을 떨어뜨릴 수밖에 없었을 것이다. 예하본과 나남본이 번역할 때 자국화하려고 모두 '전수'를 한국의 전통 복장인 '저고리'라고 옮겼다. 저고리가 한국 독자에게는 친근감을 줄 수 있겠지만 짧은 웃옷이라 '전수'의 실제 모양과 차이가 크다. 나남본은 이 차이를 메우기 위해 일부러 '긴 저고리'라고 말 덧붙였다. 하지만 아무리 길어도 저고리가 종아리까지 내려간다는 것이 한국 독자에게는 상상하기 어려울 것이다. 이런 오해를 피하기 위해 청계본은 '소매가 좁은 도포'라고 옮겼다. 도포는 물론 길며 예복으로 입는 남자의 겉옷이니 원문의 의미와 잘 맞았다. 솔본은 예하본과 나남본과 달리 이를 異國化 하여 전수의 전문용어인 '전의'라고 하고 부록에 '전의'의 모양, 기원 등을 자세하게 설명했다.

가보옥이 입은 ③'石靑起花八團倭緞排穗褂'은 일종의 외출복이며 석청색 비단에 여덟 개의 둥글한 그림을 수놓고 밑단에 술을 달린 마고자다. 수놓은 그림들이 올록볼록하게 되니까 起花라고 한 것이다. 倭緞은 일본이 개량한 기술로 짠 비단인데 꼭 일본에서 수입한 것이 아니다.[154] '석청'은 색깔인데 이에 대해 청계본, 나남본은 석청색, 예하본은 곤색(즉 감색), 솔본은 짙푸른 색으로 했다. '석청'이라는 색깔이 외국사람 뿐만 아니라 현대 중국 사람에게도 낯선 말이다. 중국의 두 번역본보다 예하본과 솔본의 번역이 독자에게 더 친절하다.

하지만 '석청'이라는 색깔이 옷의 바탕색이냐 起花의 색깔이냐는 데에 번역본들 사이에 차이가 났다. 앞 세 번역본이 모두 바탕색으로 옮긴 바와 달리 솔본만은 이를 꽃무늬의 색깔로 번역했다. 석청색은 『홍

---

154 馮其庸, 李希凡 主編, 앞의 사전, 47쪽.

루몽』에 여러 번 나오는데 전부 바탕색이다. 石靑色은 검은 색에 가까운 짙은 남색인데 청나라 때는 黃色 다음으로 석청색을 두 번째로 귀중하게 여겼다.[155] 그리고 옷의 색깔을 이야기하지 않고 오히려 꽃무늬의 색깔만 이야기하는 것이 일반 사람의 서술방식과 어긋나다. 여러 면으로 고려하면 솔본의 번역이 오역일 가능성이 매우 크다. 〈그림3〉에 보이는 옷이 바로 乾隆 시대 황태후나 황후가 축제나 연회가 열릴 때 입는 吉服―석청색의 起花八團褂(길이는 147cm)이다.[156] 하지만 청나라 시대의 '褂'는 한국의 저고리나 마고자보다 길다. 〈그림4〉는 건륭 시대에 평상복으로 입은 褂인데, 그 길이가 무려 142.5 센티미터나 된다. 한국어로는 마땅한 어휘를 찾기 어려워 '마고자'나 '저고리'로 옮길 수밖에 없다. 단, 나남본만 '긴 저고리'라고 옮겨 한국 복식과 중국 복식의 차이를 독자에게 전달하려고 시도했다.

그림3 緙絲石靑地八團龍棉褂[157]　　　그림4 石靑色緞常服褂[158]

155　馮其庸, 李希凡 主編, 앞의 사전, 48쪽.
156　后妃의 冠服은 禮服, 吉服, 常服, 行服으로 나눈다.
157　故宮博物院(https://www.dpm.org.cn, 2020.8.25.)
158　故宮博物院(https://www.dpm.org.cn, 2020.8.27.)

王熙鳳은 어린 나이임에도 가부의 모든 잡무를 맡아보는 관리자인데, 그녀의 재간이 남자보다 훨씬 뛰어나다는 평이 있다. 『紅樓夢』제2회에 冷子興이 王熙鳳에 대해 소개하길 '말솜씨며 거동이 아주 시원시원하고 또 얼마나 섬세한지 몰라. 한다하는 사내대장부들도 그 발치에 가기가 어렵다니까.'159 제3회 처음 가부에 간 임대옥의 눈으로 왕희봉의 외모, 성격 및 복식 등을 독자에게 전달했다. 왕희봉의 성격이 시원시원하며 행동거지도 보통의 규수와 크게 다르다. 이런 특징들이 그녀의 복식에 반영하면 바로 화려함이다.

這個人打扮與眾姑娘不同: 彩繡輝煌, 恍若神仙妃子. 頭上戴著金絲八寶攢珠髻, 綰著朝陽五鳳掛珠釵; 項上帶著赤金盤螭瓔珞圈; 裙邊系著豆綠宮縧, 雙衡①比目玫瑰佩; 身上穿著②縷金百蝶穿花大紅洋緞窄褙襖, 外罩五彩刻絲石青③銀鼠褂; 下著翡翠撒花洋縐裙.160

[예하]: 이 부인은 차림새가 아가씨네들과는 달리 눈부시게 화려하여 마치 하늘의 선녀 같았다. 머리에는 금실로 꿴 오색영롱한 보석 진주를 씌운 쪽과 나래 펼친 봉황새가 구슬을 문 비녀를 꽂았고, 목에는 붉은 뿔없는 용이 서린 금과 옥으로 만든 목걸이를 걸고 있었다. 몸에는 붉은 운남비단에 꽃과 나비를 ②금실로 수놓은, 품이 좁은 저고리를 입고 그 위에 ③은서피로 안을 댄 꽃무늬와 암록색 마고자를 입고 있었으며, 아래는 여러 가지 꽃무늬가 아래 새겨진 비취색 비단치마를 입고 있었다.

[청계]: 이 젊은 여인은 화려하게 수놓은 옷차림부터가 여느 아가씨들

159　조설근·고악 지음/안의운·김광렬 옮김, 대돈방 그림, 『홍루몽』, 청계출판사, 2009, 74 쪽. "言談又爽利, 心思又極深沉, 竟是個男人萬不及一的."
160　曹雪芹·高鶚 著, 中國藝術研究院紅樓夢研究所 校註, 앞의 책, 제3회, 26쪽.

과는 아주 달라 마치 하늘의 선녀가 아닌가 싶었다. 금실에다
아롱진 보석과 구슬을 꿰어 가뿐히 쪽을 쪄 얹은머리에는 아침
해를 맞받아 나는 다섯 마리의 봉황새에다 진주를 감아서 만든
금비녀를 꽂았고, 목에는 적금(赤金)으로 만든 용에 옥돌을
붙인 목걸이를 늘이고 있었다. 날씬한 허리에는 장밋빛 옥돌로
만든 ①두 개의 물고기 옥패를 연두색 술띠에 달아 길게 드리
웠으며, 몸에는 꽃 속에서 노니는 나비떼를 ②금실로 수놓은
빨간 양단 저고리를 받쳐입고 그 위에 석청색 바탕에 가는 오
색실로 무늬를 그리고 ③은회색 쥐털을 안에 댄 마고자를 걸치
고 있었다. 그리고 비취빛 바탕에 꽃보라를 뿌린 듯한 서양 비
단 치마가 발을 가리고 있었다.

[나남]: 그 사람이 차려입은 모습은 다른 아가씨들과는 달랐다. 아름답
게 수놓은 화려한 모습이 휘황찬란하여 신선 중에서도 귀비 같
았다. 머리에는 금실로 휘감은 진주와 상감한 팔보로 만든 구
슬 꽃 모양의 낭자머리에 진주를 입에 문 봉황무늬의 오단 비
녀를 꽂고, 목에는 붉은 금빛 이무기 조각의 구슬 영락영락 목
걸이를 걸고 있었다. 치마에는 녹색 궁중매듭을 맸고, ①한 쌍
의 장미색 비목어比目魚 무늬 패물을 달고 있었다. 몸에는 ②
금으로 새긴 꽃밭에 나비 무늬를 넣은 붉은색 양단으로 통 좁
은 조끼를 걸쳤으며, 겉에는 무늬를 넣고 속에는 ③은서銀鼠
가죽을 댄 석청색 괘자褂子를 걸치고 있었다. 치마는 비취에
꽃이 수놓아진 비단으로 만들어진 것이었다.

[솔]: 그녀는 여러 아가씨들과는 차림새가 달랐다. 오색으로 놓은 수
가 눈부시게 반짝이는 것이 마치 선녀 같았다. 머리에는 금실
에 진주를 꿰고 온갖 보석을 박아 꽃 모양으로 만든 쪽을 쓰고,
조양오봉괘주채朝陽五鳳掛珠釵라는 긴 비녀를 질렀으며, 목에
는 진주를 꿰어 만든 줄에 적금赤金으로 된, 똬리를 튼 뿔 없는
용[螭] 장식을 붙인 목걸이를 두르고 있었다. 치마 가장자리에
는 연두색의 고급 비단 실에 장미색 옥을 깎아 만든 ①한 쌍의

물고기가 매달린 옥패玉佩를 차고 있었다. 붉은색의 커다란 양단洋緞에 ②금실로 꽃밭을 노니는 수많은 나비를 수놓은, 겨드랑이 부분이 짧게 올라간 저고리[襖]를 입고, 그 위에 약간 짙은 청색 바탕에 오색 실로 고운 무늬를 넣은 마고자[褂]를 걸치고 있었다. 그 안쪽에는 ③은서銀鼠 가죽이 덧대어 있었다. 치마는 작은 꽃무늬가 가득 있는 얇고 부드러운 비취색 비단 치마를 입고 있었다.

①'比目魚'라는 물고기 이름을 청계본은 '물고기'로 번역했고 솔본은 '한 쌍의 물고기'라고 번역했는데 둘 다 아쉬운 점 있다. 비목어는 눈이 몸의 양쪽이 아니라 한 쪽에만 있는데 옛날 사람들은 비목어가 눈이 하나만 있다고 오해했고 두 마리가 같이 움직여야 산다고 생각했다. 남녀간 사랑의 상징으로 많이 비유되는 비익조(比翼鳥)도 역시 눈 하나, 날개 하나만 있어 두 마리가 같이 날아야한다는 했다.[161] 그래서 비목어는 '夫婦同心'의 상징이며 부부 금슬이 좋다는 의미를 나타낸다. 남녀 사랑 이야기를 지은 청나라 희곡가 李漁가 자신 작품의 제목을 「比目魚」라고 한 이유도 바로 여기에 있다. 왕희봉이 비목어 옥패를 차는 이유도 賈璉과 금슬이 좋다는 것을 남에게 보여주려는 의도였다. 예하본의 저본은 1974년 인민문학출판사에 간행된 정을본『홍루몽』인데 다른 판본과 달리 책에 '裙邊系著豆綠宮絛, 雙衡比目玫瑰佩'라는 문구가 없어서 예하본이 그대로 옮겼다. 청계본과 솔본은 '비목어'를 주석이나 설명없이 그냥 '물고기'로만 옮겨 이 문화요소의 상징적 의미를 상실하게 했다. 나남본만이 '한 쌍의 비목어'라고 정확히 옮

161 　郭璞(晉) 註,『爾雅』, 浙江古籍出版社, 2011, 42쪽.
　　"東方有比目魚焉, 不比不行……一眼, 兩片相合乃得行……南方有比翼鳥焉, 不比不飛…… 一目一翼, 相得乃飛……."

겼다.

②'縷金'은 금실을 말하는데 예하, 청계, 솔본은 모두 정확히 옮긴 반면, 나남본은 "금으로 새기다"로 잘못 옮겼다. 겨울옷에 댄 ③'銀鼠' 가죽은 쇠족제비의 겨울 가죽을 가리키는데 솔본만 주석으로 독자에게 설명했을 뿐 예하본은 '은서피', 청계본은 '은회색 쥐털'이라고 잘못 옮겼고 나남본은 '은서'라고 설명 없이 그대로 두었다. 또는 가난한 유모모가 도움 요청하러 가부에 갔는데 조설근이 그녀의 눈을 통해 왕희봉의 일상 복장을 독자에게 소개했다.

> 那鳳姐兒家常帶著①秋板貂鼠昭君套，圍著②攢珠勒子，穿著桃紅
> 撒花襖，③石青刻絲灰鼠披風，④大紅洋縐銀鼠皮裙，粉光脂艷，
> 端端正正坐在那裡，手內拿著小銅火箸兒，撥手爐內的灰.¹⁶²

> [예하]: 희봉은 평소처럼 ②비단띠에 구슬을 박아 두른 ①담비털 소군
> 투昭君套(한조 때 왕소군이 쓰던 것과 같은 모양의 모자 씌우
> 개)를 쓰고 주홍색 꽃무늬 저고리와 ③안에 회서피를 댄 하늘
> 색 외투, ④은서피를 안에 댄 다홍빛 비단치마를 입고 연지분
> 으로 곱게 환장한 채 얌전하게 앉아 자그마한 구리 부젓가락을
> 쥐고 화로의 재를 뒤적이고 있었다.

> [청계]: 희봉은 ①담비 가죽으로 옛날 왕소군(王昭君)의 두건을 본떠
> 만든 검정 머리쓰개를 쓰고 ②구슬이 눈부시게 박혀 있는 비단
> 띠를 이마에 동이고 있었다. 옷은 복사빛 꽃무늬가 있는 비단
> 저고리와 ③석청색 바탕에 여러 가지 색실로 무늬를 그린 잿빛
> 쥐털을 안에 댄 비단 두루마기를 입었으며 ④자름자름 주름잡
> 힌 다홍빛 비단에 은빛 쥐털을 안에 댄 치마를 입고 있었다. 그
> 린 듯 곱게 화장한 용모와 단아한 자태는 보는 이의 눈에도 싱

162　曹雪芹 · 高鶚 著，中國藝術研究院紅樓夢研究所 校註，앞의 책，제6회，65쪽.

그러웠다. 그는 다소곳이 앉아 부젓가락으로 화로의 재를 헤집고 있었다.

[나남]: 희봉은 ①가을 담비털로 만든 왕소군 망토를 걸치고 ②구슬로 엮어 만든 이마 가리개를 둘렀으며 분홍빛 바탕에 꽃무늬를 넣은 저고리를 입고 있었다. 거기에 ③석청색 바탕에 쥐색 무늬를 넣은 조끼를 걸치고 ④붉은 양단에 은회색 주름을 넣은 치마를 입었다. 분바른 얼굴이 빛나고 입술연지가 선명하였으며 단정하게 앉아서 손에는 작은 부젓가락을 들고 화로 속의 재를 휘젓고 있었다.

[솔]: 곱게 화장한 희봉은 평소 집에서 즐겨 쓰는, ①가을철 털이 짧은 담비 가죽에 ②진주 테를 두른 소군투昭君套를 쓰고 있었다. 그리고 꽃무늬가 새겨진 분홍색 저고리와 ③다람쥐 가죽에 짙푸른 실로 무늬를 박은 외투披風를 걸치고는 ④붉은 색의 주름진 양단洋緞에 은서피銀鼠皮를 댄 치마를 입고 단정히 앉아 있었다. 그리고 구리로 만든 작은 불쏘시개를 들고 손난로 안의 재를 긁어내고 있었다.

〈그림6〉에서 보는 바와 같이 昭君套는 위쪽이 막히지 않은 여자용 모자다.163 〈그림6〉은 청나라 화가 改琦(1773~1828)가 그린 왕희봉이다. 그녀가 머리에 쓴 것이 바로 소군투다. 네 번역본을 살펴보면 '소군투'에 대한 번역이 각각 다르다. 예하본은 한자 표기하고 바로 뒤에 괄호를 쳐 그 안에 소군투의 유래를 설명했다. 청계본은 '옛날 王昭君의 두건을 본떠 만든 검정 머리쓰개'라고 설명을 해줬지만 독자들은 왕소군이 썼던 두건이 어떤 모양인지 알 리가 없을 것이다. 남본은 '昭君套'를 '망토'로 잘못 번역하였다. 솔본은 번역을 하지 않고 미주에

---

163 馮其庸 李希凡 主編, 위의 사전, 437쪽.

'昭君套'는 "위쪽이 막히지 않은 여자용 모자로, 희곡이나 그림에서 왕소군이 흉노에게 시집가는 장면을 묘사할 때 쓰는 모자와 비슷하다고 해서 이렇게 부른다."고 독자에게 정확하게 설명을 했다. ②'攢珠勒子'는 금실이나 은실로 진주를 꿰어 만든 꽃을 비단(검정색이 많음) 꿰매어 이마에 두르는 여자의 장식품이다. 예하본과 솔본은 ②'攢珠勒子'를 소군투와 다른 장식품인 줄 모르고 소군투에 진주 테를 두른 것이라고 잘못 생각했다.

'刻絲'는 일종의 실크 방직 기술인데 '緙絲'라기도 한다. 보통의 蠶絲와 온갖 색깔로 염색한 잠사로 무늬를 짠 것이다. '灰鼠'는 다람쥐이다. ③'石青刻絲灰鼠披風'은 刻絲 기술로 짠 석청색의 비단에 다람쥐 가죽을 댄 두루마기이다. 披風의 모양은 〈그림5〉에 제시한 바와 같다. '縐'는 얇으며 저절로 주름이 생긴 직물인데 '洋縐'는 외국에서 들어온 것이다. 그리고 청나라 때 여성이 입는 치마 색깔은 빨간색을 으뜸으로 여겼다. ④"大紅洋縐銀鼠皮裙"는 다홍빛 주름진 비단에 쇠족제비의 겨울 가죽을 안에 댄 치마이다.[164] 청계본은 '灰鼠'와 '銀鼠'를 모두 쥐로 알고 잘못 번역했다. 그리고 '披風'를 '두루마기'라고 번역을 했다. 이렇게 처리하는 것이 번역의 가독성을 높일 수 있겠지만 독자에게는 오해의 여지를 안겨줄 수 있다. 그리고 ③'石青刻絲灰鼠披風'과 ④'大紅洋縐銀鼠皮裙'는 모두 가죽을 댄 복식인데 '쥐색'이나 '은회색'으로 잘못 번역하였다. 그리고 솔본이 원문 뒷부분에 오는 '粉光脂艶'(곱게 화장한)을 맨 앞으로 위치시켜 왕희봉의 전체적인 이미지를 독자에게 일찍 전달했다.

---

164 쇠족제비의 털은 여름에 등에 갈색, 배에 희색으로 바꾸는데 겨울에는 몸 전체가 흰색으로 바꾼다.

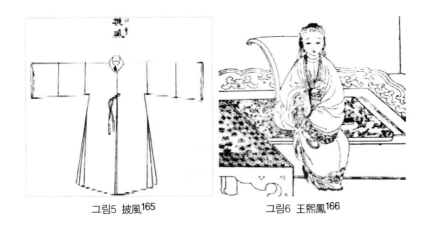

그림5 披風¹⁶⁵   그림6 王熙鳳¹⁶⁶

則自欲將已往所賴天恩祖德, 錦衣紈絝、飫甘饜肥之日, ……167

[예하]: 나는 임금의 은혜와 조상의 은덕에 힘입어 비단으로 몸을 휘감
　　　고 고량진미도 마다하던 그 시절, ……

[청계]: 내 오늘 짐짓 붓을 들어 지난날 하느님과 조상의 은덕을 입어
　　　명주비단으로 몸을 감고 산해진미로 배불리던 그 시절에 ……

[나남]: 나는 일찍이 하늘의 은혜와 조상의 은덕을 입어 비단 저고리에
　　　명주 바지를
　　　입고 달고 기름진 음식을 먹던 세월을 돌이켜 보았다. ……

[솔]: 지난날 하늘의 은혜와 조상의 덕을 입어 화려한 옷을 입고
　　　온갖 산해진미를 마음껏 먹으며 지내다가, ……

　　고대 중국 사람이 위에 입는 옷이 '의'라고 하며 아래에는 치마와 비

165　(日)中川忠英 編著, 方克·孫玄齡 譯, 앞의 책, 239쪽.
166　改琦(淸) 그림, 『紅樓夢圖詠』, 國家圖書館出版社, 2017, 37쪽.
167　曹雪芹·高鶚 著, 中國藝術硏究院紅樓夢硏究所 校註, 『紅樓夢』, 人民文學出版社, 1997, 제1회, 1쪽.

슷한 '상'을 입는데 상이 폭이 넓어 걸을 때 바람이 들어오니 돈 있는 사람은 곱게 짠 비단(紈)으로 종아리를 감싸 따뜻하게 한다. 한나라 許愼이『說文解字』에는 '絝'에 대해 설명하였는데 다리를 감싸는 복식이라고 하였다. 청나라 段玉裁의『說文解字注』에는 '지금 '套絝'라고 불러 "양쪽 종아리에 하나씩 감싼다."라고 설명을 하였다.[168] 예하본과 청계본은 '錦衣紈絝'을 비단옷이라고 의역을 했고 솔본은 화려한 옷이라고 번역했지만 나남본은 직역하여 '비단 저고리에 명주 바지'라고 했다. '甘'와 '肥'는 달고 기름진 것인데 옛날에는 달고 기름진 음식은 부잣집이어야 먹을 수 있는 좋은 음식이다. 예하본은 이것을 '고량진미', 청계본과 솔본은 '산해진미'로 의역을 하였지만 나남본이 또한 글자 그대로 직역하였다. 위와 같이 예하본, 청계본은 비교적 세련되게 의역을 하였고 솔번역본은 좀 더 자세하게 의역을 하였지만 나남본만 글자 하나도 빠지지 않게 직역을 하였다. 직역하는 것도 좋지만 의미전달에 불필요한 군더더기가 많아 오히려 역문의 가독성을 떨어뜨린 것 같다.

문화요소의 한 가지로 복식 번역의 주요 어려운 점은 그것에 대한 지식이 부족한 것이다. 조설근이 가족의 전수와 평소 보고 듣는 것으로 하여금 복식 등에 대한 지식이 유난히 풍부했다. 지금의 역자가 조설근만큼 당시의 의복, 기물 등에 대해 잘 알 수가 없어 원문 내용 정확하게 전달하기에 더욱 어려움이 많을 것이다.

제3절 器物에 대한 번역

귀족 가문인 가부는 크고 웅장한 건축물을 가지고 있을 뿐만 아니

---

168 許愼(漢) 撰, 段玉裁(淸) 註, 上海: 上海書店, 1992, 654쪽.
     "絝, 脛衣也."; "今称套絝, 左右各一, 分裹两脛."

라 방 안에 진열되는 가구들 모두가 정교하지 않은 것이 없다. 가부에서는 賈赦가 큰 형이며 후작을 세습을 하였지만 인품이 단정하고 工部員外郎 직을 맡고 있는 동생 賈政이 오히려 가모의 사랑을 더 받으며 가부의 본채에서 살게 되었다.169 가정의 부인 왕씨가 사는 방에 진열된 용품들이 역시 가부의 生活用度를 대표하는 물건들이다.

> ……臨窓大炕上鋪着猩紅洋罽, 正面設著大紅①金錢蟒靠背, 金錢蟒引枕, 秋香色金錢蟒大條褥。兩邊設一對梅花式②洋漆小几。左邊几上③文王鼎匙箸香盒；右邊几上④汝窯美人觚─觚內插著時鮮花卉, 并⑤茗碗痰盒等物。地下面西一溜四張椅上, 都搭著銀紅撒花⑥椅搭, 底下四副腳踏。椅之兩邊, 也有一對高几, 几上茗碗瓶花俱備。170

> [예하: ……창문 쪽 큰 구들에는 진붉은 양탄자가 깔려 있고 정면에는 ①금실로 용을 수놓은 붉은 사방침과 역시 금실로 용을 수놓은 담황색 보료가 놓여 있었다. 그 양쪽에는 각각 ②칠을 한 매화 모양의 자그마한 탁자가 놓여 있었는데 왼쪽 탁자 위에는 ③문왕정文王鼎, 그 옆에 수저와 향합이 놓여 있고 오른쪽 탁자 위에는 ④여주 미인고(여주는 송대宋代의 유명한 자기 산지이고, 고觚는 삼대三代의 술잔인데 몸체가 기다랗고 허리가 잘록하여서 미인고美人觚라 하였다)가 아름다운 화초가 꽂힌 채 놓여 있었다. 방바닥에 한 줄로 늘어놓은 네 개의 큰 의자에는 엷은 꽃무늬 ⑥의자보가 씌워져 있었고 그 밑에는 네 개의 장방형 발받침이 놓여 있었다. 또 그 양쪽에는 다리 긴 탁자가 하나씩 있었고 그 위에는 ⑤찻잔과 꽃병들이 가지런히 정돈되어 있었다.

---

169 공부원외랑은 건축, 광산, 방직, 기계 제작 등을 관리하는 從五品 차관이다.
170 曹雪芹, 高鶚 著, 中國藝術研究院紅樓夢研究所 校註, 앞의 책, 제3회, 29쪽.

[청계]: ……창문가의 구들에는 붉은 주단이 깔려 있고 정면에는 ①금실로 용을 수놓은 붉은색 등받이며 석청색 베개와 담황색 방석들이 포개져 있었다. 양쪽에는 매화꽃 모양으로 만들어 ②옻칠을 한 작은 차탁이 두 개 마주 놓여 있는데, 왼쪽 차탁에는 ③문왕정(文王鼎)과 숟가락, 젓가락, 향합 같은 것이 놓여 있었다. 오른쪽 차탁에는 서 있는 ④미인을 연상시키는 여주(汝州:하남성의 지명, 송나라 때 도자기 산지로 이름난 곳)출산의 자기 꽃병에 생생한 꽃이 꽂혀 있고 그 옆에 ⑤찻잔과 타구 같은 것들이 놓여 있었다. 방의 서쪽에는 분홍 바탕에 꽃무늬가 그려진 ⑥덮개를 씌운 네 개의 의자가 가지런히 놓여 있었는데 의자마다 앞에 발판이 있었다. 그 양옆으로 키 큰 차탁이 짝을 지어 놓이고 거기에 ⑤찻잔과 꽃병들이 얹혀 있었다.

[나남]: ……창문가에 있는 카다란 구들 위에는 붉은색 양탄자가 깔려 있고 그 앞에는 검붉은 바탕에 ①금실로 이무기를 수놓은 등받침과 석청색 바탕에 금실로 이무기를 수놓은 팔받침, 황록색 바탕에 금실로 이무기를 수놓은 넓은 방석이 놓여 있었다. 양쪽으로 ②서양 칠을 한 매화 모양의 작은 탁자가 각각 하나씩 놓여 있는데 왼쪽 탁자에는 ③문왕정文王鼎 모양의 향로와 부저, 향합이 있었다. 오른쪽 탁자 위엔 ④하남성 여주요汝州窯에서 만든 미녀 허리처럼 잘록한 긴 화병에 싱싱한 꽃이 꽂혀 있었으며, ⑤차통과 타구 등이 함께 보였다. 바닥에는 서편으로 의자 네 개가 한 줄로 놓였는데 하나같이 ⑧연분홍색에 흩어진 꽃잎 무늬가 있는 의자 ⑥등받이수건이 놓여 있었고 아래에는 발 받침대 네 개가 각각 놓여있었다. 의자의 양편으로 높은 탁자가 한 쌍 있고 ⑤차합이나 화병 등이 다 갖추어져있었다.

[솔]: ……창가에 놓인 커다란 구들[炕] 위에는 진한 붉은색의 양탄자가 깔려 있었고, 정면에는 붉은 바탕에 ①금빛 이무기를 수놓은 커다란 등받이와 짙푸른 바탕에 금빛 이무기를 수놓은 사방침, 그리고 엷은 황록색 바탕에 금빛 이무기를 수놓은 커다란 보료

가 놓여 있었다. 그 양쪽에는 ②옻칠한 매화 모양의 작은 탁자가
한 쌍 놓여 있었다. 왼쪽 탁자 위에는 ③문왕정文王鼎과 재를
치우는 수저 모양의 기구(匙箸)와 향을 담는 상자가, 오른쪽 탁
자에는 ④여교汝窖에서 만든 미인고美人觚―그 안에는 계절에
맞는 꽃들이 꽂혀 있었다―와 ⑤찻잔, 타구(痰盒) 등이 놓여 있
었다. 방 서쪽에는 네 개의 의자가 한 줄로 놓여 있었는데, 모두
하얀 바탕에 붉은 꽃무늬가 찍힌 비단 ⑥의자보가 씌워져 있었
고, 아래쪽에는 네 개의 발받침이 놓여 있었다. 의자 양쪽으로도
한 쌍의 높은 탁자가 놓여 있었는데, 그 위에는 ⑤찻잔과 꽃병들
이 모두 갖추어져 있었다.

왕부인의 거처에 대한 묘사는 다른 사람보다 훨씬 상세하다. 그 이
유는 두 가지다. 하나는 왕부인의 지위를 나타내기 위해서다. 가모가
가씨 집안에 제일 높은 사람이지만 나이가 많아 실제로 집안 내무에
손대지 않고 모두 왕부인에게 맡겼다. 왕부인이 또 자기의 조카딸 왕
희봉에게 대부분의 잡일을 나눴지만 실제적인 권력은 아직도 자기 손
에 쥐고 있다. 또 하나는 왕씨 집안의 부유함을 나타내기 위해서다.
가씨 집안이 황제의 총애를 얻어 부귀영화를 누리게 됐지만 부유함으
로는 왕씨 집안보다 못한다. 게다가 왕부인의 오리버니 王子騰은 가정
보다 관직이 훨씬 높다. 조설근은 왕부인의 복식을 자세히 묘사하지
않았지만 그녀 거처에 배치되는 가구들을 통해 왕부인의 신분지위를
간접적으로 드러내게 했다.

①'金錢蟒'은 금실로 수놓은 무늬인데, 예하본과 청계본은 '용'으로
번역했고 나남본과 솔본은 '이무기'로 옮겼다. 용무늬는 황족만 사용
할 수 있기 때문에 함부로 쓰면 안 된다. 따라서 '이무기'로 옮기는 것
이 바람직하다고 본다. ②'洋漆'은 서양에서 들어온 옻칠이 아니라 일
본에서 들어온 옻칠171이다. 康熙나 乾隆 때에 양칠로 칠한 가구는 귀

중한 물건이었다. 그러니 가부 같은 귀족 집안 아니었으면 절대 쓸 수
없는 것이었다. 예하본, 청계본과 솔본은 모두 수입을 뜻한 '洋'자를
빼고 번역했는데 이 물건의 희귀함을 떨어뜨리는 결점이 있다고 본다.
나남본만 이 옻칠의 특별함을 표현해내려고 '서양 칠'로 번역하였다.
하지만 수출한 나라를 잘못 안 것이 아쉬운 점이다.

　③'文王鼎匙箸香盒'은 분향용 도구로서 세 가지 물품을 합쳐서 '爐
瓶三事'라고 부른다. 그림에서 볼 수 있듯이 한 세트는 향로, 재를 치
우는 수저 모양의 기구 및 그것들을 담는 병, 향합으로 구성되어 있
다. 여기서 말하는 '文王鼎'은 바로 주나라 문왕 시기의 정을 본떠 청
동으로 만든 3개의 발이 달린 향로이다. 예하본과 청계본은 보이는 대
로 '文王鼎'을 정으로만 번역을 하였고 솔본은 번역문에 '文王鼎'이 향
로임을 밝히지 않았고 미주에 그것이 향로임을 밝혔다. 솔본도 나남본
처럼 번역문에 '문왕정 모양의 향로'라고 명확하게 밝혀줬으면 독자의
이해에 훨씬 도움이 될 듯싶다.

그림7 (淸)白玉爐瓶三事172

171　馮其庸, 李希凡 主編, 앞의 사전, 61쪽.
172　故宮博物院(https://www.dpm.org.cn, 2020.7.29.)

④'汝窯美人觚'는 도자기로 유명한 여요에서 나온 미인같이 길고 허리 가는 도자기이다. 고대에 '觚'는 酒器로 쓰이는데 왕부인 방에서 진열한 미인고는 그저 옛날 기구를 본떠 만든 것이며 화병으로 쓰이고 있다. 조설근이 여기서 특별히 汝窯라고 한 것도 이 도자기의 희귀함을 돋보이기 위해서다. 예하본은 미인고의 형태를 괄호 안에 자세히 설명했을 뿐만 아니라 여요까지 특별히 설명해줬다. 청계본도 여요에 대해 설명했지만 미인고라는 이름의 유래를 '미인을 연상 시키는 사기'라고 밝혔지만 미인고의 길고 가는 특징을 밝히지 않아 독자에게 명확한 이미지 획득을 주지 못했다. 나남번역본은 미인고의 특징을 섬세하게 설명하였기에 독자에게 이 도자기의 아름다움을 충분히 인식시켜 원작의 의도를 달성하였다고 볼 수 있다. 솔본은 미주에서 미인고와 그 출산지 '汝窯'에 대해서 자세하게 설명하였다. 汝窯는 '송나라 때 하남河南 여주汝州에 있던 陶窯(도기를 굽는 가마)이다'라고 설명을 하였는데 번역문에는 '汝窯'를 '汝窖'로 잘못 입력하였다. ⑤'茗碗'은 손잡이가 없는 찻잔인데 청계본과 솔본은 모두 의미에 맞게 '찻잔'으로 번역한 반면, 나남본은 '차통'으로 번역했다. '茗碗'을 '차를 담는 통'으로 잘못 이해한 것으로 보인다. 이유는 알 수 없지만 예하본은 찻잔과 타구에 관한 텍스트인 '幷茗碗痰盒等物'라는 원문을 번역에서 누락하고 말았다. '茗碗'은 이 텍스트에 두 번 나오는데 청계와 솔본은 모두 뜻과 일치하게 번역한 반면, 나남본에서는 처음에는 '차통'으로, 두 번째는 '차합'으로 서로 다르게 옮겼다. 차통과 차합은 모두 차를 담는 용기를 가리키지만 모양은 확실히 다르다. 원문에 같은 것으로 나왔는데 다르게 옮길 이유가 과연 있는지 의문이다.

⑥'椅搭'에는 '椅披, 錦背, 椅袱, 椅衣'등 여러 가지 별칭이 있다. 주

로 직물로 만드는 '椅搭'은 의자의 磨損을 줄이기 위해 의자 바닥과 등을 모두 덮어주는 덮개를 가리킨다. 예하와 솔본은 '椅搭'을 '의자보'라고 무난하게 옮겼다. 하지만 청계본의 '덮개'와 나남본의 '의자 등받이 수건'은 의미가 모호하거나 '椅搭'의 일부 역할만 전달해 아쉬움을 남긴다.

『홍루몽』에 왕부인이 입는 옷에 대한 묘사는 거의 없는데 단지 임대옥의 눈을 통해 그녀 거처에 있는 가구들을 묘사했다. 왕부인의 거처에 있는 가구를 소개할 때 '半舊'(약간 낡은)라는 말을 세 번이나 사용했다. 왕부인은 가부의 내무를 실제 관리하지만 대부분의 일은 자기의 조카딸 왕희봉에게 맡겼다. 화려함을 좋아하는 왕희봉과는 달리 왕부인은 간소한 삶을 살며 念佛과 가보옥에게만 관심을 가진다. 하지만 그녀가 쓰는 가구의 색깔을 보면 '猩紅(진붉은색), 大紅(붉은색), 銀紅(은빛 띠는 분홍색)' 등 빨간색이 매우 많다. 붉은색은 중국 사람이 좋아하는 색깔이며 신분의 상징이기도 하다. 가보옥과 왕희봉은 붉은 옷을 자주 입는다. 그리고 '大紅'의 옷은 누구나 다 입을 수 있는 것이 아니다. 결혼한 부녀자들 중에는 정실부인만 '大紅'의 옷을 입을 수 있고 첩들은 입을 수 없다. 왕부인이 쓰는 가구들의 색깔이 바로 그녀의 지위를 잘 나타내준 것이다. '猩紅'와 '大紅'은 다 붉은색이지만 전자는 후자보다 좀 더 어둡고 진하다. 예하본과 솔본은 이를 순서대로 옮겼고 나남본은 순서를 바꿔서 옮겼다. 청계본은 전자와 후자를 구별하지 않고 동일하게 '붉은색'으로 옮겼다. '銀紅'에 대해 청계와 나남은 무난하게 옮겼지만 예하본은 그저 '엷은'라고 옮겨 무슨 색깔인지 밝히지 않았고 솔본은 이를 '하얀 바탕에 붉은'이라고 옮겨 '은홍'을 두 가지 색깔로 잘못 이해하여 오역하였다.

임대옥이 가부에 도착한 첫날 저녁에 가모와 자매들과 같이 식사하게 됐다. 시중드는 시녀들이 손에 총채 모양의 파리채와 주인들이 필요한 물건들을 들고 있다.

旁邊丫鬟執著 ①拂塵、漱盂、巾帕。[173]

[예해]: 곁에는 시녀들이 ①<u>먼지털이</u>, 양치기, 손수건 등을 들고 서 서있고 ……

[청계]: 시녀들이 손에 ①<u>행주</u>와 양치그릇과 수건을 들고 옆에 둘러섰다.

[나냄]: 곁에 시중드는 시녀가 ①<u>먼지떨이</u>와 양치 물그릇과 수건을 들고 서 있다.

[솔]: 옆에서는 하녀들이 ①<u>먼지떨이</u>와 양치질할 그릇, 수건을 들고 서 있었고 ……

①'拂塵'는 塵尾라고도 불리는데 짐승의 털(보통 말이나 큰 사슴의 꼬리털)이나 삼 줄기 따위를 묶은 것에 자루를 붙여 만든다. 원래 불교와 도교에 쓰이는 법기인데 마음에 묻은 속세의 먼지를 터는 의미로 쓰인다. 일반 가족에서 모기나 파리를 쫓는 기구로 많이 쓰여 '蠅甩子'라고도 불린다. 식사 때 파리가 와서 주인들의 기분을 망치지 않게 하는 필수 용구 중의 하나다. 청계본이 독자들이 더 쉽게 이해하게 만들려고 ①'拂塵'을 일상생활에 더 흔히 쓰이는 '행주'라고 번역했는데 중국 문화를 제대로 전달하지 못했을 뿐만 아니라 주인이 식사하는 데 시녀들이 옆에서 행주를 들고 서 있는 것이 또한 식사 예절에 맞지 않

173　曹雪芹、高鶚 著, 中國藝術研究院紅樓夢研究所 校註, 앞의 책, 제3회, 30쪽.

는 일이다. 예하본, 나남본과 솔본은 원문의 메시지를 독자에게 비교적 정확하게 전달하였지만 '拂塵'의 진짜 역할을 제대로 설명하지 못하였다.

그림8 拂塵

왕부인의 조카딸이며 가부의 내무를 손에 잡고 있는 왕희봉이 쓰는 가구들이 또한 전형적이다.

……只見門外①<u>鏨銅鉤</u>上懸著大紅撒花軟簾, 南窓下是炕, 炕上大紅氈條, 靠東邊板壁立著一個②<u>鎖子錦靠背</u>與一個③<u>引枕</u>, 鋪著④<u>金心綠閃緞大坐褥</u>, 旁邊有⑤<u>雕漆痰盒</u>.[174]

[예하]: ……문밖에 달려 있는 ①<u>구리로 된 고리</u>에는 꽃무늬가 아로새겨진 붉은 문발이 걸려 있고, 남쪽 창문 밑의 구들에는 붉은 줄무늬의 담요가 깔려 있었다. 그리고 동쪽의 판자벽 밑에는 ②<u>금실로 짠 비단 등받이</u> 의자와 ③<u>사방침</u>이 있고 ④<u>금실이 번쩍거리는 큰 방석</u>이 깔려 있었으며, 그 옆에는 ⑤<u>은탁자</u>가 놓여 있었다.

---

174 曹雪芹 · 高鶚 著, 中國藝術研究院紅樓夢研究所 校註, 앞의 책, 제6회, 64쪽.

[청계]: ……문 밖에는 붉은 바탕에 꽃무늬가 아롱진 연한 발이 ①조각을 한 구리 고리에 걸려 있고, 남쪽 창문가 구들 위에는 주홍 담요가 죽 깔려 있었다. 동쪽 벽 밑으로는 ②고리 모양의 무늬를 수놓은 비단 등받이와 ③팔받침이 놓여 있고, 그 앞에 또 ④금실을 섞어 날과 씨를 다른 색으로 짠 비단 방석이 놓여 있었다. 그리고 그 옆에는 ⑤도안을 새긴 은타구가 있었다.

[나남]: ……문밖의 ①구리 고리에는 꽃무늬가 그려진 붉고 부드러운 휘장이 쳐져있고 남쪽 창 아래로 마련된 구들 위에는 붉은 양탄자가 깔려 있었다. 동쪽 벽 아래에 ②열쇠고리 모양의 비단 등받이와 ③팔걸이 목침이 놓여있고, ④금빛에 청록색 빛이 감도는 커다란 요가 깔려 있었으며, 곁에 ⑤무늬를 조각하여 옻칠을 한 타구가 놓여 있었다.

[솔]: ……방문 밖에 달린 ①구리로 된 고리에는 꽃무늬가 새겨진 붉은색의 커다란 문발이 걸려 있었고, 남쪽 창가의 구들에는 붉은 양탄자가 깔려 있었다. 그리고 동쪽 판자벽 발치에는 ②금실로 사슴 모양의 무늬를 수놓은 등받이와 ③사방침이 세워져 있었으며, 그 아래에는 ④초록 바탕에 금실로 수놓은 커다란 방석과 ⑤조각하여 옻칠한 타구가 놓여 있었다.

①'鏨銅鉤'는 가부의 사치스러운 면을 잘 보였다. 고리조차 무늬를 새겨야 되기 때문이다. 청계본 이외의 세 번역본은 모두 ①을 '구리로 된 고리'로 의미를 축소화했다. ②'鎖子錦'은 금실로 '鎖子甲' 모양의 무늬를 짠 비단이다.[175] ④'金心綠閃緞'은 녹색 바탕에 금색 무늬를 짠 비단을 가리킨다. 보통의 비단은 겉면에서 빛을 반사하고 뒷면이 어둡지만 '閃緞'은 짤 때 날실과 씨실을 교차시켜 빛을 반사하는 부분과 어두운 부분이 번쩍이는 효과를 내는 비단이다. 여기에 옻칠한 기구도

---

175 쇄자갑은 철사로 만든 작은 원형의 고리를 서로 꿰어 만든 갑옷.

두 가지가 있는데 ⑤'雕漆'은 일정한 두께의 옻칠을 칠한 후에 무늬를 조각하는 것이며 '塡漆'은 먼저 조각을 한 다음에 옻칠을 陰刻에 넣고 매끄럽게 가는 기술이다. 나남본과 솔본은 '雕漆'라는 기구 제작 기술을 모두 '조각하여 옻칠하다'고 잘못된 인식을 드러냈다.

⑤'雕漆痰盒'은 정을본과 척서본에 모두 '銀唾盒'으로 되어있다. 그래서 청계본이 ⑤를 '은타구'로 번역한 것이다. 예하본도 청계본과 똑같이 번역해야 되는데 이유 없이 '은탁자'로 옮긴 것이 실수로 보인다. 나남본은 '鏨銅'을 제대로 번역하지 않았고 ③'引枕'을 '목침'이라고 옮겼다. 솔본은 인물, 지명, 사물명 등 처음 나오는 고유명사에 '洋緞'처럼 한자를 병기하는데 한글과 독음이 다를 경우는 '외투[披風]'처럼 병기한다. '引枕'은 책 끝에 나오는 '찾아보기'에서 '베개의 일종. 팔꿈치를 괴고 비스듬히 기대어 앉을 수 있도록 만든 정육면체, 또는 직육면체의 베개이다. 일반적으로 안쪽에 판자로 틀을 짜고 바깥에는 다양한 무늬가 장식된 천을 씌운다[176]'고 설명했다.

대옥이 가부에 와서 처음 사는 방이 바로 碧紗櫉이며 가보옥은 할머니가 같이 暖閣에서 지내자는 건의를 거절하고 대옥이 자는 벽사주 밖에 있는 침상에 자겠다고 하였다. 벽사주는 원래 가보옥이 자는 방인데 대옥이 오니까 그녀에게 양보한 것이었다. 가부에서는 방이 많지만 겨울에 온도를 유지하기 위해 방에다 작은 난각 하나 더 만들거나 또 나무로 隔門을 만들어 방을 분리시키기도 한다. 이렇게 만든 방이 벽사주라고 한다. 보통 4짝~12짝의 문으로 만들어지는데 중간 2짝만 열 수 있으며 나머지는 모두 고정되어 있다.

---

176 조설근·고악 지음, 홍상훈 옮김, 『홍루몽』, 제1권, 솔출판사, 2012, 508쪽.

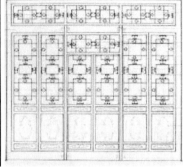

그림9 建福宮描金漆隔扇[177]　　　　　그림10 碧紗櫥構造圖[178]

〈그림9〉와 같이 문짝 틀에 紗라는 깁을 붙여 그 위에 그림을 그리기도 한다. 깁이 얇아서 빛이 잘 통하여 여성들이 벽사주 안에 있어도 밖에 일어나는 일을 잘 볼 수 있어 여성의 사적인 공간을 잘 보호해 주면서도 바깥과의 연결을 끊지 않게 한다. 가보옥과 임대옥이 벽사주의 문짝을 가운데 놓고 각자의 공간을 보유하면서 침대에 누워있어도 서로 이야기할 수 있을 만큼 가깝게 지낼 수 있다.

紗櫥는 청나라 때 생긴 건축물이 아니라 당나라 때부터 있었다. 송나라 여류 詞人 李淸照가 남편을 그리워 쓴 「醉花陰」에 '玉枕紗櫥'라는 말도 나왔다.[179] 사주는 실외에서 쓰이기도 하고 실내에서 쓰이기도 한

---

177 黃希明, 「金鋪玉戶 綺窓玲瓏─淸宮內庭隔扇(下)」, 『紫禁城』, 제3집, 2004, 39쪽.
178 黃希明, 「金鋪玉戶 綺窓玲瓏─淸宮內庭隔扇(上)」, 『紫禁城』, 제2집, 2004, 51쪽.
179 李淸照(北宋) 著, 『李淸照文集』 第三冊, 沈陽: 遼海出版社, 2010, 18쪽.
　　　　　　　　　　　　꽃그늘에 취해
　　옅은 안개 짙은 구름 수심에 긴 낮, 용뇌향은 이미 구리 향로에서 태워 사라졌네.
　　좋은 계절에 다시 중양절이 오는데, 옥 베개에 명주 장막, 한밤에 찬 기운이 사무치네.
　　동쪽 울타리 옆에 술 마시다 어느덧 황혼이고, 은근한 향기가 소매에 차네.
　　가을이 넋 잃게 하지 않는다고 마라, 서풍이 주렴을 걷으며 사람이 국화꽃보다 여위구나.
　　　　　　　　　　　　醉花陰
　　薄霧濃雲愁永晝, 瑞腦銷金獸. 佳節又重陽, 玉枕紗櫥, 半夜涼初透.
　　東籬把酒黃昏後, 有暗香盈袖, 莫道不銷魂, 帘卷西風, 人比黃花瘦.

다. 청나라 때는 흔히 실내 공간을 나누는 방식 중 하나로 쓰이는데 隔扇門으로 불리기도 한다. 청나라 『裝修作則例』에는 '隔扇碧紗幮'라고 적혀 있다.[180] 틀은 〈그림10〉과 같이 대개 등불 모양으로 만드는데, 그 중앙에 그림이나 글씨가 들어있는 종이를 바르기도 하고, 궁궐이나 부귀한 집안에서는 유리나 다양한 색깔의 비단을 설치한다. '벽사주' 안이라는 것은 이러한 벽사주로 방을 나눈 그 안쪽 공간을 가리킨다.[181]

청계본에는 벽사주를 '벽사방'으로 하고 그 뒤에 괄호를 넣어 '푸른 천으로 만든 모기장 같은 것을 침대에 친 방'이라고 설명을 하였지만 벽사주를 모기장으로 착각한 것이었다. 나남본은 '벽사주'에 대하여 각주로 간단하게 설명을 하였지만 나무 문짝 대신에 '벽으로 막아 만든 방'이라고 역시 잘못 인식하였다. 예하본은 번역문에 괄호를 쳐 '나무로 틀을 짜고 천정과 둘레를 망사로 둘러 접었다 폈다 할 수 있게 된 장막으로 여름철에 실내나 마당에 펴놓고 그 속에 들어가 모기나 파리를 피하게 되어 있다'고 설명했는데 이는 사주의 일반적인 용도를 독자에게 알려준 것이다. 솔번역본은 저본의 각주를 그대로 옮겨 미주에 상세하고 정확하게 독자에게 설명을 하였다. 벽사주와 같은 중국 특유의 건축물을 소개할 때는 가능한 한 정확하게 소개하는 것이 바람직하다고 본다.

---

180 曹雪芹·高鶚 著, 中國藝術研究院紅樓夢研究所 校註, 앞의 책, 제3회, 33쪽.
181 조설근·고악 지음, 홍상훈 옮김, 앞의 책, 427쪽.

제6장

『홍루몽』의 번역 방법

  유진 나이다(Eugene Nida)가 1960~70년대 번역에 대해 '효과의 등가' 이론을 제기했다. 그는 '등가'에 두 가지 방식이 있다고 한다. 하나는 동태적 등가(Dynamic Equivalence), 즉 출발 텍스트 읽었을 때 독자들이 느끼는 감정을 목적 텍스트를 읽는 독자들도 느낄 수 있도록 번역하는 방법이다. 다른 하나는 형식적 등가(Formal Equivalence), 즉 출발 텍스트의 어휘적 문법적 구조와 가장 근접한 방법으로 번역하는 방법이다.[182]

  이 두 등가전략은 번역하는 대상이 다르다. 형식적 등가는 출발어의 어휘와 문장형식을 도착어로 그대로 옮기는 경우에 적용되는데 기술문서, 외교문서, 법률문서 등을 번역할 때 반드시 이 전략을 따라야

---

[182] Jeremy Munday 지음/정연일·남원준 옮김, 『번역학입문』, 한국외국어대학교출판부, 2006, 53쪽.

한다. 이런 번역의 가장 전형적인 예로 '역주'를 첨가하는 방식의 번역이 있다. 동태적등가는 목적어 독자들이 출발어 독자들이 작품을 읽을 때 느끼는 감정을 그대로 느끼도록 번역하는 경우에 적용된다. 그래서 동적 동가는 '효과의 등가'(equivalence of effect)라고도 한다. 실제로 대부분 번역에서 이 두 가지 전략을 동시에 사용된다. 하지만 어떤 등가를 주요 전략으로 사용할지 역자는 미리 결정해야 한다.

등가는 어휘 의미의 등가뿐만 아니라 문체, 스타일 등의 등가도 포함되지만 니다는 형태보다 의미의 전달이 더 중요하다고 했다. 만약 의미와 형식의 등가를 동시에 얻을 수 없으면 의미와 문화를 전달하는 목적을 이루기 위해 원문의 형식을 바꿔 번역할 수밖에 없다. 그래도 안 되면 원시언어의 심층적인 구조를 목적 언어의 표층적인 구조로 바꿔야 한다. 즉, 출발어의 문화적인 의미를 목적 언어 어휘로 설명해주는 것이다. 물론 이것은 형식이 중요하지 않다는 이야기가 아니다. 번역 과정에 원문 의미를 충실히 전달하는 전제 아래 조절을 통해 형식의 등가를 이루기도 추구해야 한다.

번역을 평가할 때 다음 세 가지 질문을 해야 한다. 첫째, 역자가 작가의 의도를 충분히 인식했는가? 둘째, 출발어(source language)와 동등한 효과를 가진 도착어(target language)를 선택했는가? 셋째, 작가의 의도와 작품의 내용을 독자에게 충실히 전달하고 같은 효과를 얻었는가?

작품의 번역 결과에 영향 끼친 원인은 여러 가지이 있다. 특히 문학 번역은 다른 분야의 번역보다 고려해야 하는 점이 더 많다. 역자가 작품을 이해하는 능력, 역자가 목표언어를 다루는 능력, 역자가 작품을 번역하는 목적, 당시의 사회 환경 및 정치 상황에 대한 고찰, 작가의 생애 및 창작 의도에 대한 이해, 언어 간의 차이, 역문의 목표 독자가 누구인지 등이 모두 역문의 결과에 영향을 줄 수 있다. 이 많은 어려움을 앞두고 원천 텍스트(source text)와 똑같은 효과를 낼 수 있는 완벽한 번역은 거의 불가능하다.

사람들은 번역 목적을 달성하기 위해 직역을 우선할 것인지 혹은 의역을 우선할 것인지를 두고 오랜 기간 논쟁을 해왔다. 또한 가독성과 정확성 중 어느 것을 중요하게 여길 것인지, 역주는 반드시 필요한 것인지 등에 대해 많은 의견들이 존재해왔다. 언어마다 독특한 문화배경과 특징이 있어 그대로 전달하기가 매우 어렵다. 『홍루몽』의 번역에 오역이나 졸역이 나온 원인도 위에서 찾을 수 있다.

제1절 직역과 의역의 방식

번역을 '단어 대 단어(즉 직역)'와 '의미 대 의미(즉 의역)'로 처음 구분하기 시작한 것은 Cicero(기원전 1세기)와 St. Jerome(4세기말)이었으며, 이들의 연구는 이후 논의의 토대를 이루었다.[183] 드라이든(Dryden)은 모든 번역을 '옮겨 쓰기(직역에 해당), 바꿔 쓰기(의역에 해당), 모작(번안에 가깝다)'과 같이 세 가지 범주로 분류하였으며 옮겨 쓰기의 방법을 사용하는 번역자들을 '말 흉내꾼'라 하여 비판하였다. 그리고 "이는 족쇄를 차고 줄 위에서 춤을 추는 것과 같아, 매우 어리석은 행동이다."라는 비유를 들고 옮겨 쓰기를 비판하기도 했다.

현대의 일부 번역자들 중에서는 이 비유를 긍정적으로 생각하는 사람도 있다. 족쇄를 차는 속박은 번역에 있어서 그 누구도 피할 수 없

---

183 Jeremy Munday 지음/정연일 · 남원준 옮김, 『번역학 입문-이론과 적용』, 한국외국어대학교출판부, 2006, 22쪽.

다. 그러나 이러한 제약에도 불구하고 번역자는 춤을 잘 추기 위해 최대한 노력해야만 한다. 번역방식으로서 직역과 의역은 그 자체로 우열이 없다. 구체적인 번역에 있어 번역의 효과를 평가할 때 상대적으로 더 적절한 표현이라는 차이가 있을 것뿐이다. 그리고 같은 번역방식이라도 바라보는 시각에 따라 달리 볼 수 있는 여지도 있다. 긍정적인 시각으로 볼 때 직역은 가장 충실한 번역방식이라 할 수 있지만, 부정적인 시각으로 본다면 직역은 생소하고 어색하다고 보기 쉽다. 이상적인 번역이란 상황에 따라 적절한 번역방식을 수시로 조절해서 사용해야 한다.[184]

4가지 역본에서 나타난 직역과 의역의 방식을 간단하게 살펴보도록 하자.

인간이 죽음에 대한 두려움이 강해서 '죽다'는 말을 피하는 경우가 종종 있다. 『홍루몽』제2회 회목에 '仙逝'라는 말이 있는데 이것이 바로 어른이 돌아가신 것을 회피하기 위해 한 것이다. 예하, 청계, 솔본은 모두 '세상을 떠나다'와 같이 의역을 했는데 나남본만 '신선되어 승천하다'로 옮겼다.

청계본은 원문대로 글자 하나씩 따지면서 번역하지 않고 뜻만 번역하는 방법을 선택하였다. 그리고 글의 표현력을 높이기 위해 원문보다 더 강하게 표현하거나 말을 덧붙여서 添譯하는 경우도 종종 있다.

여와의 손길을 거친 돌이 재주를 발휘하지 못하였지만 이미 영기를 얻었다. 스님과 도사를 만난 후에 두 사람의 환술을 빌어 작은 옥으로 변했다. 하지만 청계본에는 이 돌의 영기를 돋보이느라 '마음대로 걸어 다니기도 하고 큰 바위나 작은 옥으로 변하기도 했다'고 원래 없는

---

184 王飛燕, 앞의 논문(2019), 98쪽.

재주를 더해주기까지 했다. 여기는 좋은 의도로 하였겠지만 원문에서 크게 벗어난 이야기를 역자 마음대로 더하거나 빼는 것이 적당하지 못하다고 본다.

후에 진사은이 꿈에서 스님과 도사를 만났는데 두 사람과 이야기를 나누다가 '태허환경'에 이르더니 두 사람이 갑자기 사라지고 진사은 혼자만 남게 되는 일이 있는데 원문에는 두 사람이 사라지고 바로 '태허환경'이라는 네 글자가 새겨있는 돌패루가 보이는데 청계본은 진사은의 놀라움을 과시하기 위해 돌패루를 소개하기 전에 일부러 '한동안 멍하니 정신을 놓고 있던 진사은이 다시 정신을 가다듬고 돌문을 바라보니'라는 구절을 더 넣었다. 번역문의 표현력을 높이기는 했지만 원천텍스트에 대한 충실성이 떨어진 셈이다.

대체로 나남본의 번역 특징은 글자 하나하나씩 그대로 옮기는 것이며 예하본과 청계본은 의역을 하는 경향이 더 강하다. 솔번역본은 두 가지 방법을 필요에 따라 쓴다. 그러나 청계본은 번역자의 고려에 따라 添譯하는 경우도 있다. 나남본과 솔번역본은 기본적으로 첨역이나 축역을 하지 않고 원문 그대로 번역하는 경향이다.

임대옥이 후일 자기와 친하게 지낼 자매들과 가보옥을 처음 만날 때 조설근이 그들의 용모를 특별하게 자세히 소개하였다. 임대옥의 외사촌 언니 迎春의 용모에 대해서는 조설근이 이렇게 묘사하였다.

……①腮凝新荔, 鼻膩鵝脂, 溫柔沉默, 观之可亲.[185]

[예하: ……볼이 발그레하며 콧날이 매끈하고 말수가 적고 온순하여

---

185 曹雪芹・高鶚 著, 中國藝術研究院紅樓夢研究所 校註, 앞의 책, 제3회, 25쪽.

친근감을 주었고,

[청계] : ……①방금 따온 여지처럼 발그레한 볼에 매끈한 콧마루, 얼핏
보기에도 말수가 적고 온화하며 친절해 보였다.

[나남] : ……①얼굴색이 방금 익은 여지(荔枝: 붉은 색 과일) 같았다.
매끈한 콧날과 거위 연지를 바른 얼굴이 온화하고 부드러운 기
운이 돌았으며 말없이 조용하여 친근미가 있었다.

[솔] : ……①볼은 싱싱한 여지荔枝처럼 발그레했다. 그리고 콧날은
밀가루처럼 매끈하고, 온유한 성품에 말수도 적어서 친근감을
주었다.

'新荔'은 방금 깐 싱싱한 여지 같이 하얗고 촉촉한 피부를 비유한
것이다. 文徵明이 「新荔篇」에 "빨간 비단 같은 겉껍질, 보라색 비단 같
은 속껍질, 하얀 눈 같은 속살"(錦苞紫膜白雪膚)이라는 문구를 지어
여지의 하얀 속살을 칭찬하였다.186 '鵝脂'도 '新荔'처럼 피부가 하얗고
매끄러운 것을 비유한 어휘이다. 당 韓愈와 孟郊가 지은 聯句詩 「城南
聯句」에 "원앙의 솜털이 옷고름을 날게 하고 거위의 지방 같은 옥으로
옥패를 만든다."(鵷毳翔衣帶, 鵝肪截佩璜)라는 시구가 있다. 이 시구
에는 '鵝肪'로 희고 매끄러운 옥을 비유했다.187 여기의 '鵝肪'이 바로
'鵝脂'이다. '鵝肪'는 거위의 지방인데 당나라 사람들이 거위를 매우
좋아해 거위의 지방으로 희고 매끄러운 것을 형용한다. 중국에 여자의
피부 결을 찬미할 때는 흔히 '膚若凝脂'라고 하는데 조설근이 '新荔'와
'鵝脂'의 전고를 활용하여 ①'腮凝新荔, 鼻膩鵝脂'로 영춘의 피부가 매

---

186   紀昀 等 編撰, 文淵閣本『欽定四庫全書』(影印), 台北: 台灣商務印書館, 1985, 第1382
      冊, 450쪽. 「文氏五家集」卷四, 「新荔篇」.
187   佐久節 編, 『漢詩大觀』, 第三卷, 東京: 井田書店, 1943, 1668쪽.

우 하얗고 매끄럽다는 것을 찬송하는 것이다. 네 가지 번역문이 모두
'腮凝新荔'를 영춘의 볼이 껍질을 까지 않은 '싱싱한 여지처럼 발그레
했다'고 한 것은 잘못된 인식이었다. 그리고 '鵝脂'의 매끄러운 특징을
잘 파악하였지만 '鼻膩鵝脂'는 굳이 코만 이야기하는 것이 아니라 '腮
凝新荔'와 排比를 이루어 전체 피부 결을 이야기하는 것을 파악하지
못하였다. 이것이 바로 직역의 한계라고 할 수 있다. 이러한 경우에
비유의 대상을 정확히 파악하고 의역을 넘어서서 확장된 번역으로 벗
어나가야 할 것이다.

제2절 자국화와 이국화 방법

과거에는 번역이 한 문화와 다른 문화를 연결하는 가장 강력한 소
통방법이었다. 예나 지금이나 번역은 다른 문화의 사상과 가치를 모국
어로 전달해 새로운 문화를 창출하는 매체다. 언어의 차이는 보이지
않을수록 좋은 번역문이 되겠지만 문화의 차이도 언어처럼 보이지 않
도록 처리해야 하는지 고민해야 할 문제다. 독일의 신학자 겸 번역가
Friedrich Schleiermacher가 번역자는 이국성을 인식하고 존중하여
이를 TL에 옮겨야 한다고 주장한다. 독자가 외국어 작품을 읽기 전에
작품의 이국성에 대해 똑똑히 알고 있었고 새로운 문화의 자극을 받을
준비를 다했거나 그것을 바라고 있을 것이다. 원천 텍스트가 전달하는
문화적인 내면까지 독자에게 전달하는 것이 또한 역자의 임무다.

『홍루몽』을 읽을 때 중국 전통문화를 접하는 것이 피할 수 없으며
피해서도 안 된다. 제7회에 연로한 하인이 주인을 욕하는 장면이 있는
데 바로 아래에 볼 수 있다.

……焦大越發連賈珍都說出來，亂嚷亂叫說："我要往祠堂里哭太爺去。那里承望到如今生下這些畜牲來。每日①偷狗戲雞，②爬灰的爬灰、養小叔子的養小叔子，我什麼不知道？咱們'胳膊折了往袖子裏藏'！"188

[예하] : ……초대는 가진이가지 들먹이며 고함을 지르고 떠들어댔다.
　　　　"내 사당에 가서 네 증조부한테 울면서 이를 거다. 이 집에 이런 개돼지들이 생겨날 줄은 생각도 못했다구! ①날마다 계집질 서방질만 하는 놈들. ②상피붙는 놈은 상피붙고, 시동생과 붙는 년은 시동생과 붙고, 내 모르는 게 있는 줄 아느냐? 그래도 난 팔이 안으로 굽는다고 다 눈을 감아주었단 말이다!"

[청계] : ……그러자 더욱 광기가 난 초대는 가용의 아버지 가진까지 들고 나오며 입에 담지 못할 욕설을 마구 퍼부었다.
　　　　"옳지, 날 죽여라! 내가 죽으면 혼이라도 사당에 가서 너희들의 조상한테 호소하겠다. 이 집에 이런 개, 돼지들이 생겨날 줄은 조상들도 생각 못 했을 거다. 밤낮 ①추잡한 짓들만 하면서 ……. 그래 ②재 위를 기어다니는 놈이 없나 시동생하고 붙어먹는 년이 없나! 흥, 누가 모를 줄 알고. 그래도 내가 지금까지는 곰배팔을 소매로 덮어 주듯 잠자코 있었다. 원, 죽일 놈들 같으니!"

[나남] : ……초대는 더욱 화가 치밀어 가진의 이름까지 들먹거리며 고래고래 소리를 질러댔다.
　　　　"놓아라, 이놈들아! 가문의 사당에 가서 네 놈들 할아버지 신위 앞에 통곡해야겠다. 누가 이런 개돼지 같은 자손이 태어날 걸 바랐느랴고 말이야. 날마다 ①하는 짓거리들이란 게 추잡하기 짝이 없단 말이야. ②재 위를 기는 놈은 재 위를 기고, 시동생과 붙어먹는 년은 시동생과 붙어먹구, 내가 모를 줄 알고? 우린 말이야 그래도 '팔 부러지면 소매로 덮는다'고 그렇게 덮어주었을

---

188 曹雪芹 · 高鶚 著, 中國藝術研究院紅樓夢研究所 校註, 위의 책, 제7회, 76쪽.

뿐이라고!"

[솔]: …… 초대는 더욱 발악하며 심지어 가진까지 들먹이면서 마구잡
　　　이로 고함을 질러댔다.
　　　"내 사당에 가서 네 증조부께 통곡해야겠다. 지금에 와서 이렇게
　　　짐승 같은 후손들이 태어날 줄은 꿈에도 몰랐다고 말이다! 매일
　　　①집에서 사내 계집들이 몰래 들러붙고 ②시아비 며느리가 들러
　　　붙고 형수가 어린 시숙과 들러붙지. 내가 모르는 게 있는 줄 알
　　　아! 그래도 우린 '팔은 안으로 굽는다[胳膊折了往袖子裏藏].'고
　　　다 모른 척해줬단 말이다!"

　焦大는 젊었을 때 세운 공으로 술만 먹으며 자기 직무를 수행하지
않을 뿐만 아니라 가부의 어린 주인들까지 눈에 보이지 않았다. 가용
의 증조할아버지를 구한 은혜를 항상 입에 붙어 다녔다. 焦大에게는
제일 유력한 보호자가 바로 죽은 지 오래된 가용의 증조할아버지이다.
자기가 형벌을 받게 생겼으니 꺼낼 만한 사람이 太爺밖에 없다. 그래
도 효과 없으면 자기의 불만을 풀려고 궁한 쥐같이 가부의 불륜을 모
두 털어냈다. 焦大는 자기가 공이 높고 다른 하인보다 항렬이 위에 있
다고 하여 가용의 증조할아버지 대신하여 가부의 주인들까지 혼내도
된다고 착각을 하고 있다.
　'偷狗戱雞'에 대한 번역은 청계본과 나남본이 모두 추잡한 짓이라
고 하였지만 예하본과 솔번역본은 사내, 계집을 몰래 들러붙는 것이
라고 하였다. 중국에는 개를 훔쳐서 고기로 파는 무뢰한이 있으며 도
박의 일종인 닭싸움에 열광하는 불량배들도 많다. 여기서의 '偷狗戱
雞'는 정당한 직업을 가지지 않고 빈둥거리기만 하는 가부의 자식들
을 비유하는 말이다. 그래서 사실상 네 가지 번역본이 모두 원문과 거

리가 있다. '偸狗戲雞'가 중국어에는 특별히 난잡한 성생활과 연관 있는 어휘가 아니지만 문맥상으로 보면 그러한 뜻이 포함되어 있는 듯하다. 그래서 청계본과 나남본은 '남녀 간의 추잡한 짓'이라고 했고 예하본과 솔번역본은 더 밝혀서 사내 계집들이 몰래 들러붙는 짓으로 번역을 했다.

'爬灰'같은 표현은 중국 특유의 표현으로 시아버지와 며느리의 간통을 가리키는 이국적인 표현이다. 이런 표현을 번역할 때는 특별한 주의가 필요하다. 예하본이 '상피 붙다'라고 옮겼는데 이는 한국 독자에게는 익숙한 표현이지만 원문의 뜻을 확대하고 내용을 정확하게 전달하지 못한 결점이 생긴다. 나남본은 각주에 '재 위를 기면 무릎을 더럽힌다는 뜻(汚膝)에서 시아버지가 며느리를 욕보인다는 뜻(汚媳)으로 연계되는 동음이의어임'라고 이 말의 유래를 설명해줬다. 여기는 賈珍과 며느리 진가경의 간통을 말하는 것이다. 이 말에 대해 청계본과 나남본은 원문대로 번역하고 각주에 어휘의 뜻을 설명하는 방법으로 처리하였고 솔본은 이 말의 속뜻을 그대로 번역하는 방법으로 하였다. 나남본은 이 말의 유래를 설명해준 것이 독자가 중국의 문화를 아는 데에 도움을 줬고 솔본의 처리는 번역문의 가독성을 높였다. 두 가지 방법은 모두 취할 만하다. 청계본과 솔본처럼 표현방식을 좀 바꾸면 훨씬 유창한 한국어 문장이 될 수 있다.

제3절 번역의 전략과 기준

번역은 출발어에 해당하는 원천 텍스트를 도착어로 바꾸어 도착어 사용자인 독자들에게 원천 텍스트를 제대로 이해시키고 감상시키기 위한 행위다. 따라서 번역은 합당한 전략이나 대책이 필요하다. 번역의 방법을 둘러싸고는 수많은 사람들의 논의가 끊이지 않았다. 대표적인 논쟁으로는 의역과 직역의 문제, 그리고 자국화와 이국화의 문제를 들 수 있다. 자국화와 이국화 방식을 달리하는 이유는 두 나라의 언어와 표현방식이 다르기 때문이다. 이 두 가지 번역의 방식은 어떻게 하면 도착어의 독자들에게 원천 텍스트를 바람직한 상태로 전달할 수 있을까를 고민하고 구상하는 과정에서 도출되었다. 따라서 번역을 제대로 수행하기 위해서는 도착어의 지향성이나 번역의 목적 및 효용 등을 충분히 고려해야 할 것이다.

『홍루몽』은 중국 고전소설의 집대성이라고 할 만한 작품으로서 중국 문화의 정수를 담고 있다. 『홍루몽』의 번역 목적은 이처럼 위대한 작품을 한국 독자에게 정확하게 전달하는 것이고, 그 번역의 효용은 옮긴 글을 통해 중국 문화와 한국 문화를 상호 이해하는 것이다. 최근에 『기생충』이나 『한강』 같은 작품의 번역이 높은 평가를 받고 상찬의 대상으로 올라 주목을 받았다. 이들 번역 작품이 외국 사람에게 아무런 이질감 없이 받아들여질 수 있었던 전략 중 하나는, 자국화의 대한 번역과 한국의 역사와 문화를 제대로 드러내는 번역을 조화시킨 것이다. 동시에 필요에 따라 직역과 의역이 균형 있게 잘 어우러졌기 때문이다. 『홍루몽』에 담겨 있는 중국 문화를 한국 사람에게 잘 이해시키려면 다채로운 번역의 책략과 방법을 잘 운용해야 한다.

지금까지 나온 여러 완역본을 간략하게 살펴보면, 낙선재본 『홍루몽』은 이종태 등 역관들이 번역한 것으로 청나라의 풍속과 일상생활 용어가 생소한 바람에 종종오역이 발생했다. 그리고 정확한 의미를 모르는 어휘가 있으면 습관적으로 직역이라는 방식을 사용했다.189 신문에 연재한『홍루몽』은 편의적으로 주요한 내용만 뽑아냈을 뿐 아니라 어떨 때는 독자의 관심을 끌기 위해 성애를 묘사하는 내용을 함부로 추가하기도 했다. 연변대학교 '홍루몽 번역소조'와 외문출판사 김광열·안의운이 번역한『홍루몽』역본은 주로 중국 내 조선족 및 북한의 일반 독자를 대상으로 삼았기 때문에 표준어를 '평양 문화어'로 정의했다. 최용철·고민희, 그리고 홍상훈이『홍루몽』을 완역했을 무렵은 한·중 수교가 거의 20년을 맞이했을 때였다. 상대적으로 중국에 대한 인식과 이해가 예전보다 현저하게 정확해지고 명백해졌는데, 이런 점이 번역에 반영되어 오역과 오해가 줄어든 것이다.

『홍루몽』은 중국의 고전 작품이기 때문에 중국 특유의 표현이 있을 수밖에 없다.『홍루몽』이 중국에서 유명한 이유 중 하나는 대구를 잘 활용했다는 점이다. 대구를 알맞게 번역하는 것은『홍루몽』이 지닌 참다운 멋을 전달하는 데 도움이 되기 때문에 우리는 이 점에 주목해야 한다. 그리고 이 작품에는 한국 사람들이 이해하기 힘든 문화 요소와 주석이 필요한 고사나 전고가 다수 등장한다. 이런 것을 제대로 번역하기 위해서는 직역이 필요할 때도 있고 의역이 필요할 때도 있다. 자국화가 필요할 때도 있고 이국화가 필요할 때도 있다. 특히 직역으로 번역해도 이해하는 데 지장이 없는 경우라면 직역을 택하는 것이 작품의 본래 모습을 보여주기에 적절하다고 생각한다. 다만 의역이 필요한 경우에는 독자의 이해를 위해 의역을 선택해야 한다. 자국화와 이국화 방법도 마찬가지다. 번역자는 작품에 대한 이해나 개인의 취향에 따라 그때그때 다른 번역 책략을 선택할 수 있다. 직역과 의역 자체에 우열이 있는 것이 아니고, 효과적인 번역을 위해 번역자가 어떤 것을 적절

---

189 王飛燕, 앞의 논문(2019), 326쪽.

하게 선택하며 사용하느냐가 관건이다.

지나친 직역은 딱딱하고 어색할 수 있고, 지나친 의역은 원문의 표현 수법과 정서 등을 왜곡시킬 가능성이 있다. 그래서 직역과 의역이 조화가 이룰 때가 가장 이상적인 번역이라고 생각한다. 충실함(원문에 어긋나지 않도록 함)과 투명화는 번역이 지향하는 이상적인 가치다. 충실함이라는 가치는 번역할 대상의 내용으로부터 왜곡 없이 정확하게 표현될 수 있도록 작용하는 번역의 범위를 지칭하며, 투명화는 원천 텍스트가 목표 텍스트로 번역될 때 도착어 사용자에게 원래부터 출발어로 쓰인 것처럼 느껴질 수 있도록 문법과 어문 구조, 숙어 등을 사용하는 방식을 일컫는다. 다만 주제에 따라 충실함을 판단하는 기준에는 차이가 있을 수 있다. 번역해야 하는 대상의 성격이나 문구가 쓰인 방식, 문자 그대로의 가치, 그리고 사회적이고 역사적인 맥락에 이르기까지 고려해야 할 사안도 부지기수다. 번역의 기본 요구는 충실함이다. 번역은 여자와 같아서 아름다우면 충실하지 않고 충실하면 아름답지 못한다는 비유가 널리 알려져 있지만, 충실하면서 아름다운 번역을 산출해내는 것이 바로 번역자의 임무라고 할 것이다. 번역에는 독자 지향성이라는 특징이 있기 때문에, 목표 독자의 이해력, 계층, 지식수준, 직업 등에 따라 번역이 다른 양상을 띨 수 있다. 또는 번역자가 원문에 대한 이해와 언어를 다루는 능력에 따라 번역의 우열이 가려질 수 있다.

제7장

맺음말

문학작품은 한 국가 및 민족을 총체적으로 이해할 수 있는 창문이라고 할 수 있다.[190] 이 창문을 통해 다른 나라 독자는 그 나라나 민족의 역사, 문화, 사고방식, 생활습관, 사회제도, 풍속 등을 엿볼 수 있고 색다른 아름다움을 즐길 수 있다. 이 창문을 열어주는 장본인이 바로 번역자다. 훌륭한 문학작품이 시간과 공간을 초월할 수 있다고 한다면, 훌륭한 번역 작품도 그러하다. 원작은 번역자의 손을 거쳐 생명을 얻어 다른 시간과 공간에서 재탄생되는데, 우리는 이 과정에서 원작을 바라보는 번역자의 시각과 태도 등을 두루 살펴볼 수 있다.

중국 고전소설 중에서도 최고의 걸작으로 손꼽히는 『홍루몽』은 청나라 귀족의 일상생활을 수놓는 제반 모습을 세밀하게 반영하는 가운데 인정과 세태, 가문의 운명 등을 둘러싸고 펼쳐지는 각 개인의 운명을 생생하게

---

190 王飛燕, 앞의 논문(2019), 323쪽.

보여주고 있다. 『홍루몽』은 중국 고유의 전통문화와 사상이라는 도저한 기반 위에서 보편적인 의미 및 가치를 표현하고 있다고 할 수 있다.[191] 이렇기 때문에 『홍루몽』이 전 세계로부터 사랑을 받게 되었다.

19세기 말 왕실의 여성들을 대상으로 번역한 세계 최초의『홍루몽』 완역본인 낙선재본『홍루몽』을 비롯하여 21세기 초 일반인 독자를 대상으로 번역한 현대어 번역본에 이르기까지 수많은 번역자의 노력이 세상에 선을 보였다. 대역의 형식을 띤 낙선재본『홍루몽』은 중세국어로 옮겨졌는데, 중국 문화에 대한 이해 부족으로 오역도 심심치 않게 이루어졌다. 20세기 초부터는 양건식 등이 신문 매체에『홍루몽』을 연재하기 시작했는데, 대부분 아쉽게도 미완성에 그쳐 대단한 영향력을 얻지 못했다. 개중에는 단행본으로 출판한 번역본도 있지만 축역이거나 일본 자료를 활용한 중역본이었다. 20세기 후반에 들어와서는 중국에서 번역한『홍루몽』이 윤문을 거쳐 한국에서 재간행이라는 빛을 봤는데, 반면에 한국 내에서 시도한『홍루몽』번역 작업은 거의 미완성에 그치고 말았다. 21세기 초에야 드디어 최용철·고민희, 그리고 홍상훈에 의해 두 가지 완역본이 나오게 되었다.

번역 연구에서는 번역의 목적이 번역에 지대한 영향을 줄 수 있다는 점을 깊이 고려해야 한다. 이를테면 조성기는 1995~1996년『한국경제신문』에『홍루몽』을 연재한 바 있는데, 독자들의 관심을 끌기 위해 고의로 성애에 관한 내용을 골라내어 자기 멋대로 내용을 덧붙임으로써『홍루몽』이 마치 욕정 소설인 것 같은 인상을 주었다. 이런 방식은 본연의 번역을 벗어난 개작이라고 할 만하지만, 잘 모르는 독자들에게는『홍루몽』에 대한 부당한 오해를 일으킬 가능성이 높다.

191　王飛燕, 위의 논문(2019), 323쪽.

번역자는 작품에 대한 이해나 개인의 취향에 따라 상이한 번역의 전략을 선택할 수 있다. 직역과 의역은 그 자체로 우열이 나뉘는 것이 아니라 번역자가 효과적인 번역을 위해 적절하게 선택해 운용하는 것이 일반적이다. 어떤 작품이든 완벽한 번역본이 존재하기는 어렵다고 할지언정, 번역을 통해 문학과 문화, 그리고 지식의 교류와 전파가 이루어진다는 사실은 변하지 않는다. 이와 관련하여 시간의 흐름과 시대의 발전에 따라 같은 작품을 재번역할 필요성도 엄연히 존재한다.

본서는 『홍루몽』의 번역을 둘러싼 여러 문제를 다각적으로 검토해 보았다. 제2장에서는 『홍루몽』의 번역 방법에 대해 분석했고, 『홍루몽』 같은 문학작품을 번역할 때 어떤 전략과 기준이 동원되었는지 탐색해 봤다. 『홍루몽』에 담긴 중국 청나라 시대의 수많은 각종 문화 요소 때문에 『홍루몽』의 번역은 독자에게 이질적인 느낌을 주는 것이 불가피하다. 이러한 경우에 지나친 자국화를 의도한 번역 방법은 그리 올바르지 않다고 생각한다. 예부터 오랜 동안 직역과 의역에 대한 논쟁도 수없이 이루어졌지만, 적절하게 조화를 이루며 필요에 따라 적용하는 것이 타당하다고 본다. 직역으로 의미 전달과 문장의 아름다움을 충분히 전달할 수 있을 경우에는 직역을 선택하고, 그렇게 하기 어려울 경우에는 의역을 취사하는 것이 바람직하다.

제3장에서는 『홍루몽』 회목의 번역을 검토하고 오역이 생겨난 원인을 분석했다. 중국 고전소설에서는 회목이 매우 중요한 역할을 맡고 있는데, 『홍루몽』도 여기에서 벗어나지 않는다. 회목은 구조의 대칭, 강한 함축성 같은 특징을 띠고 있기 때문에 충실하게 옮기는 일이 쉽지 않다. 이럴 때는 번역의 충실함만 보장한다고 해서 좋은 번역이 된다고 할 수 없다. 원문의 회목처럼 번역문의 회목도 동사 대 동사, 명

사 대 명사와 같이 구조적인 특징을 이루어야 가히 좋은 번역이 될 수 있다. 그리고 회목에 나와 있는 단자평은 『홍루몽』에 등장하는 인물들의 성격 특징을 이해하는 데 결코 소홀하게 여길 수 없는 요소인 만큼 일관되면서도 정확한 번역이 요구된다.

제4장에서는 운문의 번역 양상을 비교 검토하고자 했다. 안의운은 『홍루몽』을 번역할 때 가장 어려운 점이 "첫째도 시 번역, 둘째도 시 번역"이라고 했다.[192] 예하, 청계, 나남, 솔에서 펴낸 네 가지 번역본 중에서는 예하본이 의역을 더 많이 차용하여 작가의 의도를 비교적 더 잘 전달한 편이다. 그 밖의 다른 세 번역본은 직역의 경향이 더 강하여 오역이 있거나 원문의 뜻을 제대로 전달하지 못한 부분이 있다. 한국어로 번역할 때 중국 시가 지닌 운율의 특징을 재현하는 일은 거의 불가능한데, 청계본은 「好了歌」를 「도다 타령」으로 번역함으로써 운율을 살려서 전달하는 훌륭한 시범을 보였다.

'언어의 寶庫'라고 일컬어지는 『홍루몽』에는 다량의 속어와 쌍관어가 쓰였는데, 제5장서는 이 점에 대해 살펴보았다. 독자는 속어를 통해 당대인들의 사고방식과 일상생활을 알 수 있고, 쌍관어를 통해 중국 언어의 정묘함을 느낄 수 있다. 속어는 비교적 번역하기 어렵지 않기 때문에 네 가지 번역본 모두 의역보다는 직역의 방법을 선택하고 있다. 이와 반대로 쌍관어의 번역은 매우 까다롭다. 쌍관은 어음쌍관과 어의쌍관으로 구분할 수 있지만, 『홍루몽』에서는 해음쌍관이 특히 두드러지게 쓰였다. 쌍관이란 두 가지 뜻을 동시에 갖고 있기 쌍관이라고 한다. 따라서 직역에 의해서는 같아 보이는 뜻만 전달할 수 있을 뿐, 작가가 진심으로 표현하고 싶은 내용은 포기할 수밖에 없다. 이런

---

192 조설근 · 고악 지음/안의운 · 김광렬 옮김, 대돈방 그림, 『홍루몽』, 청계출판사, 2007, 14쪽.

경우에는 의역을 동원하는 것이 유일한 선택지라고 할 수 있다.

제6장에서는 중국 문화 요소를 둘러싼 번역 양상에 대해 검토했다. 『홍루몽』은 중국 문화의 백과사전답게 한국 사람에게 생소한 느낌을 주는 문화 지식이 엄청나게 담겨 있다. 두말할 나위 없이 문화 요소의 번역은 번역의 난점 중 하나다. 문화는 단순한 지식이 아니라 사회제도, 생활습관, 사고방식, 자연환경 등 갖가지 요소가 뒤섞이고 어우러지면서 서로 영향을 주고받아 성립한 것이다. 문화 요소를 대상 독자에게 전달할 때 한 가지 문화 요소만 전달한다면 부족하기 짝이 없기 때문에 그것과 관련 있는 다른 요소까지 독자에게 설명해야 할 경우가 적지 않다. 예하, 청계, 나남본은 독서의 리듬이 끊기지 않도록 주석을 풍부하게 달지 않은 반면, 솔 번역본은 문화 요소를 전달하기 위해 원문에 있는 주석을 모두 譯註로 옮겼다.

번역은 사실상 오직 언어와 연관되는 것이 아니라 인문, 사회, 경제, 문화 등 인간 삶의 모든 면과 관련된다. 번역을 잘하려면 언어 실력이라는 기본 요소를 갖추어야 하지만 삶에 대한 전반적인 이해도 필요하다. 번역의 차원에서는 번역자의 사고방식, 종교나 신앙, 지식수준, 이해 능력 및 언어 실력에 따라 인해 원작을 이해하는 데 크고 작은 어려움에 부딪치는 일은 매우 흔하기 마련이고, 그 때문에 사소하거나 중대한 오역이 발생하는 것도 피할 수 없다. 번역자의 임무는 자신의 노력과 성실함을 통해 오독이나 오역을 최소한 줄이는 것이고, 번역 과정을 통해 문화의 전파와 수용에 힘을 기울이는 것이다. 이 점이야말로 소박하게나마 필자가 본서와 같은 번역 연구에 착수한 계기라고 할 수 있다. 필자는 향후 후학들의 노력으로 본서의 문제 제기와 탐구가 더 깊이 있게 규명해 나가기를 희망한다.

參考文獻

원전자료:

『周易』, 『莊子』, 『禮記』, 『茶疏』

曹雪芹 著, 『戚蓼生序本石頭記』, 北京: 人民文學出版社, 1975.

曹雪芹 著, 啓功 註, 『紅樓夢』, 北京: 人民文學出版社, 1974.

曹雪芹 · 高鶚 著, 中國藝術研究院紅樓夢研究所 校註, 『紅樓夢』, 北京: 人民文學出版社, 1997.

曹雪芹 著(前八十回), 無名氏 續(後四十回), 程偉元 · 高鶚整理, 『紅樓夢』(上), 北京: 人民文學出版社, 2016.

조설근 · 고악 지음/연변대학 홍루몽 번역소조 옮김, 『홍루몽』, 도서출판 예하, 1990.

조설근 · 고악 지음/안의운 · 김광렬 옮김, 대돈방 그림, 『홍루몽』, 청계출판사, 2007.

조설근 · 고악 지음/최용철 · 고민희 옮김, 『홍루몽』, 나남출판사, 2009.

조설근 · 고악 지음/홍상훈 옮김, 『홍루몽』, 솔 출판사, 2012.

Cao, Xueqin. *The Story of The Stone*. Translated by David Hawkes. New York: Penguin Books, 1973.

Tsao, Hsueh-Chin and Kao Ngo. *A Dream of Red Mansions*. Translated by Yang Xianyi and Gladys Yang. Beijing: Foreign Language Press Peking, 2015.

저서:

메리 슈넬-혼비 지음/허지운 · 신혜인 · 허정 · 신오영 옮김, 『번역학발전사』, 이화여자대학교출판부, 2010.

이계주, 『홍루몽시사간론』, 도서출판 다운샘, 2005.

이근희, 『번역산책: 번역투에서 번역의 전략까지』, 서울: 한국문화사, 2005.

최용철, 『홍루몽의 전파와 번역』, 도서출판 신서원, 2007.

한국문학번역원 저, 『문학번역의 이해』, 북스토리, 2007.

Jeremy Munday 지음/정연일 · 남원준 옮김, 『번역학입문』, 한국외국어대학교 출판부, 2006.

佐久節 編, 『漢詩大觀』, 東京: 井田書店, 1943.

郭璞(晉) 註,『爾雅』, 浙江古籍出版社, 2011.

啟功,『啟功給你講紅樓』, 北京: 中華書局, 2006.

季學源,『紅樓夢服飾鑒賞』, 杭州: 浙江大學出版社, 2012.

陸羽(唐) 著,『茶經』, 哈爾濱: 黑龍江美術出版社, 2017.

戴聖(西漢) 著,『禮記』, 北京: 中華書局, 2017.

杜甫 著,『杜甫詩集』, 長春: 吉林出版社, 2011.

鄧雲鄉,『紅樓夢導讀』, 石家莊: 河北教育出版社, 2004.

_____,『紅樓夢風俗譚』, 石家莊: 河北教育出版社, 2004.

_____,『紅樓夢夢憶』, 石家莊: 河北教育出版社, 2004.

_____,『紅樓識小錄』, 石家莊: 河北教育出版社, 2004.

柳岳梅 主編,『紅樓夢與中國傳統文化』, 上海: 上海財經大學出版社, 2018.

馬經義,『中國紅學概論』上冊, 成都: 四川大學出版社, 2008.

文淵閣本『欽定四庫全書』, 台北: 台灣商務印書館, 1985.

富察敦崇(淸) 著, 『燕京歲時記』, 北京: 北京出版社, 2018.

上海市紅樓夢學會,『紅樓夢鑒賞辭典』, 上海: 上海古籍出版社, 1989.

徐珂(淸) 編,『淸稗類鈔』第1冊, 北京: 中華書局, 2010.

徐堅(唐) 等著,『初學記』下冊, 北京: 中華書局, 1962.

蕭統(南朝梁) 編,『昭明文選』, 北京: 華夏出版社, 2000.

沈煒艷,『紅樓夢服飾文化飜譯研究』, 上海: 中西書局, 2011.

沈從文,『中國古代服飾研究』, 上海: 上海書店出版社, 2011.

嚴寬,『紅樓夢八旗風俗談』, 北京: 中華書局, 2015.

葉夢珠(淸) 撰, 來新夏 點校,『閱世編』, 北京: 中華書局, 2007.

永瑢(淸) 外 編纂,『文淵閣四庫全書』, 臺北: 臺灣商務印書館, 1982.

王國維 · 蔡元培 · 胡適,『三大師談紅樓夢』, 蘇州: 古吳軒出版社, 2017.

王文誥(淸) 輯註,『蘇軾詩集』, 北京: 中華書局, 1982.

王實甫(元) 著, 許淵衝 許明 譯,『西廂記』, 北京: 五洲傳播出版社, 2018.

王仁裕(五代), 姚汝能(唐) 撰, 曾貽芬 點校,『開元天寶遺事 · 安祿山事跡』, 北京: 中華
　　書局, 2006.

劉餗(唐), 張鷟(唐) 撰,『隋唐嘉話 · 朝野僉載』, 北京: 中華書局, 1979.

劉義慶(南朝宋) 撰, 沈海波 譯註,『世說新語』, 北京: 中華書局, 2016.

俞平伯,『俞平伯點評紅樓夢』, 北京: 團結出版社, 2004.

_____,『紅樓夢辨』, 北京: 商務印書館, 2006.

陸楫(明) 等 輯,『古今說海』, 成都: 巴蜀書社, 1988.

李小龍,『中國古典小說回目研究』, 北京: 北京大學出版社, 2012.

李清照(北宋) 著, 『李淸照文集』 第三冊, 沈陽: 遼海出版社, 2010.

程大昌(宋) 撰, 『演繁露』, 呼和浩特: 遠方出版社, 2001.

鄭玄(東漢) 註, 孔穎達(唐) 疏, 陸德明(唐) 釋文, 『禮記註疏』冊二, 上海: 中華書局.

趙長江, 『霍譯紅樓夢回目人名翻譯研究』, 河北: 河北教育出版社, 2007.

周汝昌, 『紅樓藝術』, 北京: 人民文學出版社, 2016.

中國社會科學院言語研究所詞典編輯室 編, 『現代漢語詞典』, 北京: 商務出版社, 2012.

中川忠英(日) 編著/方克・孫玄齡 譯, 『淸俗紀聞』, 北京: 中華書局, 2006.

翟灝(淸) 撰, 『通俗編』, 無不宜齋, 淸乾隆十六年.

蔡義江, 『紅樓夢詩詞曲賦鑒賞』, 北京: 中華書局, 2004.

崔豹(晉) 撰, 『四部叢刊三編-古今註』, 上海:商務印書館, 中華民國二十五年(1936).

馮其庸, 『論庚辰本(增補本)』, 北京: 商務印書館, 2014.

許愼(漢) 撰, 段玉裁(淸) 註, 上海: 上海書店, 1992.

許淵冲, 『翻譯的藝術』, 北京: 中國對外翻譯出版公司, 1981.

邢治平, 『紅樓夢十講』, 河南: 中州書畫社, 1983.

胡文彬, 『紅樓放眼錄』, 北京: 華藝出版社, 1995.

_____, 『紅樓夢人物談』, 北京: 文化藝術出版社, 2005.

胡文煥(明) 編, 『群音類選』, 北京: 中華書局, 1980.

胡適, 『中國章回小說考證』, 北京: 北京師範大學出版社, 2013.

『欽定四庫全書薈要-欽定大淸会典』, 長春: 吉林出版集團有限責任公司, 2005.

논문:

고민희, 「『紅樓夢』韓文翻譯本後四十回中的幾個問題」, 『紅楼梦学刊』, 제1집, 2009.

_____, 「關於『紅樓夢』韓譯本中稱謂語的若干問題」, 『紅楼梦学刊』, 제1집, 2009.

_____, 「『紅楼夢』韓譯時面臨的問題-以文化空白爲中心」, 『紅楼梦学刊』, 제6
집, 2010.

_____, 「『紅樓夢』的對話翻譯-以表現人物個性爲中心」, 『紅楼梦学刊』, 제6집,
2011.

최광순, 「『홍루몽』 숙어 연구」, 대구가톨릭대학교 박사논문, 2013.

최용철, 「『홍루몽』 판본의 회목비교 연구」, 『中國語文論叢』, 제35집, 2007.

_____, 「韓國 歷代 『紅樓夢』翻譯의 再檢討」, 『中國小說論叢』, 제5집, 1996.

_____, 「『紅樓夢』在韓國的流傳和翻譯-樂善齋全譯本和現代譯本的分析」, 『紅楼梦学
刊』, 增刊, 1997.

_____, 「『紅樓夢』的文化翻譯-以韓國語譯文爲主」, 『紅楼梦学刊』, 제5집,   2008.

_____, 「韓文本『紅樓夢』回目的翻譯方式」, 『紅楼梦学刊』, 제6집, 2010.

江帆, 「他鄉的石頭: 『紅樓夢』百年英譯史研究」, 復旦大學比較文學與世界文學, 博　士學位論文, 2007.

金銀玲, 「『紅樓夢』兩種韓譯本的比較研究」, 延邊大學校　朝鮮語翻譯專業　碩士論文, 2019.

朴洗俊, 「現代『紅樓夢』韓譯本熟語翻譯研究」, 華東師範大學校 中國語言文學系　　碩士論文, 2018.

唐均, 「『紅樓夢』譯介世界地圖」, 『曹雪芹研究』, 제2집, 2016.

黎志萍, 「霍譯『紅樓夢』中雙關語的等效翻譯探從功能對等看雙關翻譯―以『紅樓　夢』譯本爲例析」, 『蘭州教育學院學報』, 제10집, 2017.

王金波 · 王燕, 「论《红楼梦》地名人名双关语的翻译」, 『外語教學』, 제4집, 2004.

王飛燕, 「樂善齋本『紅樓夢』의 翻譯研究」, 高麗大學校 博士學位論文, 2019.

李萍, 「紅樓夢詩詞研究綜述」, 河南教育學報, 제4집, 2005.

張貴彬, 「论纽马克翻译理论视閾下『红楼梦』中双关语的翻译」, 『燕山大學學報』, 　제4집, 2017.

鄭美善, 「『紅樓夢』樂善齋版本的翻譯研究」, 華中師範大學博士學位論文, 2015.

黃希明, 「金鋪玉戶　綺窓玲瓏―清宮內庭隔扇(上)」, 『紫禁城』, 제2집, 2004.

　　　, 「金鋪玉戶　綺窓玲瓏―清宮內庭隔扇(下)」, 『紫禁城』, 제3집, 2004.

사전 및 기타 자료:

高大民族文化研究所　中國語大辭典編纂室　編, 『中韓大辭典』, 高麗大學校民族文化研究所, 1995.

김민수 외 편, 『국어대사전』, 금성출판사, 1997.

김동언 편저, 『국어비속어사전』, 프리미엄북스, 1999.

改琦(淸) 繪, 『紅樓夢圖詠』, 國家圖書館出版社, 2017.

孫溫(淸) 繪, 『淸孫溫繪全本紅樓夢』, 現代出版社, 2016.

馮其庸 李希凡 主編, 『紅樓夢大辭典』, 文化藝術出版社, 2010.

전자자료:

국어국립원 표준국어대사전. https://stdict.korean.go.kr/main/main.do

디지털 장서각. http://jsg.aks.ac.kr

디지털 한자사전. http://www.e-hanja.kr

한국고전번역원. http://db.itkc.or.kr

故宮博物院. https://www.dpm.org.cn/Home.html

漢典. https://www.zdic.net.

《紅樓夢》現代韓語譯本的比較研究

仲維芳

　　《紅樓夢》是中國古典小說的集大成之作，也被稱為中國封建社會的百科全書，在全世界也擁有眾多的讀者。韓國在19世紀末就最先翻譯了全本《紅樓夢》，在那之後也不斷地有新的譯本出現。尤其在20世紀90年代中韓正式建交之後，韓國陸續出版了四種《紅樓夢》的全譯本。其中藝河和清溪兩個出版社出版的是經過潤色的中國翻譯版本，另外的nanam和sol出版社出版的是由韓國譯者翻譯的版本。本文希望通過對這四種版本的比較，探討將中國古典文學翻譯成韓語過程中會遇到的問題，並嘗試找出解決的方案。

　　《紅樓夢》作為典型的章回體長篇小說，回目佔有非常重要的位置。因此回目翻譯的準確性，對小說整體內容的理解上有非常重要的作用。回目有概括性強、對仗、雙關等特點，在翻譯的時候也要盡量將這些特點體現出來。另外《紅樓夢》中詩詞歌賦佔有很大比重，並且在描繪人物性格、推動故事發展上有很大作用。中國的韻文不僅押韻，而且往往包含很多的典故，含蓄性有很強，因此在翻譯過程中往往遇到的困難很多。尤其是押韻這一特點，在翻譯成外語的過程中基本上很難重現。在這一點上，清溪本將〈好了歌〉用韓國'打令'的形式展現了出來，不失為一種極好的嘗試。《紅樓夢》作為中國文化的百科全書，從衣食住行等各個方面為讀者展現了封建社會貴族的生活面貌。但這些知識對於外國人來說往往是陌生的。那麼怎樣才能讓讀者對陌生的中國文化了解並產生共鳴呢？這就需要譯者在翻譯過程中更加細心和耐心，在盡量不影響讀者閱讀感受的前提下，為讀者盡可能多的提供背景知識，幫助他們加深理解。

關鍵詞：紅樓夢，現代韓國語，翻譯，比較研究

回數	脂硯齋重評石頭記 庚辰本	예하본(연변) 程乙本
1	甄士隱夢幻識通靈 賈雨村風塵懷閨秀	진사은은 꿈에서 통령을 알고 가우촌은 뜬세상에서 가인을 그리워하다
2	賈夫人仙逝揚州城 冷子興演說榮國府	가부인은 양주에서 세상을 하직하고 냉자흥은 영국부의 일을 이야기하다
3	賈雨村夤緣復舊職 林黛玉拋父進京城	임여해는 사랑방 훈장을 처남에게 천거하고 대부인은 어미 여읜 외손녀를 데려오다
4	薄命女偏逢薄命郎 葫蘆僧亂判葫蘆案	박명한 여인은 불운하여 박명한 남자를 만나고 호로묘 옛중은 살인사건을 엉터리로 판결짓게 하다
5	游幻境指迷十二釵 飲仙醪曲演紅樓夢	가보옥은 태허환경에 노닐고 경환선녀는 홍루몽곡을 들려주다
6	賈寶玉初試雲雨情 劉姥姥一進榮國府	가보옥은 운우지정 처음 겪어보고 유노파는 영국부에 처음 와보다
7	送宮花賈璉戲熙鳳 宴寧府寶玉會秦鐘	궁화를 전하는데 가련은 희봉을 희롱하고 녕국부 연회에서 보옥은 진종을 만나다
8	比通靈金鶯微露意 探寶釵黛玉半含酸	가보옥은 기이한 인연으로 금쇄를 보고 설보채는 우연한 기회로 통령옥을 보다
9	戀風流情友入家塾 起嫌疑頑童鬧學堂	불초자식을 단속하라 이귀는 질책을 당하고 소소리패를 꾸짖으며 명연은 글방을 들부수다
10	金寡婦貪利權受辱 張太醫論病細窮源	김과부는 이권을 탐하다 모욕을 당하고 장태의는 병을 논하며 근원을 세세히 캐다

回數	脂硯齋重評石頭記 庚辰本	예하본(연변) 程乙本
11	慶壽辰寧府排佳宴 見熙鳳賈瑞起淫心	녕국부에선 생신을 축하하며 잔치를 벌이고 가서는 희봉을 보고 음탕한 마음을 먹다
12	王熙鳳毒設相思局 賈天祥正照風月鑒	왕희봉은 지독한 상사계를 꾸미고 가천상은 풍월감 정면을 비춰보다
13	秦可卿死封龍禁尉 王熙鳳協理寧國府	진가경은 죽어서 용금위로 봉해지고 왕희봉은 녕국부의 일을 돌봐주다
14	林如海捐館揚州城 賈寶玉路謁北靜王	임여해는 죽어서 양주성으로 돌아가고 가보옥은 길에서 북정왕을 배알하다
15	王鳳姐弄權鐵檻寺 秦鯨卿得趣饅頭庵	왕희봉은 철함사에서 권세를 부리고 진경경은 만두암에서 흥미를 얻다
16	賈元春才選鳳藻宮 秦鯨卿夭逝黃泉路	가원춘은 재모 덕분에 봉조궁에 뽑혀가고 진경경은 요절하여 황천길을 떠나가다
17		대관원에서 편액주련으로 글재주를 시험하고 영국부에 귀성하여 보름달을 즐기다
18	大觀園試才題對額 榮國府歸省慶元宵	황은이 두터워 원비는 양친을 뵙고 천륜이 기꺼워 보옥은 글재주를 보이다
19	情切切良宵花解語 意綿綿靜日玉生香	정다운 밤 정이 절절해서 꽃은 말로 타이르고 고요한 낮 뜻도 면면해서 옥은 향기를 풍기다
20	王熙鳳正言彈妒意 林黛玉俏語謔嬌音	왕희봉은 바른말로 시샘하는 자를 꾸짖고 임대옥은 고운 말로 아양 떠는 자를 놀리다

回數	脂硯齋重評石頭記 庚辰本	예하본(연변) 程乙本
21	賢襲人嬌嗔箴寶玉 俏平兒軟語救賈璉	어진 습인은 새침해서 보옥을 타이르고 예쁜 평아는 그럴듯한 말로 가련을 구하다
22	聽曲文寶玉悟禪機 製燈謎賈政悲讖語	보옥은 노랫소릴 듣고 선기를 깨닫고 가정은 수수께끼를 내 참어를 슬퍼하다
23	西廂記妙詞通戲語 牡丹亭艷曲警芳心	서상기의 묘한 말은 희롱으로 통하고 목란정의 염정곡은 방심을 깨우치다
24	醉金剛輕財尚義俠 痴女兒遺帕惹相思	취금강은 의협을 숭상하여 재물을 가볍게 여기고 들뜬 여자애는 손수건을 떨궈 연정을 끌다
25	魘魔法姐弟逢五鬼 紅樓夢通靈遇雙真	방자에 걸린 숙수는 다섯귀신을 만나고 홍루몽 통령은 두 진인을 만나다
26	蜂腰橋設言傳心事 瀟湘館春困發幽情	봉요교에서 말을 꾸며 속마음을 전하고 소상관에서 춘곤에 잠겨 그윽한 정 내비치다
27	滴翠亭楊妃戲彩蝶 埋香冢飛燕泣殘紅	양귀비는 적취정에서 범나비를 희롱하고 조비연은 매향총에서 지는 꽃을 슬퍼하다
28	蔣玉函情贈茜香羅 薛寶釵羞籠紅麝串	장옥함은 정에 겨워 천향라를 선사하고 설보채는 부끄러워 홍사염주를 벗어주다
29	享福人福深還禱福 癡情女情重愈斟情	유복한 사람은 복을 받을수록 복을 더 빌고 다정한 여인은 정이 깊을수록 정을 더 바라다
30	寶釵借扇機帶雙敲齡 官劃薔痴及局外	보채는 부채 일을 기회로 이쪽저쪽 후려치고 춘령은 장미를 써 국외인을 미혹 한다

回數	脂硯齋重評石頭記 庚辰本	예하본(연변) 程乙本
31	撕扇子作千金一笑 因麒麟伏白首雙星	부채를 찢으며 천금 같은 웃음 짓고 기린을 연줄로 백수쌍성 이뤄지다
32	訴肺腑心迷活寶玉 含恥辱情烈死金釧	보옥은 진정을 고백하며 미혹에 잠기고 금천은 치욕을 못 이겨 목숨을 버리다
33	手足耽耽小動唇舌 不肖種種大遭笞撻	악의품은 동생은 주둥이를 놀리고 불초자식 보옥은 된매를 맞다
34	情中情因情感妹妹 錯里錯以錯勸哥哥	정속에 정이 있어 누이를 감동시키고 잘못 속에 잘못 있어 잘못으로 오빠를 타이르다
35	白玉釧親嘗蓮葉羹 黃金鶯巧結梅花絡	백옥천은 제 입으로 연엽탕을 맛보고 황금앵은 정교하게 그물주머니를 떠주다
36	繡鴛鴦夢兆絳雲軒 識分定情悟梨香院	강운헌에서 원앙을 수놓으며 잠꼬대를 듣고 이향원에서 정분이 각각임을 비로소 깨닫다
37	秋爽齋偶結海棠社 蘅蕪院夜擬菊花題	추상재에서 우연히 해당사를 세우고 형무원에서 밤새 국화시 시제를 내다
38	林瀟湘魁奪菊花詩 薛蘅蕪諷和螃蟹咏	임소상은 국화시에서 으뜸이 되고 설형무는 꽃게시로 세인을 풍자하다
39	村姥姥是信口開河 情哥哥偏尋根究底	시골뜨기 노파는 잡소리를 늘어놓고 다정스런 총각은 짓궂게도 캐어묻다
40	史太君兩宴大觀園 金鴛鴦三宣牙牌令	대부인은 대관원에서 연회를 두 번 베풀고 김원앙은 주석에서 주령을 세 번 내리다

回數	脂硯斋重評石頭記 庚辰本	예하본(연변) 程乙本
41	櫳翠庵茶品梅花雪 怡紅院劫遇母蝗蟲	가보옥은 농취암에서 차를 맛보고 유노파는 이홍원에서 취해 눕다
42	蘅蕪君蘭言解疑癖 瀟湘子雅謔補餘香	형무군은 부드러운 말로 의혹을 풀고 소상자는 점잖은 농으로 여운을 달다
43	閒取樂偶攢金慶壽 不了情暫撮土為香	한가로이 노닐며 돈을 모아 생일잔치 베풀고 옛정을 못 잊어 흙을 모아 향불을 피우다
44	變生不測鳳姐潑醋 喜出望外平兒理妝	뜻하지 않은 변이 생겨 희봉은 시샘을 하고 예상 못한 기쁨에 잠겨 평아는 단장을 하다
45	金蘭契互剖金蘭語 風雨夕悶製風雨詞	오는정 가는정에 속마음을 나누고 비바람 부는 저녁 풍우사를 짓다
46	尷尬人難免尷尬事 鴛鴦女誓絕鴛鴦偶	부정한 사람은 부정한 일을 면치 못하고 원앙의 처녀는 기어이 원앙배필을 거부하다
47	呆霸王調情遭苦打 冷郎君懼禍走他鄉	멍청한 패왕은 실없이 굴다가 된매를 맞고 냉담한 낭군은 화가 두려워 타관으로 내빼다
48	濫情人情悟思遊藝 慕雅女雅集苦吟詩	바람쓰던 사나이는 실수하여 장사하러 떠나고 시벽가진 여인은 괴로워하며 시 짓기에 골몰하다
49	琉璃世界白雪紅梅 脂粉香娃割腥啖膻	유리세계의 백설 속에 홍매화 붉게 피고 규중의 고운 아가씨들 날고기를 구워먹다
50	蘆雪广爭聯即景詩 暖香塢雅製春燈謎	노설정에서는 다투어 즉경연구를 짓고 난향오에서는 설맞이 수수께끼를 내다

回數	脂硯齋重評石頭記 庚辰本	예하본(연변) 程乙本
51	薛小妹新編懷古詩 胡庸醫亂用虎狼藥	설보금은 새롭게 회고시를 짓고 돌팔이 의원은 함부로 극약을 쓰다
52	俏平兒情掩蝦鬚鐲 勇晴雯病補雀金裘	평아는 사정보아 새우수염 팔찌 일을 감싸주고 청문은 앓으면서 공작새털갖옷을 기워주다
53	寧國府除夕祭宗祠 榮國府元宵開夜宴	녕국부에서는 섣달그믐밤 사당에 제를 지내고 영국부에서는 정월 보름날 밤잔치를 베풀다
54	史太君破陳腐舊套 王熙鳳效戲彩斑衣	사태군은 낡은 틀을 깨뜨리고 왕희봉은 희채반의를 본받다
55	辱親女愚妾爭閒氣 欺幼主刁奴蓄險心	미욱한 첩은 투정을 부려 친딸을 능욕하고 고약한 종은 앙심을 품고 상전을 희롱하다
56	敏探春興利除宿弊 時寶釵小惠全大體	총명한 탐춘은 이되는 일을 도모하여 폐습을 제거하고 현숙한 보채는 작은 은혜를 베풀어 체통을 보전하다
57	慧紫鵑情辭試莽玉 慈姨媽愛語慰痴顰	슬기로운 자견은 다정한 언사로 무모한 보옥을 떠보고 자애로운 설씨댁은 연분 있는 이야기로 멍해진 빈아를 달래다
58	杏子陰假鳳泣虛凰茜 紗窗真情揆痴理	살구나무 밑에서 가짜 봉황은 가짜 봉황을 슬퍼하고 천사창문 안에서 진실한 정으로 멍청한 사연을 알아보다
59	柳葉渚邊嗔鶯咤燕 絳雪軒裡召將飛符	유엽저에선 앵아와 춘연을 꾸짖고 강운헌에선 장수를 불러 병부를 띄우다
60	茉莉粉替去薔薇硝 玫瑰露引來茯苓霜	장미초대신 말리분을 주고 매괴로를 준 덕에 복령상을 얻다

回數	脂硯齋重評石頭記 庚辰本	예하본(연변) 程乙本
61	投鼠忌器寶玉瞞臟 判冤決獄平兒行權	보옥은 쥐잡다 꽃병 깰까 장물을 감싸주고 평아는 원옥을 판결하며 권리를 행사하다
62	憨湘雲醉眠芍藥裀 呆香菱情解石榴裙	상운은 술에 취해 작약더미에서 자고 향릉은 도움을 받아 석류 치마를 벗다
63	壽怡紅群芳開夜宴 死金丹獨艷理親喪	이홍공자 축하하여 아가씨들 야연 베풀고 금단 먹고 죽으니 여인 홀로 친상 치르다
64	幽淑女悲題五美吟 浪蕩子情遺九龍珮	슬픔에 잠긴 숙녀 오미인을 읊조리고 정욕에 빠진 탕아 구룡패를 선사하다
65	賈二舍偷娶尤二姨 尤三姐思嫁柳二郎	가이사는 우이저에게 남몰래 장가들고 우삼저는 유이랑에게 시집갈 생각을 하다
66	情小妹恥情歸地府 冷二郎一冷入空門	다정한 소매는 애정의 수모로 저승으로 돌아가고 쌀쌀한 이랑은 냉기에 소름끼쳐 불문으로 들어가다
67	見土儀顰卿思故里 聞秘事鳳姐訓家童	토산물을 받은 빈경은 고향을 생각하고 숨겨진 일을 들은 희봉은 가동을 심문하다
68	苦尤娘賺入大觀園 酸鳳姐大鬧寧國府	불쌍한 우이저는 대관원에 속아 들어가고 시샘하는 희봉은 녕국부를 소란케 하다
69	弄小巧用借劍殺人 覺大限吞生金自逝	꾀를 부려 남의 칼 빌어서 살인하고 수한壽限을 깨달아 생금을 삼키고 자결하다
70	林黛玉重建桃花社 史湘雲偶填柳絮詞	임대옥은 또다시 도화사를 세우고 사상운은 우연히 유서사를 짓다

回數	脂硯斎重評石頭記 庚辰本	예하본(연변) 程乙本
71	嫌隙人有心生嫌隙 鴛鴦女無意遇鴛鴦	원한 있는 사람에겐 원한만 생기고 원앙은 뜻밖에 원앙을 만나다
72	王熙鳳恃強羞說病 來旺婦倚勢霸成親	왕희봉은 강심 품고 몸에 든 병 속이고 내왕댁은 세만 믿고 억지로 사돈을 맺다
73	痴丫頭誤拾繡春囊 懦小姐不問累金鳳	어리숙한 계집애는 줏지 않을 수춘낭을 줏고 나약한 아가씨는 찾아야 할 누금봉을 찾지 않다
74	惑奸讒抄檢大觀園 矢孤介杜絶寧國府	참소에 유혹되어 대관원을 수색하고 혐의를 피하기 위해 녕국부와 길을 끊다
75	開夜宴異兆發悲音 賞中秋新詞得佳讖	야연에 야릇한 징조로 슬픈 소리 들리고 중추절에 새로운 글귀로 좋은 참언 얻다
76	凸碧堂品笛感淒清 凹晶館聯詩悲寂寞	철벽당에서 피리소리에 처량함을 느끼고 요정관에선 연구지으며 적막함을 슬퍼하다
77	俏丫鬟抱屈夭風流 美優伶斬情歸水月	예쁜 시녀 자색이 죄가 되어 억울하게 요절하고 고운 배우 결연히 정을 끊고 수월암에 들어가다
78	老學士閑征姽嫿詞 痴公子杜撰芙蓉誄	늙은 학사 한가로이 궤획사를 모으고 치정 공자 쓸쓸히 부용의 뇌사를 짓다
79	薛文龍悔娶河東獅 賈迎春誤嫁中山狼	설문기는 하동후에게 장가든 걸 후회하고 가영춘은 중산랑에게 잘못 시집을 가다
80	美香菱屈受貪夫棒 王道士胡謅妒婦方	향릉은 죄없이 사내의 몽둥이에 얻어맞고 왕도사는 엉터리로 약처방을 내주다

回數	청계본(외문) 戚序本	나남본 庚辰本
1	진사은은 꿈길에서 기이한 옥을 알아보고 가우촌은 속세에서 꽃다운 여인을 그리다	진사은은 꿈길에서 통령보옥 처음보고 가우촌은 불우할 때 한 여인을 알았다네
2	가부인은 양주성에서 세상을 떠나고 냉자흥은 객주집에서 영국부 내역을 말하다	가부인은 양주에서 신선되어 승천하고 냉자흥은 영국부를 상세하게 들려주네
3	임여해는 가우촌을 천거하여 은혜에 보답하고 대부인은 외손녀를 맞아들여 가엽게 여기다	가우촌은 청탁으로 지난 벼슬 다시찾고 임대옥은 집을 떠나 외갓집에 상경하네
4	기구한 여인이 하필이면 기구한 사내를 만나고 호로묘의 중이 되는대로 엉터리 판결을 내리다	박명한 여자 하필 박명한 사내 만나고 호로묘 승려 짐짓 제멋대로 판결내리네
5	가보옥은 선녀따라 태허환경에서 노닐고 경환선녀는 보옥에게 홍루몽곡을 들려주다	태허환경 노닐며 열두 미녀 그림 보고 신선주를 마시며 홍루몽곡 들어보네
6	가보옥은 뜻밖에 운우의 정을 체험하고 유노파는 처음으로 영국부에 찾아가다	가보옥은 습인과 첫 운우지정 경험하고 유노파는 처음으로 영국부에 들어왔네
7	우씨는 조용히 왕희봉을초청하고 가보옥은 처음으로 진종을 만나보다	궁중꽃 나눌 때 가련은 희봉을 희롱하고 녕국부 잔치에서 보옥이 진종을 만났네
8	유모 이씨 중뿔나게 술맛을 잃게 하고 가공자 발끈하여 차잔을 메어붙이다	통령옥을 살펴보며 앵아가 슬쩍 뜻을 드러내고 보차를 찾아간 대옥은 은근한 질투심 보이네
9	풍류의 정을 못 잊어 벗을 가숙에 끌어들이고 소소리패들의 미움을 사서 물의를 일으키다	풍류의 그리던 친구가 서당으로 들어가니 의심 많은 악동들이 학당에서 난장판 치네
10	김과부는 물욕에 눈이 어두워 모욕을 달게 받고 장태의는 맥을 짚어 보며 병의 뿌리를 깐깐히 파고 들다	김과부는 이익을 생각하여 모욕을 참고 장태의는 진가경을 진맥하여 근원을 논하네

回數	청계본(외문) 戚序本	나남본 庚辰本
11	가경의 생일을 맞아 녕국부에서 잔치를 벌이고 희봉을 만나본 가서는 음탕한 마음이 일다	가경의 생일날 녕국부에 큰잔치가 열리고 가서는 왕희봉 만나보고 흑심이생겨났네
12	왕희봉은 모질게도 상사계를 꾸며내고 가천상은 부질없이 풍월보감을 비쳐 보다	왕희봉은 치정놀음에 무서운 계략 꾸미고 가천상은 풍월보감의 정면을 비추었다네
13	진가경이 죽어 가용에게 벼슬이 내려지고 왕희봉이 녕국부로 나가 큰집 일을 도와주다	진가경이 요절하자 남편은 용금위로 봉해지고 왕희봉이 도와서 녕국부의 장례식을 치렀네
14	임여해는 양주성 관소에서 세상을 뜨고 가보옥은 장례길에서 북정왕을 배알하다	임여해는 양주에서 쓸쓸하게 운명하고 가보옥은 장례길에 북정왕을 알현하네
15	왕희봉은 철함사에서 권세를 부리고 진경경은 만두암에서 재미를 보다	왕희봉은 철함사에서 멋대로 권세를 부리고 진종은 만두암에서 은근히 재미를 보다
16	가원춘은 봉조궁의 귀비로 발탁되고 진경경은 요절하여 황천길에 오르다	원춘은 재색으로 봉조궁 귀비되고 진종은 요절하여 황천길로 떠나갔네
17	대관원에서 편액의 글을 지어 재주를 보이고 이홍원에서 길을 잃어 한적한 곳으로 찾아들다	보옥의 글재주로 대관원에 편액대련 붙이고 원춘의 근친으로 영국부는 대보름밤 즐기네
18	대보름을 맞아 가원춘이 성친을 오고 정든님을 도와 임대옥이 시를 지어주다	
19	아늑한 달밤에 꽃은 애틋한 정을 토로하고 고요한 한낮에 옥은 그윽한 향기를 풍기다	한밤의 화습인 절절한 사랑으로 충고하고 한낮에 임대옥 애틋하게 마음을 드러냈네
20	왕희봉은 바른말로 소실의 시기심을 나무라고 임대옥은 롱조로 상운의 아양에 면박을 주다	왕희봉은 바른말로 조이랑의 질투를 야단치고 임대옥은 재치있게 교태로운 사상운을 놀리네

回數	청계본(외문) 戚序本	나남본 庚辰本
21	현숙한 습인은 따끔히 보옥을 훈계하고 영리한 평아는 모른척 가련을 구해주다	속이 깊은 습인은 달래면서 보옥을 깨우치고 재치 있는 평아는 둘러대서 가련을 구하였네
22	보옥은 노래가사에서 불교의 진리를 깨닫고 가정은 수수께끼놀음에서 불길한 징조를 느끼다	창극가사로 보옥은 참선의 진리 깨닫고 수수께끼로 가정은 불길한 징조 느끼네
23	《서상기》의 글귀와 연극의 대사와 뜻이 통하고 모란정의 노랫소리 애틋한 심정을 건드리다	서상기 기묘한 사는 희롱의 말로 통하고 모란정 애틋한 곡은 소녀의 마음 흔드네
24	주정뱅이 금강은 재물을 빌려주어 의협심을 보이고 어리석은 소홍은 손수건을 잃고 사랑에 빠지다	주정뱅이 예이는 재물 내어 의협을 기리고 어리석은 소홍은 수건 잃고 사랑에 빠졌네
25	희봉과 보옥이 마도파의 마술에 걸려들고 홍루몽의 통령옥이 도사와 진인에게 보여지다	마법으로 희봉과 보옥이 귀신 들리고 통령보옥은 스님과 도사를 만났다네
26	봉요교에서 말을 건네 애틋한 마음을 토로하고 소상관에서 봄잠에 취해 그윽한 정을 나타내다	봉요교에서 가운은 속마음을 전하고 소상관에선 대옥이 그윽한 정 비치네
27	설보채는 적취정에서 범나비를 희롱하고 임대옥은 꽃무덤에서 지는 꽃을 슬퍼하다	적취정에서 보차는 나비를 희롱하고 매향총에서 대옥은 낙화에 눈물짓네
28	장옥함은 보옥에게 비단띠를 선물하고 설보채는 귀비로부터 홍사주를 선사받다	장옥함은 정에 겨워 비단수건 건네주고 설보차는 수줍은 듯 사향염주 차고있네
29	대복한 이는 복이 많아 수복을 받고 치정의 아가씨 정이 깊어 정을 앓다	복이 많은 사람은 받을수록 복을 빌고 정에 빠진 사람은 깊을수록 정 바라네
30	보채는 부채를 빌어 두옥을 쏘아주고 영관은 '장'자를 쓰는 데만 정신을 팔다	보차는 부채 빌려 두사람을 조롱하고 영관은 넋을 잃고 이름 쓰며 임 그리네

回數	청계본(외문) 戚序本	나남본 庚辰本
31	부채를 찢으며 천금 값의 웃음을 짓고 기린을 연줄로 백수쌍성이 감춰지다	부채를 찢어내는 천금 같은 웃음소리 기린에 숨겨있는 운명 어린 백수쌍성
32	가슴에 서린 진정으로 보옥을 미혹시키고 치욕의 루명에 금천아는 스스로 목숨을 끊다	속마음을 드러내다 보옥이 미혹되고 부끄러움 못 이겨 금천아가 자결하네
33	형제간에 호시탐탐 고자질을 일삼고 죄 많아 불초 귀공자 매를 맞다	못된 동생 기회 보아 작은 입을 놀리고 못난 자식 허물 많아 모진 매를 맞았네
34	다함없는 정에 임대옥은 감심하고 잘못을 잘못알고 오빠를 나무라다	사랑으로 사랑 느껴 누이가 감동하고 잘못을 잘못 알고 제 오빠 나무라네
35	백옥천은 직접 연잎국을 맛보고 황금앵은 손수 망사주머니를 지어주다	백옥천은 연잎탕국 맛을 보고 황금앵은 매화 매듭 지어 주네
36	강운헌에서 원앙을 수놓으며 잠꼬대를 엿듣고 이향원에서 정해진 운명을 정으로 깨닫다	강운헌에서 수놓다 잠꼬대를 엿듣고 이향원에서 운명 알고 사랑을 깨닫네
37	추상재에서 우연히 해당시사를 열고 형무원에서 밤에 국화 시제를 정하다	추상재에서 우연히 해당사 시모임 열고 형무원에서 한밤에 국화시 제목 정하네
38	임소상은 국화시회에서 장원으로 뽑히고 설형무는 게를 빌어 세인을 풍자하다	임대옥은 국화시에 장원으로 뽑히고 설보차는 꽃게시로 세상을 풍자하네
39	촌로파의 이야기는 그칠 줄을 모르고 정 많은 귀공자는 끈질기게 캐묻다	유노파는 제멋대로 이야기를 꾸며내고 가보옥은 궁금하여 끈질기게 캐어묻네
40	사태군은 대관원에서 두차례 연회를 베풀고 원앙은 연석에서 세차례 주령을 내리다	사태군은 대관원에서 잔치 두 번 열었고 김원앙은 술자리에서 주령 세 번 내렸네

回數	청계본(외문) 戚序本	나남본 庚辰本
41	가보옥은 농취암에서 차맛의 우열을 평하고 유노파는 술에 취해 이홍원에서 잠을 자다	가보옥은 농취사에서 매화차 맛보고 유노파는 이홍원에서 술 취해 잠드네
42	형무군은 뜻깊은 말로 의혹을 풀어주고 소상자는 재치있는 롱조로 향기를 보태다	설보차는 좋은말로 의혹을 풀어주고 임대옥은 재담으로 향기로움 더하네
43	한가하게 돈을 모아 생일을 축하하고 정을 잊지 못해 흙으로 분향을 하다	가부에선 돈을 모아 희봉생일 축하하고 가보옥은 분향하러 수선암에 몰래가네
44	의외의 변고에 희봉은 질투를 부리고 뜻밖의 기쁨에 평아는 몸을 단장하다	의외의 변고에 희봉은 질투를 드러내고 뜻밖의 기쁨에 평아는 화장을 새로 하네
45	금과난의 연분으로 서로 흉금을 터놓고 비바람 부는 저녁에 비바람을 읊조리다	오가는 우정 속에 흉금을 털어놓고 비바람 부는 저녁 풍우사 읊조리네
46	거북한 사람에게 거북한 일만 생기고 원앙녀는 맹세코 원앙이 되길 거절하다	난처한 형부인에게 거북한 일만 생기고 올곧은 원앙은 맹세코 첩되길 거부하네
47	어리석은 패왕은 남을 조롱하려다 매를 맞고 무정한 젊은이 재앙을 피해 고향을 떠나다	어리석은 설반은 모진 매질당하고 쌀쌀맞은 상련은 화를 피해떠났네
48	어리석은 사나이 마음이 들떠 장삿길 떠나고 고상한 아가씨 시를 배우기에 골몰하다	개망나니 설반은 머나먼 유람의 길을 떠나고 시인을 사모한 향릉은 고심하여 시구를 읊네
49	눈속에 매화꽃 피어 대관원은 더욱아름답고 사슴고기 구워먹으니 야취 또한 도도하도다	유리 같은 눈꽃세상 붉은 매화 향기롭고 아리따운 규중처녀 사슴 고기 구워먹네
50	노설암에서 즉경시를 다투어짓고 난향오에서 수수께끼를 만들어 내다	노설엄에선 다투어 설경을 연작으로 읊고 난향오에선 다함께 설날의 수수께끼 짓네

回數	청계본(외문) 戚序本	나남본 庚辰本
51	나이 어린 설보금은 새로 회고시를 짓고 엉터리 의원은 독한 약을 마구 쓰다	보금은 회고시 열수를 새로 짓고 의원은 엉터리 처방을 마구 내렸네
52	영리한 평아는 인정에 끌려 도적을 눈감아주고 야무진 청문은 병중에 공작털 외투를 기워주다	영리한 평아는 새우수염 팔찌 훔친 일 덮어주고 용감한 청문은 공작털 외투를 병중에 기웠네
53	섣달그믐날 녕국부에서 가묘에 제를 지내고 대보름날 영국부에서 밤잔치를 열다	녕국부에선 섣달그믐 제사 지내고 영국부에선 정월보름 잔치 열었네
54	사태군은 진부한 이야기를 꺼내놓고 왕희봉은 노래자를 본받아 효성을 보이다	사태군은 재자가인 진부하다 설파하고 왕희봉은 색동옷의 노래자를 본받았네
55	미련한 소실은 부질없이 딸을 모욕하고 고약한 종은 나이 어린 주인을 얕보다	미련한 소실은 제 자식을 욕하며 다투고 간교한 시녀는 어린 주인 얕보고 비웃네
56	영민한 탐춘은 이로운 일로 폐단을 없애고 식견있는 보채는 작은 은혜로 전반을 돌보다	영민한 탐춘은 묵은 병폐 없애고 때맞춘 보차는 모두를 이롭게 하네
57	지혜로운 자견은 다정하게 보옥을 떠보고 자애로운 설부인은 따뜻하게 대옥을 위안하다	슬기로운 자견은 보옥을 시험하고 자비로운 설부인 대옥을 위로하네
58	살구나무그늘에서 봉새가 황새를 그리며 눈물짓고 명주창가에서 보옥이 우관의 치정을 헤아려 주다	살구나무 밑에서 우관은 적관을 위하여 통곡하고 명주 창문 아래서 보옥은 우관의 진심을 짐작하네
59	유엽저에서 앵아에게 화가 나 춘연을 꾸짖고 강운현에서 장군을 부르러 부절을 띄우다	유엽저에서 앵아와 춘연이 욕을 먹고 강운헌에서 보옥이 시녀를 두둔하네
60	말리분으로 장미초를 대신하고 매괴즙으로 복령분을 끌어내다	장미초 대신하여 말리분을 건네주고 매괴로 주고 나서 복령상을 얻어오네

回數	청계본(외문) 戚序本	나남본 庚辰本
61	옥을 깨칠세라 보옥이 장물을 숨겨주고 원죄를 판결함에 평아가 나서서 수를 쓰다	보옥은 그르칠까 장물은 대신 책임지고 평아는 공평하게 사건을 선뜻 매듭짓네
62	사상운은 술에 취해 작약꽃 위에서 잠들고 진향릉은 정에 못이겨 석류치미를 바꿔 입다	상운은 술에 취해 작약꽃 아래 누웠고 향릉은 정에 끌려 석류치마 바꿔 입었네
63	이홍공자 축하하며 아가씨들 밤잔치를 벌이고 금단 먹고 죽으니 우씨가 홀로 초상을 치르다	생일날이 홍원에선 화려한 잔치 열리고 초상난 녕국부에선 우씨가 장례 치르네
64	정숙한 아가씨 슬픔에 잠겨 『오미음』시를 짓고 방탕한 사나이 색정에 빠져 구룡패를 던져 주다	얌전한 대옥은 슬픔 속에 오미음 지었고 방탕한 설반은 정에 빠져 구룡패 주었네
65	고량자제가 아내 몰래 장가를 들고 음란한 여인 행실을 고쳐 낭군을 고르다	가련은 몰래 우이저에게 장가 들었고 우삼저 내심 유상련에게 시집 가려네
66	다정한 아가씨 치욕에 못이겨 저승길을 떠나고 쌀쌀한 젊은이 분연히 일어나 불문에 들어서다	다정한 우삼저 수치심에 자결하고 냉정한 유상련 후회하여 출가하네
67	대옥은 토산물을 받고 고향생각에 잠기고 희봉은 소동을 심문하여 음모를 꾸미다	임대옥은 고향생각 잠기고 왕희봉은 어린 시동 심문하네
68	불쌍한 우이저는 대관원으로 불려 들어가고 지독한 왕희봉은 녕국부를 뒤흔들어놓다	불쌍한 우이저 대관원에 끌려 들어가고 샘 많은 왕희봉 녕국부 발칵 뒤집었네
69	잔꾀를 부려 남의 칼로 살인을 하고 때를 깨달아 생금을 삼키고 자결하다	왕희봉은 괴부려 남의 칼로 살인하고 우이저는 절망하여 생금 삼켜 자살하네
70	임대옥은 다시금 도화시사를 세우고 사상운은 우연히 버들꽃 사를 지어 보다	임대옥은 도화시사 다시 세우고 사상운은 버들개지 가사 지었네

回數	청계본(외문) 戚序本	나남본 庚辰本
71	원망품은 사람은 원망의 마음만 생기고 원앙은 우연히 한 쌍의 원앙을 만나다	속좁은 형부인은 절로 미움 생기고 뜻밖에 김원앙은 원앙 한 쌍 만났네
72	왕희봉은 억척을 부려 병을 말하기 부끄리고 내왕댁은 상전을 업고 강제로 혼인을 하다	왕희봉은 독한 맘에 자기 병을 숨기고 냉왕댁은 힘을 믿고 억지 혼인 바라네
73	어리석은 계집애 수춘낭을 잘못 줍고 나약한 아가씨 누금봉을 찾지않다	어리석은 사대저는 춘화낭을 잘못 줍고 마음 약한 가영춘은 봉황비녀 찾지 않네
74	간사하게 남을 헐뜯어 대관원을 수색케 하고 까다로운 아가씨 분김에 녕국부와 발을 끊다	참소들은 왕부인은 대관원 수색을 명하고 청정 지킨 가석춘은 녕국부 인연을 끊었네
75	밤잔치에 이상한 조짐으로 슬픈 소리 울리고 추석날 달구경에 글귀를 지어 칭찬을 받다	한밤 중 가진의 연회에 비탄소리 들리고 추석날 가환의 시구에 장래를 예언했네
76	철벽당에서 피리소리에 처량함을 느끼고 요정관에서 시를 지으며 적막함을 슬퍼하다	철벽당의 피리소리 처량함을 드러내고 요정관의 시 구절에 쓸쓸이 배어나네
77	어여쁜 시녀 억울한 누명에 요절을 하고 이름난 배우 정을 끊고 수월암의 중이 되다	고운 청문은 풍류의 누명쓰고 요절하고 예쁜 방관은 사랑을 단념하고 출가하네
78	늙은 학사는 한가로이 궤획사를 짓게 하고 어리석은 공자는 부질없이 부용뢰를 읊조리다	늙은 학사는 한가롭게 궤획사 모으고 다정한 공자는 청문에게 부용뢰 바쳤네
79	설문기는 하동의 사자를 맞아들여 후회하고 가영춘은 중산의 늑대에게 시집을 가다	설반은 하동의 사자 하금계에게 장가가고 영춘은 중산의 늑대 손소조에게 시집갔네
80	나약한 영춘은 시집살이에 창자가 끊길듯하고 연약한 향릉은 시샘에 겨워 병이 들다	진향릉은 억울하게 설반에게 매를 맞고 왕도사는 질투병에 엉터리로 처방했네

回數	솔본 庚辰本	번역 수정
1	진비는 꿈속에서 신령한 돌을 알게 되고 가화는 속세에서 미녀를 그리워하다	진사은은 꿈속에서 통령보옥을 알게 되고 가우촌은 속세에서 꽃다운 여인을 마음에 두다
2	임대옥의 어머니는 양주에서 세상을 떠나 냉자흥이 영국부에 대해 자세히 설명하다	가부인은 양주성에서 세상을 떠나고 냉자흥은 영국부의 내역을 말해주다
3	가화는 권세가의 도움으로 옛벼슬을 다시 얻고 임대옥은 아버지를 두고 경사로 들어가다	가우촌은 청탁으로 옛벼슬 다시 찾고 임대옥은 아버지를 두고 경사로 가다
4	박명한 여자는 하필 박명한 남자를 만나고 호로묘의 중은 살인 사건을 엉터리로 판결하게 하다	박명한 여자가 하필 박명한 사내를 만나고 호로묘 옛 중이 제멋대로 판결을 어지럽히다
5	태허환경을 노닐다 열두 미녀에 대한 수수께끼를 듣고 신선의 술 마시며 홍루몽 노래를 듣다	태허환경 노닐며 열두 미녀의 운명을 맞춰보고 신선주를 마시며 열두 가락 홍루몽 곡을 들어보다
6	가보옥이 처음으로 운우지정을 경험하고 유노파가 처음으로 영국부에 들어오다	가보옥이 운우지정 처음 경험하고 유노파는 영국부를 처음 찾아가다
7	궁중에서 보낸 꽃을 전하며 가련은 왕희봉을 희롱하고 녕국부 연회에서 가보옥은 진종을 만나다	궁중꽃이 보내질 참에 가련이 희봉을 희롱하고 영국부에서 연회 열 때 보옥이 진종을 만나다
8	통령보옥을 살피다 금앵은 슬쩍 뜻을 드러내고 설보차를 탐문하다 임대옥은 조금 질투를 품다	통령옥을 살펴보며 금앵은 슬쩍 뜻을 드러내고 보채를 찾아가다 대옥은 은근히 질투를 보이다
9	사랑을 좇아 벗과 함께 글방에 들어가고 의심에 찬 못된 아이가 학당에서 소란을 피우다	풍류의 정을 못 잊어 벗을 가숙에 끌어들이고 갈등을 일으켜 악동들이 학당에서 난장판 치다
10	김과부는 이권을 탐하다 모욕을 당하고 의원 장씨는 병을 논하며 근원을 자세히 따지다	김과부는 이익을 탐내 모욕을 잠시 참고 장태의는 병을 진찰하며 근원을 낱낱이 캐다

回數	솔본 庚辰本	번역 수정
11	녕국부에서는 생일 축하 잔치를 열리고 왕희봉을 본 가서는 음탕한 마음을 품다	솔본따름
12	왕희봉은 상사병을 다스릴 독한 계책을 세우고 가서는 풍월보감의 앞면을 비춰보다	왕희봉은 지독하게 상사계를 꾸미고 가천상은 풍월보감을 정면으로 비추네
13	진가경은 죽어 용금위에 봉해지고 왕희봉은 녕국부의 일을 도와 처리하다	진가경이 죽어 가진이 가용에게 용금위 벼슬 사주고 왕희봉이 녕국부에 가서 장례식을 함께 치러주다
14	임여해는 양주성에서 죽고 가보옥은 길에서 북정왕을 알현하다	임여해는 양주에서 쓸쓸하게 운명하고 가보옥은 장례길에 북정왕을 알현하다
15	왕희봉은 철함사에서 권세를 부리고 진종은 만두암에서 재미를 보다	왕희봉이 철함사에서 권세를 부리고 진종이 만두암에서 여색 재미를 보다
16	가원춘은 봉조궁에 뽑혀가고 진종은 요절하여 황천으로 가다	원춘은 재조와 미모로 봉조궁귀비 되고 진종은 요절하여 황천길로 떠나갔네
17	대관원에서 재주를 시험하여 대련을 짓게 하고	대관원에서 대련을 하여 보옥의 재주를 시험하고
18	현덕비가 찾아와 영국부에서 보름달을 즐기다	영국부에서 귀비의 귀성을 맞아 대보름을 경축하다
19	절절한 사랑 넘치는 밤 미녀는 말뜻을 알아듣고 끝없는 생각 이어지는 고요한 날 옥은 향기를 풍기다	아늑한 밤에 정이 사무쳐 화습인이 말로 타이르고 고요한 낮에 뜻이 면면해 임대옥이 향기를 풍기다
20	왕희봉은 질투심 품은 이에게 바른말을 하고 임대옥은 아양 떠는 말투를 흉내 내어 조롱하다	왕희봉이 바른말로 조이랑의 질투를 야단치고 임대옥이 재치있게 사상운의 애교를 놀리다

回數	솔본 庚辰本	번역 수정
21	현명한 화습인은 가보옥을 꾸짖어 경계하고 어여쁜 평아는 부드러운 말로 가련을 구하다	현숙한 습인이 새침하게 보옥을 타이르고 영리한 평아가 말을 둘러대고 가련을 구하다
22	노래가사를 듣고 가보옥은 선기를 깨닫고 수수께끼를 만들며 가정은 불길한 예감에 슬퍼하다	창극가사를 들으니 보옥이 참선의 진리를 깨닫고 수수께끼를 만드니 가정이 불길한 징조를 느끼다
23	서상기의 오묘한 가사는 희롱하는 말과 통하고 모란정의 고운 곡조는 미녀의마음을 경계하다	『서상기』의 기묘한 사가 희롱의 말로 통하고 『모란정』의 애틋한 곡이 소녀의 마음 흔드네
24	취금강은 재물을 가벼이 여기며 의협을 숭상하고 사랑에 빠진 소녀는 손수건 남겨 그리움을 일으키다	술에 취한 사내는 재물을 가벼이 여겨 의협심을 보이고 사랑에 빠진 소녀는 손수건을 흘려 연정을 불러일으키네
25	마법에 걸린 자제는 귀신을 만나고 홍루의 꿈에 신령과 통하여 두 신선을 만나다	요술에 걸려 희봉과 보옥이 귀신을 보게 되고 홍루몽의 통령옥이 도사와 진인에게 보여지다
26	봉요교에서 말을 꾸며 마음을 전하고 소상관에서 봄날 졸음 속에 그윽한 정을 내비치다	봉요교에서 기회 타 사랑의 마음을 전하고 소상관에서 봄잠에 그윽한 정을 말하다
27	적취정에서 양귀비는 호랑나비 희롱하고 매향총에서 조비연은 지는 꽃 보며 눈물 흘리다	적취정에서 보채는 호랑나비를 희롱하고 매향총에서 대옥은 지는 꽃잎에 눈물짓네
28	장옥함은 정을 담아 비단허리띠를 선물하고 설보차는 부끄러워 붉은 사향 염주를 벗어주다	장옥함은 정겹게 비단 허리띠를 선물하고 설보채는 수줍게 사향 염주를 벗어주다
29	복 많은 이는 복이 많은데도 복을 기원하고 사랑에 빠진 여인은 사랑이 깊어도 더욱 정을 바라다	복이 많은 이가 또한 복을 빌고 정에 빠진 이가 더욱 정을 바라다
30	설보차는 부채 일을 핑계로 양쪽을 치고 영관은 '장'자를 써 바깥사람과 사랑에 빠지다	보채는 부채 일을 빗대어 두 사람을 쏘아주고 영관은 가장의 이름을 써 보옥까지 감동시키다

回數	솔본 庚辰本	번역 수정
31	부채를 찢어 미녀의 귀한 웃음 짓게 하고 기린 장식을 빌려 백년해로의 복선을 깔아두다	부채를 찢으며 천금 값의 웃음을 짓고 기린을 연줄로 부부인연이 암시되다
32	가보옥은 마음속의 의혹을 하소연하고 금천은 치욕을 못 이겨 스스로 목숨을 끊다	속마음을 드러내 보옥이 미혹되고 수치를 못 이겨 금천아가 자결하다
33	기회를 엿보던 형제는 입을 함부로 놀리고 못난 자식 가보옥은 모진 매를 맞다	못된 동생 기회보아 입놀림하고 못난 자식 허물 많아 모질게 매맞다
34	사랑 가운데 사랑으로 인하여 누이에게 감동하고 잘못을 거듭하니 이를 지적하며 오빠를 타이르다	나남본 따름
35	백옥천은 몸소 연잎탕을 맛보고 황금앵은 매화 무늬 주머니를 잘 짜주다	강운헌에서 원앙을 수놓으며 잠꼬대를 듣고 이향원에서 정분도 분수에 따라 정해짐을 깨닫다
36	강운헌에서 원앙을 수놓을 때 꿈의 계시를 받고 이향원에서 연분은 운명에 따라 정해짐을 깨닫다	강운헌에서 수놓다 잠꼬대를 엿듣고 이향원에서 운명 알고 사랑을 깨닫다
37	추상재에서 우연히 해당사를 결성하고 형무원에서 밤에 국화를 제목으로 시를 쓰다	추상재에서 우연히 해당시사를 열고 형무원에서 밤에 국화 시제를 정하다
38	임대옥은 국화시 짓기에서 으뜸을 차지하고 설보차는 게에 대한 시로 세상을 풍자하다	임대옥이 국화시에 장원으로 뽑히고 설보채가 꽃게시로 세인을 풍자하네
39	시골노파는 제멋대로 입을 놀리고 정 많은 총각은 짓궂게 마음을 캐묻다	예하본 따름
40	태부인은 대관원에서 두 차례 잔치를 열고 김원앙은 술자리에서 세 번 주령을 내다	사태군이 대관원에서 잔치를 두 번 열고 김원앙이 술자리에서 주령을 세 번 내리다

回數	솔본 庚辰本	번역 수정
41	농취암에서 차를 품평할 때 눈같은 매화피고 이홍원에는 걸신들린 메뚜기가 들이닥치다	농취암에서 매화에 쌓인 눈을 끓여 차를 품평하고 이홍원에서 걸신들린 암컷 메뚜기와 맞닥뜨리네
42	설보차는 부드러운 말로 의혹을 풀어주고 임대옥은 점잖은 농담으로 여운을 보충하다	설보채가 뜻 깊은 말로 의혹을 풀어주고 임대옥이 재치 있는 농조로 향기를 보태다
43	재미 삼아 돈을 모아서 생일잔치를 하고 옛정을 못 잊어 흙을 모아 향을 피우다	한가하니 돈을 모아 생일을 축하하고 정을 잊지 못해 몰래 나가 분향하다
44	예기치 못한 변이 생겨 왕희봉은 질투를 하고 뜻밖의 기쁜 일이 생겨 평아는 단장을 하다	예기치 못한 변이 생겨 희봉은 질투를 부리고 평아가 단장을 하니 보옥은 뜻밖의 기쁨을 얻다
45	마음 맞는 친구는 서로 마음을 나누고 비바람 부는 밤 시름 속에서 비바람을 노래하다	우애 깊은 자매가 서로 속마음을 털어놓고 비바람 부는 저녁에 애달프게 비바람을 읊조리다
46	고약한 사람은 고약한 일을 피하기 어렵고 원앙 아가씨는 짝을 갖지 않기로 맹세하다	거북한 사람이 거북한 일을 면치 못하고 원앙녀는 원앙배필을 맹세코 거부하다.
47	어리석은 패왕은 집적대다가 모진 매를 맞고 냉정한 사내는 재앙이 두려워 타향으로 도망치다	멍청한 설반이 상련을 희롱하려 매를 맞고 쌀쌀맞은 상련이 화를 피하러 고향을 떠나다
48	난봉꾼은 사랑에 실패하자 기예를 배우려 생각하고 고상함을 흠모하는 여인은 힘겹게 시집을 만들다	어리석음 깨달은 설반이 멀리 장삿길 떠나고 고아함을 흠모하는 향릉이 고심하여 시를 짓다
49	유리같은 세상의 흰눈속에서 붉은 매화피고 규중의 아름다운 아가씨는 날고기를 베어 먹다	눈속에 홍매가 피어 대관원이 아름답고 사슴고기 구워먹어 규각의 야취가 도도하다
50	노설엄에서 앞다투어 연구를 지어 풍경을 노래하고 난향오에서 고상하게 봄맞이 등롱 수수께끼를 만들다	노설암에서 설경을 연작시를 다투어짓고 난향오에서 수수께끼를 고아하게 만들다

回數	솔본 庚辰本	번역 수정
51	설보금은 회고시를 새로 짓고 돌팔이 의원 호씨는 독한 약을 함부로 쓰다	어린 설보금이 회고시를 새로 짓고 돌팔이 의원이 엉터리 처방을 내리다
52	현명한 평아는 인정상 새우수염 팔찌 일을 덮어주고 씩씩한 청문은 병중에도 공작 깃털 갖옷을 기워주다	영리한 평아는 인정상 새우 수염 팔찌 훔친 일을 덮어주고 씩씩한 청문은 병중에 공작 깃털 갖옷을 기워주다
53	녕국부에서는 섣달그믐밤 사당에서 제사를 올리고 영국부에서는 정월 보름날 밤에 잔치를 열다	섣달그믐날에 녕국부에서 제사를 지내고 정월 대보름에 영국부에선 잔치를 열다
54	태부인은 진부한 옛틀을 비판하고 왕희봉은 노래자를 흉내 내다	나남본 따름
55	친딸에게 모욕을 주며 어리석은 첩은 괜한 화를 내고 어린 주인을 속이며 나쁜 종은 못된 마음을 품다	어리석은 소실이 하찮은 일로 친딸을 욕하고 고약한 종이 험한 마음 품어 어린 주인을 얕보다
56	영민한 탐춘은 이로운 일을 일으켜 옛 폐단을 없애고 때를 아는 보차는 작은 은혜를 베풀어 체통을 보전하다	영민한 탐춘이 묵은 병폐 없애고 식견 있는 보채가 모두를 이롭게 하다
57	슬기로운 자견은 바른말로 보옥을 시험하고 자상한 설씨 댁은 따뜻한 말로 대옥을 위로하다	슬기로운 자견은 정담긴 말로 보옥을 시험하고 자비로운 설부인 사랑스런 말로 대옥을 위로하다
58	살구나무그늘에서 가짜 봉황은 헛된 짝을 슬퍼하고 창가에서 참된 사랑으로 어리석은 이치를 헤아리다	살구나무 그늘에서 가짜 봉새가 헛된 짝을 슬퍼하고 명주창문 앞에서 정 많은 공자가 참된 사랑의 이치를 헤아리다
59	유엽저 근처에서 앵아와 춘연을 꾸짖고 강운헌에서 장수를 불러 병부를 띄우다	유엽저에서 앵아와 춘연이 욕을 먹고 강운헌에서 보옥이 시녀를 두둔하다
60	말리화 가루로 장미초를 대신하고 장미즙 덕분에 복령상을 얻다	말리화 가루로 장미초를 대신하고 장미즙 주고서 복령상을 얻어오다

回數	솔본 庚辰本	번역 수정
61	쥐 잡으려고 그릇 깰 까봐 보옥은 장물을 감싸주고 억울한 사건을 판결하며 평아는 권세를 휘두르다	그르칠까 보옥이 장물을 대신 책임지고 사정을 판단해 평아가 진실을 덮어주다
62	장난기 많은 사상운은 술 취해 작약꽃 깔고 자고 철모르던 향릉은 도움을 받아 석류 치마를 벗다	상운이 술에 취해 작약꽃 아래 누웠고 향릉이 정에 못 이겨 석류치마 바꿔 입다
63	이홍공자의 생일을 축하하며 미녀들이 잔치를 열고 가경이 금단을 먹고 죽어 우씨 혼자 상을 치르다	보옥의 생일축하하며 아가씨들 밤잔치를 벌이고 가경이 금단 먹고 죽어 우씨가 홀로 초상을 치르다
64	슬픔에 잠긴 숙녀는 다섯 미인에 대해 시를 짓고 방탕한 탕자는 사랑에 빠져 구룡패를 선물하다	정숙한 아가씨 슬픔에 잠겨 '다섯 미인' 시를 짓고 방탕한 사나이 색욕에 빠져 구룡패를 던져주다
65	가련은 몰래 우이저에게 장가들고 우삼저는 유이랑에게 시집가려고 생각하다	고량자제가 아내 몰래 첩을 들이고 음란한 여인 행실을 고쳐 낭군을 고르다
66	다정한 우삼저는 수치심 때문에 저승으로 돌아가고 냉정한 유상련은 감정이 식어 불문으로 들어가다	다정한 우삼저가 수치심에 자결하고 냉정한 유상련이 후회하여 출가하다
67	토산품을 선물받은 임대옥은 고향을 생각하고 비밀을 들은 황희봉은 어린 하인을 심문하다	대옥이 토산물을 받고 고향 생각에 잠기고 희봉이 비밀을 들어 소동을 심문하다
68	불쌍한 우이저는 속아서 대관원으로 들어가고 시기심 많은 왕희봉은 녕국부에서 소란을 피우다	불쌍한 우이저는 대관원에 속아 들어가고 샘이 많은 희봉은 녕국부를 소란케 하다
69	잔꾀를 부려 남의 칼을 빌려 살인하고 죽을 때를 깨닫자 생금을 삼켜 자살하다	왕희봉 잔꾀를 부려 남의 칼 빌어 살인을 하고 우이저 때를 깨달아 생금을 삼키고 자결하다
70	임대옥은 도화사를 다시 세우고 사상운은 우연히 버들 솜의 노래를 짓다	임대옥이 도화시사를 다시 세우고 사상운이 버들꽃 사를 우연히 짓다

回數	솔본 庚辰本	번역 수정
71	불평 많은 사람은 일부러 불평거리를 만들고 원앙은 뜻밖에 짝 한 쌍을 만나다	속좁은 형부인이 절로 미움 생기고 뜻밖에 김원앙이 원앙 한 쌍 만나다
72	자존심 강한 왕희봉은 자기병을 숨기고 내왕댁은 위세를 믿고 억지로 사돈을 맺다	왕희봉이 억척을 부려 병을 부끄러이 여기고 내왕댁이 권세를 기대어 강제로 혼인을 하다
73	어수룩한 계집애는 줍지 말아야 할 수춘낭을 줍고 나약한 아가씨는 머리 장식 훔친 유모를 문책하지 않다	어리석은 계집애 춘화낭을 잘못 줍고 나약한 아가씨 금봉비녀를 찾지 않다
74	간악한 참소에 속아 대관원을 수색하고 고고한 절개를 지키기 위해 녕국부와 연을 끊다	참소에 홀려 대관원을 수색케 하고 곧은 지조 지키려 녕국부와 발 끊다
75	밤에 잔치를 여니 이상한 징조로 슬픈 소리 들리고 중추절 새 노래 감상하다가 훌륭한 참언을 얻다	밤잔치에 이상한 징조와 슬픈 소리가 나고 추석날 달구경에 새 시를 지어 칭찬을 받다
76	철벽당에서 피리소리 감상하다 처량함을 느끼고 요정관에서 연구를 짓다가 적막함에 슬퍼하다	철벽당에서 피리소리에 처량함을 느끼고 요정관에서 시 지으며 적막함을 슬퍼하다
77	어여쁜 시녀는 억울한 마음품고 요절하고 고운 배우는 정을 끊고 수월암으로 들어가다	예쁜 시녀 억울한 누명에 요절을 하고 고운 배우 정을 끊고 수월암에 들어가다
78	늙은 학사는 한가로이 아름다운 사를 모으고 정에 빠진 공자는 멋대로 부용을 위한 조문을 짓다	늙은 학사는 한가히 여장군을 위한 사를 모으고 다정한 공자는 슬프게 청문을 위한 조문을 짓네
79	설반은 사나운 부인 얻은 걸 후회하고 가영춘은 배덕한 이리에게 잘못 시집가다	설반은 질투 많은 아내를 맞아들여 후회하고 가영춘은 사나운 남편에게 시집가니 신세를 그르치다
80	향릉은 탐욕스러운 남편에게 억울한 매를 맞고 왕도사는 엉터리로 질투 고치는 처방을 지껄이다	진향릉은 탐욕 많은 남편에게 억울하게 매를 맞고 왕도사는 질투 고치는 처방을 엉터리로 지껄이다